COLLECTION
FOLIO CLASSIQUE

Pyrame et Thisbé
Narcisse
Philomena

Trois contes du XIIe siècle français imités d'Ovide

Présentés, édités et traduits
par Emmanuèle Baumgartner

Professeur à l'Université de la Sorbonne-Nouvelle

ÉDITION BILINGUE

Gallimard

PRÉFACE

Dans l'ouest de la France, un espace plus tourné alors vers l'Angleterre normande que vers la France capétienne, ont été composés, à partir de 1150 environ, des « romans » qui sont les premières adaptations en français de grandes œuvres de l'Antiquité et de ses mythes et héros fondateurs. Le plus ancien, le Roman de Thèbes, *s'inspire de la* Thébaïde *de Stace. L'*Énéas *adapte à son tour l'*Énéide *de Virgile. Plus original, le* Roman de Troie *de Benoît de Sainte-Maure, le dernier composé, conte la légende troyenne en développant des sources médio-latines moins prestigieuses. Ancêtres, comme l'a naguère suggéré Jacques Le Goff*[1]*, du roman historique moderne, ces textes que l'on appelle par tradition les « romans antiques » s'installent aux frontières indécises du mythe et de la fiction romanesque. Une dimension essentielle est en effet la place de plus en plus importante que leurs auteurs réservent à l'amour, à la description*

1. Jacques Le Goff, « Naissance du roman historique au XIIe siècle ? », *Nouvelle revue française*, octobre 1972, p. 163-173.

de ses effets sur l'être humain, au rôle qu'il joue dans la formation des héros et dans le devenir des cités — Thèbes, Troie, Rome — qu'ils seront amenés à détruire, à défendre, à fonder.

*Pour forger en « roman » ce nouveau discours amoureux (« roman » désignant principalement à cette date une langue, le français, à laquelle ces écrivains essaient de donner le statut de langue littéraire), les clercs médiévaux, et en premier lieu l'auteur anonyme de l'*Énéas, *ont utilisé Virgile. Le chant IV de l'*Énéide, *consacré aux amours de Didon et d'Énée, leur a été un précieux modèle, ou bien encore tel ou tel fragment des* Bucoliques *: privé de son second hémistiche*[1]*, le vers 69 de la dixième* Bucolique, Omnia vincit Amor, *« l'Amour est vainqueur de tout », est sans doute l'un des lieux communs les plus insistants du discours médiéval sur l'amour... Mais c'est vers Ovide, l'Ovide de l'*Art d'aimer, *des* Métamorphoses, *des* Héroïdes, *des* Remèdes d'amour, *que les clercs se sont tournés plus souvent. Dans cette œuvre bien connue au Moyen Âge, abondamment copiée, commentée, glosée dans la pratique scolaire, ils ont puisé des situations, des motifs, des réseaux d'images et un langage de l'amour inlassablement réécrits et retravaillés.*

On a pu dire que le XIIe *siècle avait été l'âge d'or de l'influence ovidienne*[2]*. Il faudrait sans*

1. Le second hémistiche, *et nos cedamus Amori*, « et nous, cédons à l'amour », a eu, semble-t-il, beaucoup moins d'écho dans la littérature et dans la pensée médiévales...

2. Sur l'influence d'Ovide au Moyen Âge, on se reportera aux ouvrages cités en bibliographie.

doute nuancer cette affirmation. Mais la force pénétrante, l'influence persistante du maître de la poésie érotique latine n'ont rien de surprenant en ce siècle qui est aussi le moment où une représentation neuve de l'amour, la « fin'amor », cette invention des troubadours, s'impose comme valeur suprême — en littérature du moins — au sein d'un nouvel idéal de société : la « courtoisie ».

Si pourtant les mythes et les grandes figures des Métamorphoses *ou des* Héroïdes, *Pâris et Hélène, Jason et Médée, Narcisse et Écho, Pyrame et Thisbé, Héro et Léandre, d'autres encore, circulent de la poésie lyrique aux romans, servant aussi bien de supports et de modèles à l'imagination créatrice des écrivains qu'aux fantasmes et aux comportements amoureux de leurs personnages, rares sont les clercs qui ont alors tenté d'adapter en français les œuvres d'Ovide. Chrétien de Troyes déclare sans doute dans le prologue de* Cligès *(vers 1176) qu'il a « mis en roman » l'*Art d'aimer *et deux récits tirés des* Métamorphoses, *la « Morsure de l'épaule » (l'histoire de Pélops) et la « Métamorphose du rossignol, de la huppe et de l'hirondelle ». Mais seule la dernière de ces trois adaptations, si du moins* Philomena *est bien de lui, nous a été conservée. C'est au « roman arthurien » dont il invente la formule avec* Érec et Énide *que Chrétien de Troyes doit d'abord sa célébrité et son influence. Qu'il ait cependant commencé sa carrière d'écrivain en adaptant Ovide l'inscrit dans le nombre très réduit de ceux qui, en ce siècle, ont tenté pareille aventure.*

Comme le montre déjà le prologue de Cligès, *il*

faut sans doute supposer que d'autres œuvres se sont perdues, qu'une diffusion orale, sous forme de lais lyriques, a pu anticiper ou doubler les textes narratifs. Cette diffusion semble au moins attestée au XIIe *siècle pour Narcisse, pour Pyrame et Thisbé, peut-être pour Orphée*[1]*. La liste des œuvres conservées, elle, est bien courte. La plus ancienne est* Pyrame et Thisbé, *d'un auteur resté anonyme, qui signale expressément sa « source », le « livre » d'Ovide (v. 10), et dont on situe généralement la composition entre le* Roman de Thèbes *(vers 1155) et l'*Énéas *(vers 1160). La deuxième,* Narcisse, *est postérieure à l'*Énéas, *mais il est difficile de savoir si elle est contemporaine ou postérieure au* Roman de Troie, *composé au plus tard vers 1165. Si l'on attribue enfin* Philomena *à Chrétien de Troyes, il faut y voir, selon les indications de* Cligès, *une œuvre de jeunesse que l'on peut dater des années 1165-1170.*

Situés dans la « mouvance » des romans antiques, avec lesquels ils présentent de nombreuses affinités thématiques et stylistiques, dans un jeu d'influences croisées qui rend si délicats les essais de chronologie comparée, ces trois « récits brefs » participent ainsi de ce mouvement de retour vers l'Antiquité classique dans lequel on a pu reconnaître l'acte de naissance du roman médiéval[2]*.*

1. On peut ainsi lire aux v. 621-649 de *Flamenca* (éd. J.-Ch. Huchet, « 10/18 », 1988), roman occitan du XIIIe siècle, une longue liste de contes interprétés par des jongleurs où sont notamment cités Héro et Léandre et « comment Pluton ravit la belle épouse d'Orphée ».

2. Voir notamment Francine Mora-Lebrun, *L'*Énéide *médiévale et la naissance du roman,* PUF, 1994 et Aimé Petit, *Nais-*

Pour que s'installe la fiction narrative dans un champ littéraire jusque-là partagé entre la vie de saint, la (pseudo-)chronique historique et la chanson de geste, il fallait en effet que les nouveaux romanciers s'adressent à des sources, à des modèles prestigieux, proposent, en contrepoint des figures du saint ou du guerrier épique, des héros consacrés par le mythe, des légendes reconnues par l'histoire. Les trois contes ovidiens que nous avons conservés ne relèvent pourtant pas exactement de la même démarche.

Aucun des trois auteurs n'a tenté une adaptation en continu des *Métamorphoses*, mais il est difficile de voir ce qui a motivé la sélection de telle ou telle « fable ». Ont pu jouer aussi bien la notoriété déjà acquise par le mythe, dans le cas de *Narcisse*, le caractère touchant de la tragique histoire d'amour, pour *Pyrame et Thisbé*, que le goût de l'horreur et le macabre pour *Philomena*, premier roman « noir » de notre littérature. Le choix par ces écrivains du fragment, du « récit bref » (que les récits soient désignés selon les auteurs ou les copistes par les termes *lai*, *conte* ou *fable*), est sans doute d'ordre esthétique. Il y a dans toutes les époques des artistes de la brièveté et des écrivains qui ne donnent leur mesure que dans la somme ou le cycle. Cette répartition apparaît aussi au XIIe siècle : Marie de France déclare choisir le « genre » du lai (breton en ce cas), donc du récit bref, contre les romans antiques. Or les *Métamor-*

sances du roman. Les techniques littéraires dans les romans antiques du XIIe siècle, 2 vol., Champion, 1985.

phoses *se prêtent fort bien et se sont souvent prêtées à l'adaptation en morceaux choisis. Un autre obstacle à l'adaptation globale fut peut-être la difficulté à saisir la structure d'ensemble de ce texte, une structure dont la complexité interroge encore la critique moderne. Enfin, si les œuvres d'Ovide ont déjà derrière elles, au* XIIe *siècle, une longue tradition scolaire de commentaires et d'élucidations en tout genre, il devait être assez malaisé non seulement de traduire mais de transposer en français, dans un moule récemment forgé (le couplet d'octosyllabes à rimes plates), et dans une langue qui n'a pas encore pleinement exploré ses ressources, défini ses contraintes ni déterminé ses choix poétiques, rhétoriques, stylistiques, une poésie aussi consciente, aussi « techniquement » avancée, une langue aussi ornée, aussi foisonnante en images, en comparaisons, en références culturelles les plus diverses que le sont les* Métamorphoses.

Gageons cependant que l'obstacle majeur fut d'acclimater à l'univers mental du Moyen Âge cet immense répertoire de mythes, cette « bible du paganisme[1] *» qu'est à bien des égards l'œuvre d'Ovide. Comment évoquer dans un univers chrétien un monde livré à la toute-puissance du désir, où les dieux vivent encore de plain-pied avec les hommes, sans solution de continuité, partagent leurs erreurs, leurs fautes, leurs conduites vicieuses, quand ils n'en sont pas directement responsables ou bénéficiaires ? Un monde surtout dans lequel la*

1. Expression reprise à la préface de Jean-Pierre Néraudau aux *Métamorphoses* d'Ovide, Gallimard, « Folio classique », 1992, p. 9.

loi qui préside à la création des êtres et des choses, à l'incessante circulation dans laquelle ils sont pris, est celle de la métamorphose, qui suppose le mélange des règnes, la perméabilité des frontières entre l'humain et l'animal ou le végétal, et dont les théologiens médiévaux dénoncent depuis saint Augustin le caractère diabolique[1].

Il a donc fallu attendre le début du XIVe *siècle, avec l'*Ovide moralisé, *pour que soit adapté l'ensemble des* Métamorphoses. *Mais dans cette énorme machine à « moraliser » dans une perspective chrétienne les « fables » ovidiennes qu'est l'*Ovide moralisé, *l'œuvre d'Ovide ne fonctionne plus que comme prétexte, à tous les sens du mot, à l'exégèse allégorique, que comme le voile profane qu'il faut arracher pour lui substituer le vêtement empesé de l'interprétation chrétienne. Du moins son auteur s'est-il donné le mal, ou le plaisir, de traduire lui aussi en vers français les* Métamorphoses, *quitte à insérer le cas échéant dans son texte des traductions plus anciennes :* Pyrame et Thisbé *et* Philomena, *une œuvre que, sans lui, nous n'aurions pas conservée.*

*La façon dont l'*Ovide moralisé *traite le texte des* Métamorphoses *au début du* XIVe *siècle rend encore plus éclatantes l'audace et la liberté des écrivains du* XIIe *siècle. La « moralisation » allégorique pourtant fait déjà partie des pratiques de leur temps. Dans la première moitié du* XIIe *siècle,*

1. Sur la métamorphose au Moyen Âge, on se reportera à *Métamorphose et bestiaire fantastique au Moyen Âge,* études rassemblées par Laurence Harf-Lancner, collection de l'École Normale Supérieure de Jeunes Filles, n° 28, 1985, p. 3-25.

*Bernard Silvestre par exemple avait donné (en latin) des commentaires sur les six premiers chants de l'*Énéide, *qui font des aventures d'Énée une sorte d'itinéraire spirituel de l'âme humaine en quête de son salut. Or, ni l'auteur anonyme de l'*Énéas, *ni les premiers adaptateurs français d'Ovide n'ont cédé à la tentation de l'allégorisation. Sans doute ont-ils plus ou moins contourné, dans le choix des sujets, dans la réécriture qu'ils en font, le motif tabou de la métamorphose. Dans* Pyrame et Thisbé, *c'est le mûrier, comme chez Ovide, qui change de couleur, à la prière, il est vrai, que l'amant adresse aux dieux avant de se tuer. Dans* Narcisse, *la métamorphose en fleur est supprimée. Mais le poids de la censure semble en ce cas moins probable que la volonté de réécrire autrement la passion du beau jeune homme. Seule* Philomena *décrit la triple métamorphose finale. Suggérera-t-on qu'en ce cas la métamorphose souligne plutôt le châtiment mérité du trio infernal, le diabolique dénouement d'une œuvre qui d'ailleurs n'a guère eu de postérité ? L'autorité de la source, le contexte païen (d'avant la Révélation) de ces récits, un contexte que les auteurs n'essaient guère de modifier, autorisaient sans doute pareille audace tout comme ils ont permis de mettre longuement en scène cet autre tabou, le motif du suicide par amour, déjà présent dans l'*Énéas *avec Didon, si longuement évoqué dans* Pyrame et Thisbé, *plus discret dans* Narcisse[1].

Plus surprenant peut-être est le caractère très

1. Voir Marie-Noëlle Lefay-Toury, *La Tentation du suicide dans le roman français du XIIe siècle français*, Champion, 1979, p. 13-34.

divers des trois récits, pourtant issus d'un même texte, une diversité qui oblige à réviser bien des idées reçues sur le caractère répétitif, conventionnel de la poésie lyrique médiévale, voire de l'art du « roman ». On pourra suivre dans le détail des textes la manière dont chaque auteur a adapté et réécrit sa source. Une pratique essentielle, reprise aux arts poétiques latins, est celle de « l'amplification », déjà observable dans la différence de longueur entre la source et les textes français. Mais sans doute faut-il nuancer les données numériques brutes. Face à l'hexamètre dactylique qu'utilise Ovide, l'unité de mesure, en français, n'est pas les huit syllabes de l'octosyllabe, mais bien plutôt le couplet d'octosyllabes, deux vers qui font bloc par leur rime et le plus souvent au plan de la syntaxe et du sens. Même au XIIe *siècle, même versifiée, la langue française est déjà beaucoup plus analytique, a besoin de plus d'espace, que la langue poétique si dense de l'écrivain latin.*

Comme dans les romans antiques, les procédés d'amplification portent essentiellement sur l'insertion dans la trame narrative de portraits, de descriptions et sur l'importance donnée aux monologues et aux dialogues. Au portrait « en pied » de Narcisse fait écho le portrait si travaillé de Philomena. Les monologues, qui se transforment souvent dans Pyrame et Thisbé *en purs fragments lyriques, sont le lieu privilégié de la plainte élégiaque, de l'interrogation sur soi et sur le monde de l'amour. Ils s'enrichissent, ou se compliquent, d'un procédé inventé par l'auteur de l'*Énéas*, le dialogue quasi schizophrénique du moi avec lui-même,* *qu'utilisent aussi bien Thisbé, Dané, Narcisse, et dont le texte de* Philomena *semble donner la version ironique, ou trop « travaillée ». Les différentes descriptions des effets de l'amour, des tourments et des impatiences nocturnes des amants montrent elles aussi l'habileté des clercs à inventer des variations sur un motif donné — une pratique tout aussi bien picturale et musicale que langagière —, dans un jeu d'échos et de reprises que l'on sent très concerté et pleinement assumé.*

Un autre lien, thématique, est l'importance donnée à l'amour. La source, là aussi, impose sa loi. Mais, par le choix même de cette source, les clercs médiévaux ont pu traiter ce « thème » dans toute sa pureté. Comme chez Ovide, le sentiment amoureux n'a partie liée qu'avec la violence du désir, la fascination pour la beauté de l'autre ou de soi, et rien ne peut le maîtriser. La raison est inopérante, les lois morales et sociales, lors même qu'elles sont suggérées, bien peu contraignantes. Aucune force surtout n'entre en tension avec l'amour. Les dieux semblent indifférents et sourds, comme le leur reproche violemment Narcisse, ou trop enclins à conforter les humains dans leurs erreurs. Dané en fait la tragique expérience. La guerre, la prouesse, la quête de la gloire sont absentes de cet univers. L'amour n'a même rien à voir — comme c'est à la même date le cas dans les romans antiques — avec la fondation et la conservation des royaumes, avec le juste exercice du pouvoir royal, avec la perpétuation des lignages. Il n'est ici que l'histoire intime d'un individu, d'un couple, dont le parcours se brise, ou qui atteint au sublime, ou qui sombre dans l'horreur, pour avoir acquiescé aux pulsions du désir.

Au-delà de la récurrence attendue du « thème » amoureux, s'imposent cependant la différence du traitement, la diversité des représentations et sans doute des préoccupations morales des auteurs. Dans Pyrame et Thisbé, *le narrateur ne juge jamais la conduite des deux jeunes gens, soulignant au contraire combien étaient faits l'un pour l'autre ces amants si « loyaux ». Plus nettement soucieux d'une moralisation de l'amour, condamnant la démesure de la passion et désavouant « l'exemple » donné par Narcisse et Dané, l'auteur de* Narcisse *modifie profondément le scénario ovidien et le sens du dénouement, en remodelant, avec Dané, le personnage de la jeune fille amoureuse et en inventant la conversion* in extremis *de Narcisse à l'amour de l'autre. Dans* Philomena, *la violence exacerbée des sentiments et des actes semble servir à une sorte de catharsis des passions, à la tentation d'en finir, dans une esthétique de l'excès, avec les désordres amoureux pour plier le désir charnel aux lois idéales de la « fin'amor ».*

Sans doute est-il indispensable, pour le critique moderne, et comme l'exige la pratique même de l'adaptation, d'accomplir le rituel va-et-vient entre le texte source et le texte cible, de faire la liste des emprunts, de signaler les omissions, les refontes, les déplacements, les profits et les pertes. On trouvera dans les notes quelques exemples de cette comptabilité. Mais le lecteur peut tout aussi bien s'abandonner au plaisir de lire en synchronie ces trois récits et de découvrir comment leurs auteurs, assez proches dans le temps, qui ont participé d'une même formation, d'une même culture, qui ont appris les mêmes techniques d'écriture, ont, chacun, trouvé leur « manière », ont su imposer leur style et donner un sens neuf à des histoires, à des héros qui ont si longtemps hanté notre mémoire et qui, au moins pour Narcisse, font encore partie de nos références mythiques.

Il faudrait aussi s'interroger sur l'influence qu'ont eue dans le monde médiéval ces premières adaptations d'Ovide. Il se pourrait que la quête soit décevante. L'histoire de Philomena, *pourtant « conservée » par l'auteur de l'*Ovide moralisé, *a été, semble-t-il, bien vite oubliée. Il n'est guère que La Fontaine pour ressusciter le temps d'une fable*[1] *« Progné l'Hirondelle » et la « pauvre Philomèle », mais sa source n'est pas, on s'en doute, le texte médiéval.*

*Que l'auteur de l'*Ovide moralisé *ait également recueilli le texte français de* Pyrame et Thisbé, *au lieu d'adapter directement Ovide, est déjà un sûr témoignage de l'influence qu'a continué d'exercer la version médiévale de l'histoire des « deux enfants » au cours du Moyen Âge. D'autres preuves en sont les différents remaniements en prose, « moralisés » ou non, qui en ont été faits jusqu'à la fin du* XVe *siècle ou encore, au* XIVe *siècle, la première adaptation théâtrale qu'est la* Moralité nouvelle de Pyrame et Thisbé *(1535)*[2]. *Il semble bien*

1. La Fontaine, *Fables*, « Philomèle et Progné », III, xv, Gallimard, « Folio classique », 1991, p. 116.

2. Sur ces remaniements, voir l'article de Wolfgang van Emden cité en bibliographie.

pourtant que c'est ou directement à Ovide ou à des sources plus modernes, française comme le poème de Baïf, Le Mûrier, *ou étrangères, que s'est adressé Théophile de Viau pour composer* Les Amours tragiques de Pyrame et Thisbé, *une tragédie qui renoue, par-delà les siècles, avec la tonalité élégiaque, la tension dramatique, l'expression paroxystique du désir de mort qui caractérisaient déjà le récit du* XIIe *siècle*[1].

Le cours médiéval de l'histoire de Narcisse semble, lui, plus dépendant de la version du XIIe *siècle. Le beau jeune homme indifférent à l'amour a très tôt et très longtemps servi d'image négative, de modèle à rejeter. Au* XIIIe *siècle, à partir du* Roman de la Rose *de Guillaume de Lorris, il est autant un symbole de l'amour stérile et mortifère qu'une image du trouvère incapable de dépasser les jeux surannés de l'art poétique courtois. Pourtant, plus que son destin depuis longtemps scellé, c'est le lieu de son supplice, la fontaine auprès de laquelle il est mort de soif et de désir, qui devient le lieu clé de l'érotique médiévale, le lieu source où l'amant, poète ou romancier, doit à son tour plonger hardiment son regard, prendre tous les risques, pour tenter de capter le surgissement du désir, du désir d'aimer, du désir d'écrire.*

Emmanuèle Baumgartner

1. Voir Wolfgang van Emden, « Sources de l'histoire de "Pyrame et Thisbé" chez Baïf et Théophile de Viau », *Mélanges Pierre Le Gentil,* SEDES, 1973, p. 869-879 et l'introduction de Georges Forestier aux *Amours tragiques de Pyrame et Thisbé* de Théophile de Viau, Cicéro Éditeurs, 1992.

Pyrame et Thisbé

Piramus et Tysbé

En Babilone la cité 91 b
Furent dui home renomé,
De grant valour, de grant hautesce,
De parenté et de richesce.
Li riche home orent .II. enfans
D'une biauté et d'uns samblans :
L'uns fu vallés, l'autre meschine ;
Tant biaux n'orent rois ne roÿne.
.II. enfans orent li riche home,
Qu'Ovides en son livre nome
Et dist qu'il furent apelé
L'un Piramus, l'autre Tysbé.
Ançois qu'il eüssent .VII. ans,
Toucha Amours les .II. enfans
Et navra plus en lor endroit
Que lor aëz ne requeroit.
Li pers aëz, l'igaulz corages, 91 c
Lor grans biautez, lor grans parages,
Les paroles, les ris, les jeus,
Et li aaisement d'eulz deus,
Et li entreveoir souvent
Lor donnerent esmouvement.

Pyrame et Thisbé

Dans la cité de Babylone vivaient jadis deux hommes de grande réputation, connus pour leurs qualités, leur noblesse et leur puissance. Ces hommes importants eurent deux enfants aussi beaux l'un que l'autre et dont la ressemblance était parfaite. L'un était un garçon, l'autre une fillette. Jamais roi ni reine n'eurent d'aussi beaux enfants.

Ces hommes importants eurent donc deux enfants dont Ovide dans son livre nous donne les noms : l'un s'appelait Pyrame, l'autre, Thisbé. Ils n'avaient pas encore sept ans lorsque Amour les toucha et les blessa d'une blessure plus profonde qu'il n'eût fallu à leur âge. Leur âge identique, l'accord de leurs sentiments, leur grande beauté, leur haute naissance, les paroles qu'ils échangeaient, leurs rires, leurs jeux, leurs plaisirs partagés, leurs fréquentes rencontres, tout conspira à éveiller leur amour.

Haÿ, Amors, devant tes jex
Ne puet durer joenes ne viex ;
Il n'est jouvente ni aëz
Qui de ton dart ne soit navrez.
Contre ton dart n'a nulle essoigne
Double haubers ne double broigne.
Ta saiete ne set faillir,
Vers lui ne puet nulz home garir.
Sans doleur fais traire souspir,
Sans sanc espandre fais palir.
Li fers de ton dart porte feu,
Souspirs, la fleche dou mileu.
Li fers navre dou regarder,
Et la fleche coule el penser.
Li penon font les apareulz,
La coiche ajouste ses conceulz.
De tel saiete et de tel lance
Navra Amours en lor enfance
Le jovencel et la meschine,
Tres que la mort lor fu voisine.
Encor ne sevent riens d'Amours,
Si les a mist en grans freours :
Ja lor plaist par matin lever
Et l'un de l'autre porpenser,
Et jeünent plus que lor droit
Et lor aëz ne requeroit.
Par matinet chascun s'en emble,
Si vont le jour jouer ensamble,
Deduient soi o les enfans
De lor aëz et de lor tans.
Le jour pensent d'eulz esgarder,
Qu'il ne s'en pueent saoler.
Tart revienent a lor ostaulz,

Hélas, Amour, personne, jeune ou vieux, ne peut déjouer longtemps tes tours ! Jeune ou vieux, il n'est personne que ta flèche ne blesse. À ton trait, ni haubert ni cuirasse à doubles rangs de maille ne peuvent résister. La flèche que tu décoches ne manque jamais son but : personne ne peut s'en protéger. Tu arraches des soupirs sans causer de douleur apparente. Tu fais pâlir sans que coule le sang. Le fer de ton trait porte la flamme, le bois de la flèche provoque les soupirs. Le fer blesse par l'éclat du regard, le bois s'insinue dans l'esprit. Les pennons font les approches, l'encoche unit les pensées. C'est là la flèche et le trait avec lesquels Amour blessa dans leur prime jeunesse le garçon et la jeune fille jusqu'à ce que la mort les atteigne.

Ils ignorent tout de l'amour et pourtant il leur fait connaître bien des émois. Déjà ils trouvent plaisir à se lever de bon matin et à penser l'un à l'autre ; ils jeûnent plus souvent qu'ils ne devraient et que ne l'exigerait leur âge. De bon matin, chacun s'échappe, ils vont jouer ensemble toute la journée et s'amusent avec les enfants de leur âge. Ils passent la journée à se contempler, sans pouvoir s'en lasser, et rentrent tard chez eux,

v. 33-38. On peut comparer cette manière de décomposer en ses différentes parties le « dard » d'Amour et de mettre en relation les effets de l'amour et les différents composants avec la description beaucoup plus développée que donne aux vers 1225-1230 Guillaume de Lorris, dans le *Roman de la Rose,* des cinq flèches d'Amour et de leurs fonctions (voir les v. 1678-1878 de l'éd. A. Strubel ; on trouvera les références complètes aux ouvrages cités dans les notes au sein de notre bibliographie, p. 280 à 285).

Quar li departirs lor est maulz.
Plaist lor a faire mainte chose
Dont l'en mout les manace et chose.
Tant comme jaspes sormonte voirre
Et or argent, et primevoirre
A la marouste sormonté,
Tant sormontoient de bonté 91 d
Et de valour et de biauté
Cil dui tous ceulz de la cité.
Par grant conseil et par grant cure
Et par grant sens les fist Nature.
Tant com lor aëz fu contraire
A ce qu'Amours requiert a faire,
Et il furent dedens .X. ans,
Fu assés lor leesce grans
D'aler ensamble et de parler,
D'esbanoier et de joer.
Li dous regars, li simples sens
Et li non convenables temps,
Et que nulz biens n'est sans envie,
Ne nulz sers n'est sans felonie,
Les fist departir et garder,
Qu'il ne porent ensamble aler.
.I. sers perçut lor contenance
Et dist : « Or sai je sans doutance
Que mout s'entr'aiment cil enfant,
Et se il fussent auques grant
Et il eüssent tel lesir,
Griez chose fust dou departir. »
A la mere a la damoisele
Porta li sers ceste novele,
Et cele dist : « Des or t'en tés,
Quar il n'assambleront ja més. »

car il leur est dur de se séparer. Ils prennent plaisir à faire bien des choses qui leur attirent menaces et réprimandes.

De même que le jaspe l'emporte sur le verre, l'or sur l'argent, la primevère sur le marrube, de même ces deux enfants surpassaient en beauté tous ceux qui vivaient dans la ville. C'est avec beaucoup de réflexion, de soin et d'intelligence que Nature les créa. Tant qu'ils n'eurent pas l'âge de céder à ce qu'exige Amour, jusqu'à l'âge de dix ans, il suffit à leur bonheur de pouvoir se retrouver, se parler, s'amuser et se divertir. Les doux regards qu'ils échangeaient, l'ingénuité de leurs sentiments, le temps, non encore venu, mais aussi le fait que tout bonheur suscite l'envie et qu'il n'y a pas d'esclave qui ignore la perfidie, eurent comme effet qu'on les sépara et qu'on les surveilla si bien qu'ils ne purent plus se retrouver. Un esclave, qui remarqua leur comportement, déclara :

« Je sais bien, il n'y a aucun doute, que ces deux enfants s'aiment beaucoup. S'ils étaient un peu plus grands et qu'ils en eussent la possibilité, ce serait bien difficile de les séparer. »

L'esclave vint dire ce qu'il avait vu à la mère de la jeune fille.

« Plus un mot de cela, lui dit-elle. Désormais, ils ne pourront plus se rencontrer.

v. 60-61. Nous avons gardé le texte du manuscrit : *marouste* (un manuscrit donne comme variante *marouche*) peut être en effet rapproché de la forme mieux attestée *marroge*, en français moderne *marrube*, « labiée, plante herbacée vivace, à odeur musquée ».

v. 83. Nous avons gardé la graphie *lesir* de *leisir/loisir*, qui indique sans doute la réduction à *-è* de la diphtongue *-wè*.

Puis dist a une chamberiere :
« Garde, se tu m'as de riens chiere,
Que Tysbé n'isse fors de l'us,
Ne qu'el ne voie Piramus. »
Adont leva uns maltalans
Entre les peres aus enfans,
Une tençon et une envie,
Qui puis dura toute lor vie.
Ceste chose fist destorber
Les .II. enfans a aprimer,
Et d'assambler par mariage,
Et d'envoier entr'eulz message.
Li dui enfant sont en destroit,
Li uns n'ot l'autre ne ne voit :
Mout lor samble griez la devise
Que lor parens ont entr'aulz mise,
Mes ce que l'en les garde plus,
— Tysbé n'ose issir fors de l'us
Ne Piramus vers lui garder —, 92 a
Fet plus lor amour aviver.
Andui croissent selonc lor tens :
Croist lor aëz et croist lor sens,
Croist lor ardours et croist lor plaie,
Et croist li feus qui riens n'apaie,
Croist lor amours et lor aëz,
Et ja orent .XV. ans passez.
Et puis qu'il vindrent en jouvent
Et il choisirent escïent,
Et lor aëz s'ahert au cours
Ou nature choisist amours,
Adont nes lesse plus guerir.
Li lonc penser, li griés souspir,
Les grans dolors, li fort complaint,

Prends garde, dit-elle ensuite à une chambrière, si tu m'es dévouée, que Thisbé ne sorte plus de la maison et qu'elle ne voie plus Pyrame. »

Sur ces entrefaites, une violente querelle opposa les pères des deux enfants, une rivalité, une jalousie qui se poursuivirent ensuite leur vie durant. Cette situation empêcha les deux enfants de se retrouver, de s'unir par les liens du mariage et de se faire parvenir des messages. Les voilà tous deux bien en peine ! Impossible de s'entendre, de se voir. Comme elle leur pèse, la séparation que leur imposent leurs parents ! Mais, qu'ils soient plus étroitement surveillés — Thisbé n'ose plus franchir le seuil de sa maison et Pyrame n'ose pas chercher à la voir — ne fait qu'aviver leur amour. Tous deux grandissent au fil des jours. Ils grandissent et leurs sentiments grandissent, comme grandit leur ardeur et s'agrandit leur blessure, comme grandit la flamme que rien n'apaise et que grandit leur amour au fur et à mesure qu'eux-mêmes grandissent, et ils avaient déjà quinze ans passés.

Une fois devenus des jeunes gens très conscients de leurs sentiments, et arrivés à l'âge où la nature découvre ce qu'est l'amour, il leur fut impossible de guérir. Les longues méditations, les soupirs douloureux, les grandes peines, les tristes lamentations,

v. 112. *Qui* est ici une graphie de *cui*, complément indirect du verbe *apaiier*.

v. 120-122. Accord au singulier de la forme verbale *maint* avec le substantif le plus proche.

Li durs tormenz au cuer lor maint.
Dementent soi et nuit et jour,
Toute lor vie est en dolour;
Plorent, plaignent chascuns par soi,
Ne sevent d'eulz prendre conroi,
Ne ne pueent trouver remire
Ne par mecine ne par mire.
Li feux lor siet dedens les os,
Qui ne lor lesse avoir repos,
Ains les travaille jor et nuit
Et de mortel travail les cuit.
Cil feux et cele flame seule
Retrait les ners et art la meule,
Tault la vertu, change biauté,
Et chace toute alegrieté.
Piramus est plains de tristour,
Plains de souspir et plains de plour,
Plains de penser et plains de cure.
Demente soi en tel mesure
Sovent :
Hé, las ! fet il, chetis, dolent,
Soufferai longues cest torment ?
Tous tens ai duel, joie noient,
Et com plus me dueil, plus m'esprent 92 b
Amour.
Je mens certes, ains est ardour
Qui ensi vient de jour en jour ;
Si taint ma force et ma coulour
Com fait la fueille la froidour.
Hé, las !
Hé, Piramus, quel la feras ?

les pénibles tourments occupent leurs cœurs. Nuit et jour, ils se lamentent. Toute leur vie se passe dans la douleur. Ils pleurent, ils se lamentent, chacun de son côté, ils ne savent ce qu'ils doivent faire et ils ne peuvent trouver nul remède, ni médecine ni médecin. La flamme brûle dans leurs os, sans leur laisser de répit. Nuit et jour, elle les tourmente et les brûle d'une mortelle peine. Ce feu, cette flamme se chargent bien de durcir les nerfs, de consumer la moelle, de ravir la force, de flétrir la beauté et de chasser toute allégresse !

Pyrame n'est plus que tristesse. Il n'est plus que soupirs et pleurs, plus que pensée, plus que souci. Et voilà comment il se lamente

Souvent :

Ah, malheureux, triste et dolent,
Vais-je longtemps souffrir ce tourment ?
Sans cesse je souffre, privé de toute joie,
Et plus je souffre, plus m'embrase
Amour.
Mais je mens : mieux vaut l'appeler ardeur
Ce qui me tient jour après jour,
Qui ruine ma vigueur et flétrit mon teint
Comme le froid flétrit la fleur.
Hélas !
Ah, malheureux Pyrame, que vas-tu faire ?

v. 136. *Alegrieté,* correction proposée par F. Branciforti (B.) et C. De Boer (De B.), semble mieux attesté en ancien français sous la graphie *halegreté*, *haliegreté.*

v. 141. Le copiste du manuscrit (ou de son modèle) a mis un certain temps à comprendre le système de versification et le procédé du « petit vers ». D'où plusieurs cas d'omission (signalés dans les leçons rejetées) du vers de deux syllabes, que nous avons corrigés d'après B. et De B.

En quel guise te contendras ?
Haÿ, pere qui m'engendras,
Pour quoi
N'as tu ore pitié de moi ?
Se tu ne prens autre conroi,
Ou par enging ou par desroi
Ferai
Tysbé, bele, que te verrai,
Ou se ce non pour toi morrai.
Saches, se par amours ne t'ai,
Que par force te ravirai.
La mort
Iert mon refuge et mon confort,
S'aulques me tient cis mal si fort
Ou se longues m'est fais cis tors.
Tors fais ?
Hé, Dieux, pour quoi n'est fait cis plais,
Que nos parens fussent em pais ?
N'eüssons mie tant d'agais !
Gaitier !
Ja ne puis je tant esploitier
Que je trouvaisse messagier
Que je li peüsse envoier.
Cui chault ?

Comment vas-tu te comporter ?
Ah, père qui m'as engendré,
Pourquoi
N'as-tu pas en ce jour pitié de moi ?
Si tu ne changes pas d'attitude,
Soit par ruse, soit par folie,
Je ferai en sorte,
Belle Thisbé, de te revoir,
Ou sinon je mourrai à cause de toi.
Oui, sache-le, si l'amour ne te donne à moi,
Je te ravirai de force.
La mort
Sera mon refuge, mon réconfort.
Si ce mal si cruel plus longtemps me tourmente,
Si m'est plus longtemps fait ce tort.
Quel tort ?
Ah, dieux, pourquoi n'est pas conclu cet accord
Qui réconcilierait nos parents ?
Nous ne serions pas autant surveillés.
Et quelle surveillance !
Je ne peux arriver
À trouver un messager
Et à le lui envoyer !
Qui s'en soucie ?

v. 167-168. Le texte du manuscrit est *ou se longues m'est cis tors fais*. En fait le copiste a dû reproduire par anticipation le vers suivant (*Tors fais*), qu'il a du même coup omis à sa place. Reste le problème de la rime fautive *mort*, *confort*, *fort* mais *tors*, qui est pourtant la forme attendue de cas sujet. B. corrige et imprime *Qui si longues me fet cest tort. / Tort fais.* On retrouve les mêmes mots rimes aux v. 715-718 et 837-841 et on notera la récurrence dans ces trois cas du couple *mort/confort,* une rime qui revient peu après en leitmotiv dans le *Tristan* de Thomas.

Ne monte riens, se Dieux me sault.
Haÿ, Peres qui mains en hault,
Estain le feu qui si m'assault,
Le feu
Qui m'a tolu et ris et jeu ;
Ne puis guerir en nesun leu.
Amie,
Pour vous est ma coulour perie,
Mon cors navré, ma chars percie.
Bele, pour vous despens ma vie
En plours.
Consentez moi, li dieux d'amours,
Qu'encor la tiengne nuit ou jours,
Ou a leesce ou a dolours !
Pasmer
M'estuet errant, ne puis parler ;
Or sui hetiez, or vueil plorer,
Ore ai grant chault, or vueil trambler.
Ains qu'il peüst son duel fenir, 92 c
Li prist la face a empalir.
En lermes et en plorement
Cheÿ pasmez ou pavement ;
Emprez grant piece est relevez,
Tous tristes, tous descolorez ;
Vait s'ent au temple Veneris,
Couche soi sus le marbre bis,
Fait proieres, vouz et promesse
Et sacrifise a la deesse,
Qu'ele li doinst avoir baillie
De parler a Tysbé s'amie.
Tysbé rest la dedens enclose,
Fors dou palais issir n'en ose.
Souvent remembre ses amours,

Il n'y a rien à faire. Que Dieu m'aide !
Oh, Père, toi qui es au ciel,
Éteins ce feu qui me brûle ainsi,
Ce feu
Qui m'a ravi toutes joies, tous plaisirs,
Et je ne connais aucun moyen de me guérir !
Amie,
À cause de vous, mon teint pâlit,
Mon corps est blessé, ma chair transpercée.
Belle, à cause de vous, je passe ma vie
Dans les pleurs.
Oh, dieu d'amour, accordez-moi du moins
De pouvoir la serrer dans mes bras de nuit ou de jour,
Dans l'allégresse ou dans la douleur !
Me pâmer ?
Ai-je autre ressource ? Je ne peux plus parler.
Tantôt je suis gai, tantôt j'ai envie de pleurer,
Tantôt j'ai très chaud, tantôt je me mets à trembler.

Avant qu'il ait pu achever sa plainte, son visage devint livide et, pleurant et gémissant, il tomba évanoui sur le sol. Un long moment après, il s'est relevé, très triste et très pâle, et il s'en est allé au temple de Vénus. Là il se prosterne sur le marbre foncé, il multiplie prières, vœux, promesses et fait un sacrifice à la déesse pour qu'elle lui donne la possibilité de parler à Thisbé, son amie.

Thisbé de son côté est enfermée et n'ose sortir de sa demeure. Bien souvent elle se souvient de ses amours,

v. 201. Emploi de la forme latine déclinée, *Veneris*, génitif de *Venus*.

Souvent mue le jour colours,
Souvent se plaint et souvent plore.
Lasse, fet elle, com male ore
Fui nee !
Hé, Diex, com male destinee,
Com dure vie m'est donee !
Ains mes ne fu nulle esgaree
En vie,
Qui par savoir ou par voisdie
Ne seüst engignier boisdie,
Fors moi.
Mes quant je plus pens, et mains voi
En quel guise prendrai conroi,
Amis douz, de parler a toi.
Parler ?
Tysbé, fole, veulz tu desver
Et ta chasteé violer,
Et ton lignage vergonder ?
Nou faire !
Garde raison, qui t'est contraire.
Ne te chaille entour toi atraire
Corage
Par quoi tu faces tel rage.
Onques feme de ton lignage
Ne fu reprise de putage. 92 d
Reprise ?
Non serai je, par nulle guise !
Miex vueil estre .C. fois ocise.

bien souvent, au long du jour, elle change de couleur, bien souvent elle se lamente et elle pleure.

Malheureuse, dit-elle, sous quel funeste jour
Je suis née !
Ah, Dieu, quelle triste destinée,
Quelle vie cruelle m'est donnée !
Jamais créature aussi désemparée
N'a vu le jour,
Aussi peu capable, par intelligence ou astuce,
D'inventer quelque ruse
Sauf moi.
Mais, plus je cherche, moins je vois
Quel moyen je pourrais trouver,
Mon doux ami, de te parler.
Parler ?
Folle Thisbé, veux-tu te montrer insensée,
Veux-tu violer ta chasteté
Et déshonorer ton lignage ?
Non certes !
Respecte la raison, qui t'est pourtant hostile !
Écarte de toi ce qui pourrait inciter
Ton cœur
À commettre pareille folie :
Jamais femme de ton lignage
Ne fut accusée de dévergondage.
Accusée ?
Non, je ne le serai en aucun cas.
J'aime cent fois mieux être mise à mort.

v. 221. Emploi de *et* en tête de principale (*et mains voi*), avec la valeur, bien attestée, de « eh bien, alors ».

v. 228. Le manuscrit porte distinctement *non*, mais l'emploi de l'infinitif de défense ne paraissant attesté que précédé de la forme *ne* de la négation ou de *nel*, enclise de *ne le*, nous avons corrigé *non* en *nou*, autre graphie de l'enclise de *ne le*.

Tysbé,
Ou as tu pris icest pensé ?
Tost as Pyramus oublié !
Amis,
Onques a certes ne le dis !
Or poez dire, ce m'est vis,
A droit
Qu'en amours de feme n'a foit.
Biaux douz amis, prenez a droit
Le gage.
Tenez, sire, pour cest outrage,
Vous otroi ci mon pucelage.
Trop iere ore de fier corage !
De fier !
Vers vous doi ge bien supploier.
Moult avroie le blasme chier
Se m'en ooie reprochier.
Contraire,
Si comme samble a mon vïaire,
Nulz hom ne m'en devroie retraire
Ne reprendre de cest afaire.
Desvee !
Tes toi, fole desmesuree !
Quel corage vous a muee ?
Moult estes ore forsenee !
Lerai
Tout cest pensé que je ore ai.
Par le conseil mon pere avrai
Autresi gent ami, bien sai.

Thisbé,
D'où te vient cette pensée ?
Tu as bien vite oublié Pyrame !
Ami,
Vraiment, je n'ai pas voulu dire cela !
Voilà, me semble-t-il, que vous pouvez dire
À bon droit
Qu'il n'y a pas de fidélité dans l'amour de la femme !
Mon doux ami, recevez comme il convient
Ce gage.
Tenez, seigneur, pour réparer cette faute,
Je vous fais don de mon pucelage.
Vraiment, comme je me suis montrée hautaine !
Hautaine ?
Il me faut donc m'humilier devant vous.
Et comme je serais heureuse d'être blâmée
Si l'on me faisait pareil reproche !
Au contraire,
À ce qu'il me semble,
Personne ne devrait m'en détourner
Ni blâmer ma conduite.
Insensée que tu es,
Tais-toi, folle dévergondée !
Qu'est-ce qui vous fait ainsi changer ?
Vous vous conduisez comme une folle !
J'abandonnerai
Toutes ces pensées.
Grâce à mon père, j'aurai, je le sais,
Un autre ami, aussi aimable.

Si gent ?
Merveil, se Piramus m'entent !
Oïl, je tramble, bien le sent.
Si mar le dis, or m'en repent.
Hé, biaus !
Rose tendre et lis nouviaus,
Flors de tous autres damoisiaus,
Merci !
N'aiés cure de quanque di.
De paour ai le cuer marri,
Ja mais n'avrai nul autre ami
Que vous.
Mes vos parens sont envïous
Et li mien sont de moi jalous. 93 a
Cui chault ?
Ne monte riens, se Diex me sault :
Or sent mon cuer, ore ai trop chault,
A poi ferai pour vous .I. sault.
Hé, lasse,
Que ai je dit ? Riens ne me passe
Li maulz qui si souvent me lasse,
Dolente.
Li diex d'amours me le consente,
Ou bon me soit ou m'en repente,
Qu'entre mes bras encor le sente
Par termes.
Ci fenirai ma plainte en lermes,
Pasmer m'estuet, ore est li termes.
Ensi fais je par chascun di,
Tel fief tieng je de mon ami.
La pucele est trois fois pasmee ;
Et quant elle s'est relevee,

Aussi aimable ?
Quelle horreur si Pyrame m'entend !
Oui, je tremble, je le sens bien.
Si j'ai mal parlé, m'en voici repentante.
Ah, bel ami,
Rose fragile, lis nouveau,
Fleur de tous les jeunes gens,
Pitié !
Oubliez tout ce que j'ai dit.
La crainte afflige mon cœur,
Jamais je n'aurai d'autre ami
Que vous,
Mais vos parents sont pleins d'envie
Et les miens veillent jalousement sur moi.
Qui s'en soucie ?
Aucune importance ! Que Dieu me protège !
Je sens mon cœur : comme je brûle !
Pour vous, je ferai bientôt quelque folie.
Ah, malheureuse,
Qu'ai-je dit ? Il ne cède pas,
Ce mal qui si souvent accable
Cette misérable.
Que le dieu d'amour m'accorde,
Que cela me soit bon ou que je m'en repente,
De pouvoir le sentir entre mes bras,
Et dans peu de temps.
Ma plainte maintenant s'achève dans les larmes,
Je vais m'évanouir, c'en est fait.
Voilà ce qui m'arrive chaque jour :
Tel est le don que je reçois de mon ami !

À trois reprises la jeune fille s'est évanouie, puis, quand elle s'est relevée,

Ansdeus ses mains vers le ciel tent :
Aus diex prie moult humblement
Qu'il li doignent conseil trouver
Qu'a son ami puisse parler.
Prochain furent li dui palais,
Et par tele maniere fais
C'une parois et .I. murs seulz
Estoit devise d'ambedeus.
Endroit la chambre la dedens
Ou mains conversoient de gens,
Ou la pucele iert enfermee,
Fu la parois .I. peu crevee.
La crevace n'ert gaires grans,
Si fu celee par mains ans
De si qu'Amours la fist trouver,
Vers cui riens ne se puet celer.
Quel chose est ce qu'Amours ne sent ?
Li dui amant premierement
Aperçurent celui pertus, 93 b
Primes Tysbé, puis Piramus.
Tysbé trouva la creveüre,
Prist le pendant de sa çainture,
S'en fist outre le fer paroir,
Que ses amis le pot veoir.
Piramus vint de deporter
Pour ses dolours reconforter.
Entre en la chambre, cele soi,
Torne ses iex vers la paroi,
Garde, si aperçoit l'enseigne
Qui la crevace li enseigne.
Cele part vait, prent le pendant,
Voit le pertus aparissant.

elle tend ses deux mains vers le ciel, priant très humblement les dieux de lui dire comment faire pour pouvoir parler à son ami.

Les deux demeures étaient proches l'une de l'autre et construites de telle sorte que seuls une paroi et un mur les séparaient. Juste dans la chambre où la jeune fille était enfermée et où peu de monde venait, la paroi était un peu fendillée. La fente n'était pas très grande. Pendant des années on ne l'avait pas remarquée jusqu'au moment où Amour la fit découvrir, Amour à qui rien ne peut échapper. Y a-t-il quelque chose qu'Amour ne puisse percevoir ?

Les deux amants furent les premiers à remarquer ce trou, d'abord Thisbé, puis Pyrame. Thisbé découvrit la fente, elle prit le pan de sa ceinture et en fit passer la boucle de l'autre côté pour que son ami puisse la voir. Pyrame revenait de se promener pour soulager sa douleur. Il entre dans la chambre, il se dérobe aux regards et tourne les yeux vers la paroi. Il l'examine et aperçoit le signe, tel que le lui montre la fente dans le mur. Il s'en approche, prend le pan de la ceinture, découvre le trou et dit alors :

v. 315. Traduction presque littérale de l'hémistiche ovidien (v. 68) : *Quid non sentit amor ?*

v. 321. B. et De B. ont la leçon *chief*, « bout, extrémité ». Nous avons gardé le texte du manuscrit, *fer*, au sens de « boucle, anneau ».

Tysbé, dist il, bele faiture,
Flours de toute autre creature,
Par l'enseigne de la chainture
Sui je venus offrir droiture,
Qui ne trouvai la creveüre.
Vostre en est bele l'aventure
D'apercevoir tel troveüre.
Se vous avez de moi tel cure,
Ne vous tendra la fermeüre
Que ne veigniez ici segure.
Sans message, sans couverture,
A basse vois et a murmure
Porrons parler de nostre injure.
Emprez savrois en quel ardure
M'a mis Amours sans forfaiture.
Hé, Diex, comme est sa vie dure
Qui longuement teulz maulz endure !
La pucele de l'autre part
Est en escout et en esgart :
De la parole entent l'esfroi,
Torne ses iex vers la paroi,
Met son oeil endroit la crevace :
De son ami connut la face.
Parler cuide, mes el ne puet
Pour l'amour qui si la commuet.
Ou premerain esgardement
Fremist, souspire, et si esprent,
Tressault, tramble et si tressue,
Taint sa color et si li mue,
Porpense soi qu'ele li die,
En soi meïsmes s'entroblie.

Thisbé, ma si belle Thisbé,
Fleur de toutes autres créatures,
Par le signe de cette ceinture
Je viens vous offrir réparation,
Pour n'avoir pas trouvé la fente.
C'est à vous que cette belle aventure est advenue,
De faire pareille découverte !
Si vous éprouvez pour moi tant d'affection,
Aucune barrière ne vous empêchera
De venir ici avec assurance.
Point de messager, point de dissimulation :
À voix basse, dans un murmure,
Nous pourrons parler de nos malheurs.
Ensuite vous saurez de quels feux
Me brûle Amour, que je n'ai pas trahi.
Ah, Dieu, comme la vie lui est cruelle
À celui qui endure longtemps pareils maux !

De l'autre côté de la paroi, la jeune fille est aux aguets. Elle entend le son de la voix, elle regarde vers la paroi, puis elle met son œil au niveau de la fente et elle distingue alors le visage de son ami. Elle croit qu'elle va lui parler, mais non : Amour la bouleverse. Au premier regard qu'elle jette à son ami, elle frémit, soupire, s'embrase, elle se met à trembler, elle transpire, son visage pâlit et change de couleur ; elle cherche, absente à elle-même, ce qu'elle va lui dire.

v. 331-347. Suite de vers prononcée par Pyrame et entièrement construite sur la rime en *-ure*, à laquelle répond en écho la suite de vers prononcée par Thisbé (v. 368-389), construite sur la rime, plus banale, en *-er*.

En tantes guises la destraint 93 c
Amours, qui toutes choses vaint.
A la parfin s'est pourpensee,
Si s'est un poi asseüree ;
Met sa bouche endroit la fendure,
Emprez parole en tel mesure :
Amis, ensi vous os nomer,
— Ce ne me puet on pas veer —,
Ne me puis pas vers vous celer.
Vostre proesce vueil gaber :
Premiere sot conseil trouver
Com peüssons ci assambler,
Quar, qui plus aime, plus voit cler.
Griement vos oi desconforter,
Mes poi savez que est amer :
Encor vous en poez joer !
A moi lessiez le duel user,
Cui riens ne puet confort doner.
Joie ai changiee por plorer,
Pour dolereus complains jeter,
Et leesce pour gamenter,
Soëf dormir por grief penser,
Jeu et delit pour souspirer.
Amis, ne puis ci plus ester :
Souspirs me tolent le parler.
Pensez demain dou retorner,
Plus a loisir porrons parler
Et li uns l'autre conforter.
Ne pot lors plus parler a lui ;
Ensi departent ambedui.
Li jours s'en vait, la nuit prist fin.

Amour, qui règne sans partage sur toutes choses, la tourmente de mille manières. Finalement, elle retrouve ses esprits et reprend un peu d'assurance. Elle colle alors sa bouche à la fente et parle en telle manière :

Ami, car j'ose vous donner ce nom,
Ce nom qu'on ne peut m'interdire de prononcer,
Je ne puis plus longtemps dissimuler avec vous.
Mais je veux me moquer un peu de votre prouesse !
C'est moi qui la première ai su trouver le moyen
De nous rejoindre ici :
Il voit plus clair celui qui aime davantage !
Je vous entends vous lamenter douloureusement,
Mais vous ne savez guère ce que c'est que d'aimer.
Pour vous, c'est encore un amusement.
À moi, vous laissez la douleur,
À moi que rien ne peut réconforter.
J'ai abandonné la joie pour les pleurs,
Pour pousser de tristes lamentations,
L'allégresse pour les plaintes,
Le doux sommeil pour les pensées amères,
La fête et le plaisir pour les soupirs.
Ami, je ne peux pas rester ici plus longtemps :
Les soupirs m'empêchent de parler.
Faites en sorte de revenir demain :
Nous pourrons alors parler plus longuement
Et nous réconforter l'un l'autre.

La jeune fille est incapable de lui parler plus longtemps et c'est ainsi qu'ils se séparent. Le jour passe, la nuit s'achève.

v. 363. Traduction presque littérale de l'hémistiche virgilien *Omnia vincit Amor* (*Bucoliques* X, 69). Voir aussi le v. 599.

Ansi repairent au matin,
Et revienent a lor pertus.
Primes parole Piramus :
Amie, moult sui angoissous
Quar a mort sui navrez pour vous.
Des or vieng je bien a reclain :
Plus sui pris que poissons a l'ain.
Sorpris
Sui je pour vous, ce m'est avis.
Ne sai que soit joie ne ris.
S'auques me tient, n'en irai vis.
Muir moi !
Li diex d'amours ne garde foi,
Quar sormontez nous a sa loi :
Lacié somes en une roi 93 d
Andui.
Ne sai cui prier, vous ou lui.
Bele a vous fais je mon refui :
Se por vous muir, tant mar i fui !
Amie,
Moult ferïez grant felonie
Se pour vous perdoie la vie,
Quant par vous puis avoir aÿe.
Dolent !
Moult puis avoir duel et torment,
Qui tant ai amé longuement
Et ne puis faire mon talent.
Chetis !
Hé, bele, com sui entrepris !
Bien ai apris mal a sousfrir.
Deduit,
Et quanque je desir me fuit.
Hé, Diex, a cui complaing je lui !

Au matin, tous deux reviennent et s'approchent du trou. C'est Pyrame qui parle alors le premier.

Amie, je suis très abattu
Car je suis blessé à mort par vous.
Me voilà maintenant revenu à votre appel,
Plus pris qu'un poisson à l'hameçon.
Oui, pris,
Et par vous, me semble-t-il.
Les joies, les rires, je ne sais plus ce que c'est.
Si l'amour me tient longtemps, je n'en sortirai pas vivant.
Je me meurs !
Le dieu d'amour n'est guère loyal :
Il nous a soumis à sa loi.
C'est d'un même lacs que nous sommes liés
Tous deux.
Je ne sais qui prier : lui ? Vous ?
Belle, c'est auprès de vous que je cherche refuge.
Pauvre de moi, si je meurs par votre faute !
Amie,
Vous feriez une action ignoble
Si, à cause de vous, je perdais la vie,
Alors que vous avez tout pouvoir de m'aider.
Misérable,
Il me faut bien endurer peines et tourments,
Moi qui ai si longuement aimé
Et qui ne peux satisfaire mon désir.
Pauvre de moi,
Ah, belle, comme me voilà pris !
Comme j'ai bien appris à souffrir !
Le plaisir
Et tout ce que je désire me fuient.
Ah, Dieu, contre quel mal il me faut lutter !

Ne ja garrai se ne m'en fui.
Foïr ?
Amours ne me veult pas guerpir :
Pour Amours m'estovra morir.
Morir ?
Se Dieu plaist et vous, non ferai,
Ançois vous en soupploierai :
Ja tant, ce cuit, n'en prierai
En vain,
Ains tendrai tant droite ma main
Que de cest mal me ferois sain
Et de vostre amistié certain.
Hé, murs,
Tant par estes aspres et durs !
Mes se je fuisse auques seürs,
La frete
Fust a mes mains si ample fete,
Que, sans veüe de la guete,
Vos en eüsse par mi trete. 94 a
Parois,
Aiez merci de ces destrois !
Pertuis, tant par estes estrois !
Chaillous, se vous aouvressois
Seul tant
Qu'ensamble fussions en parlant
Et alissons entrebesant !
Amie,
Se fusse en vostre compaignie,
De grant doleur eüsse aïe !
Hoster,

Jamais je ne guérirai si je ne prends la fuite.
Fuir ?
Amour ne veut pas me lâcher
Et il me faudra mourir au nom de l'amour.
Mourir ?
Non, s'il plaît à Dieu et à vous :
Avant d'en arriver là, je vous supplierai tant
Que, j'en suis sûr, je ne prierai pas
En vain.
Mais je tendrai si bien ma main vers vous
Que vous me guérirez de ce mal
Et m'assurerez de votre amour.
Ah, mur,
Comme vous êtes rude et dur !
Mais si j'étais un peu rassuré,
Cette fente,
Je l'agrandirais si bien de mes mains
Que, sans être vu du guetteur,
Je vous ferais passer à travers.
Cloison,
Ayez pitié de ces affligés !
Trou, comme vous êtes étroit !
Pierres, si vous vous écartiez
Juste assez
Pour que nous puissions parler ensemble
Et échanger des baisers !
Amie,
Si j'étais auprès de vous,
Je serais secouru dans ma grande douleur.
Demeure,

v. 455. *Hoster* est une variante bien attestée de *(h)ostel* (que donne le manuscrit), ici appelée par la rime.

Pour tant te devons nous amer
Que par mi toi nous lais parler.
Crevace,
Cele toi bien, c'on ne te sace.
N'es pas de ceulz qui nous manace.
A demi oeil esgart la face
Par toi
De cele qui le cuer de moi
Et le corage a trait o soi.
Mesiere,
Tant par estes cruel et fiere,
Qui n'aouvrez par ma proiere
Tant que besier puisse la chiere,
La bouche,
La cui douceurs au cuer me touche.
Hé, gente,
Itant me fetes sans atente,
Ne plus.
Prions orendroit de ça jus
Que nous aït dame Venus,
Que nulz ne truisse cest pertus !
Li jovenciaux plaint et souspire,
Lores fremist, ne pot mot dire.
Et quant li siens contes remaint,
Tysbé commence son complaint.
Amis, trop vous desconfortez.
N'est merveilles, que trop m'amez !
Bien sai qu'a mort estes navrez 94 b
Pour moi,
Et je pour vous, en moie foi.
De ma vie ne sai conroi,
Ne sui mie en menor esfroi
Que vous.

Nous devons bien t'aimer,
Puisque tu nous laisses chez toi parler.
Fente,
Cache-toi bien, qu'on ne te découvre !
Tu ne fais pas partie de ceux qui nous menacent ;
En clignant de l'œil, je peux regarder le visage,
Grâce à toi,
De celle qui m'a pris
Et mon cœur et mes pensées.
Paroi,
Comme vous êtes cruelle et inflexible !
Pourquoi ne pas vous ouvrir à ma prière,
Que je puisse embrasser le visage,
La bouche
Dont la douceur me touche au cœur ?
Ah, belle,
Embrassez-moi sans plus attendre,
Et rien de plus.
Mais formulons ici même notre prière,
Que dame Vénus nous vienne en aide,
Afin que nul ne découvre ce trou.

Le jeune homme se plaint et soupire. Son corps est tout frémissant, il ne peut plus rien ajouter. Et lorsqu'il a ainsi renoncé à parler, c'est Thisbé qui commence sa plainte.

Ami, comme vous vous désolez !
Ce n'est pas surprenant : vous m'aimez tant.
Je sais que vous êtes blessé à mort
Par moi,
Et moi par vous, je vous le jure.
Comment vivre, je ne le sais,
Et mon désarroi n'est pas moins grand
Que le vôtre.

Moult estes tristes et plorous,
Et mes cuers est moult angoissous.
Griement
Vous complaigniez de cest tourment,
Mes je, espoir, plus durement.
Amis,
Qui si dites qu'estes conquis,
Li miens cuers est d'amors sorpris.
Sans faille,
Plus est espris que feus em paille.
Amors m'ocist et me travaille.
Diex grans,
Quel ire est ce, quel maltalans,
Que as a moi de si lonc tans ?
Diex pere,
Qui me feïs nestre de mere,
Veez mon duel et ma misere,
Ma paine.
Males herres et male estraine
Reçui,
Amis, quant primes te connui :
Ains puis ne nuit ne jour ne fui
Sans plaie.
N'est merveille s'ele s'esmaie,
La touse
Qui pour vous est si angoissouse.
Riens ne la puet faire joiouse.
A tort
Ai je perdu joie et confort.

Vous êtes triste, éploré,
Et mon cœur est torturé.
Lamentablement,
Vous pleurez sur votre douleur,
Et moi, plus lamentablement peut-être.
Ami,
Vous dites que vous êtes pris,
Mais mon cœur est enflammé d'amour.
Point de doute,
Il brûle plus fort que feu dans la paille.
Amour me tue et me torture.
Dieu tout-puissant,
Pourquoi cette colère, pourquoi cette fureur
Depuis si longtemps déchaînées contre moi ?
Dieu père,
Toi qui me donnas la vie,
Considère ma douleur, ma misère,
Ma peine !
Quel mauvais salaire, quelles mauvaises étrennes
J'ai reçus,
Ami, le premier jour où je vous ai connu.
Jamais, depuis, je n'ai connu de nuit, de jour,
Sans cette blessure.
Quoi d'étonnant si elle se désespère,
La pauvrette
Qui, à cause de vous, souffre tant
Que rien ne peut lui redonner la joie.
Injustement,
J'ai perdu joie et réconfort.

v. 505. Nous avons corrigé *voies*, forme fautive du manuscrit, en *veez*, correction déjà proposée par De B., mais peu satisfaisante puisqu'elle suppose le passage brutal du *tu* au *vous*. B. corrige en *veïs*, correction qui ne semble guère plus pertinente.

Par grant angoisse atens la mort.
Le jour,
I sui en lerme et en freour,
Et en angoisse et en dolour,
Et en torment et en tristour.
La nuit,
N'ai je ne deport ne deduit
Quant je me gis dedens mon lit.
Riens n'oi,
S'en sui en paine et en esfroi ;
Si m'est avis que je vous voi 94 c
Et ne poez parler a moi,
Dont sui pires que ne soloi.
Tressail,
Tressu d'angoisse et de travail ;
Dont tens mes mains que je vous bail,
Et quant vous doi prendre, si fail.
Amis,
Quant me rendors, si m'est avis
Que vous estes devant mon vis,
Tous dehaitiez et tous pensis.
Diex donge
Que biens me viengne de cest songe !
Dont m'est avis que me semonge
Sovent
Ne sai quel vois en complaignant,
Qui ce me di apertemant
Ensi :
« Tysbé, cognois tu ton ami ?

J'attends la mort, torturée par la souffrance.
Le jour,
Je le passe dans les larmes, la peur,
L'angoisse, la douleur,
Les supplices, l'affliction ;
La nuit,
Je ne connais ni plaisir ni joie.
Quand je suis étendue dans mon lit,
Je suis seule,
J'en éprouve peine et souffrance.
Il me semble alors que je vous vois,
Mais que vous ne pouvez me parler,
Ce qui empire encore ma douleur.
Je tressaille,
Je transpire d'angoisse, de tourment
Je tends mes mains, je vous les donne,
Mais quand je vais vous tenir, tout se dissipe.
Ami,
Quand je me rendors, il me semble
Que je vous vois devant moi,
Tout triste, tout pensif.
Dieu veuille
Que ce songe me soit favorable !
Il me semble que m'exhorte
Souvent
Une voix, une plainte, je ne sais d'où elle vient,
Qui me dit nettement
Ceci :
« Thisbé, reconnais-tu ton ami ?

v. 520. B. et De B. corrigent en *Sui en lermes*, mais le maintien d'un singulier *lerme* à valeur collective semble possible. On trouve bien entendu en ancien français de nombreux emplois de *lerme* au singulier dans le syntagme *mainte lerme/larme.*

Esveille toi, s'alons de ci,
Tysbé. »
Li dieu nous ont amonesté
Que issons fors de la cité,
Tant que pussons estre assamblé.
Amis,
Dites qu'il vous en est avis.
De m'amor vueil que soiés fis.
Pour voir,
Je m'emblerai dou premier soir,
A la fontaine irai seoir,
La fors,
Si trouverai le vostre cors.
Amis, ta vie est mes tresors.
Gardez
Ne soiez lens ne demorez ;
Dou premerain some levez,
A la fontaine me querez,
Souz le morier en mi les prez,
La ou Ninus fu enterrez :
Certainement m'i troverez.
Ensi ferment lor convenant. 94 d
Puis departent li dui amant
Et saluerent le pertuis

Éveille-toi, quittons ce lieu,
Thisbé. »
Les dieux nous ont conseillé
De sortir de cette ville,
Afin de pouvoir nous retrouver.
Ami,
Dites-moi, que vous en semble ?
Pour moi, je veux que vous soyez sûr de mon
[amour.
Oui vraiment,
Je m'enfuirai au début de la nuit,
J'irai m'asseoir à la fontaine,
Là dehors :
C'est là que je vous retrouverai.
Ami, ta vie est mon seul trésor.
Prenez garde
À ne pas être lent, à ne pas tarder !
Après le premier somme, levez-vous
Et venez me retrouver à la fontaine,
Sous le mûrier, au milieu des prés,
Là où Ninus fut enterré.
Soyez sûr de m'y retrouver.

Ainsi s'engagent les deux amants, puis ils se séparent en saluant le trou

v. 564-566. Le lieu de la rencontre est repris à Ovide (v. 88-90), qui précise ici que les fruits du mûrier étaient « blancs comme la neige ». Dans le texte latin, la présence du tombeau de Ninus, époux de la reine Sémiramis, est sans doute un indice de l'arrière-plan mythique de l'histoire de Pyrame et Thisbé (voir *Dictionnaire des mythes littéraires*, p. 1167), mais, chez Ovide comme dans le récit français, le tombeau associé au *locus amoenus* que dessinent la fontaine et l'arbre a comme rôle essentiel d'annoncer le dénouement tragique et de préfigurer l'autre tombeau, celui qui réunira les amants.

Qu'il ne virent des or mais puis.
Mes primes baise la paroi
Chascuns au departir de soi.
Li dui amant sont en grant cure,
Trop lor samble que li jours dure,
Moult se complaignent dou soleil,
Souvent l'apelent « non feeil »,
Quar trop se targe d'esconser
Et si fait la nuit demorer.
Dïent qu'a escïent le fait
Pour destourbance de lor plait.
Li jours s'en vait, la nuis repaire
Et li termes de lor afaire.
Montent les guetes sor les murs :
Cil se dorment, qui sont segurs,
Mes nulz des .II. ne se repose,
Ains est en apens d'autre chose.
Chascuns en soi meïsmes soigne
De bien emprendre sa besoigne.
Or sont li cuer en esperance,
Et non pourquant sont em balance
De ce s'il le facent ou non ;
Mes volontez oste raison.
Delitent soi ou dous penser
De ce qu'il doivent assambler,
Et devisent en lor corages
Lors mors, lor deulz et lor damages.
Il ont andui joie et dolour,
Mes toutes ores vaint Amour :
Sens ne raison nes puet retraire
De ce qu'il ont empris a faire.
Ja ert la gent toute endormie
Quant Tysbé s'est desavancie :

qu'ils virent alors pour la dernière fois. Mais auparavant, chacun, de son côté, embrasse la paroi.

Les deux amants sont en grande peine. Le jour leur semble très long. Ils se plaignent beaucoup du soleil et l'appellent souvent « déloyal », lui qui tarde tant à se coucher et qui empêche la nuit de venir. Ils disent qu'il le fait exprès, pour les empêcher de mener à bien leur projet.

Le jour s'en va, la nuit revient. Le dénouement approche. Les guetteurs montent sur le mur d'enceinte. Ils dorment, tous ceux qui ont l'esprit tranquille, mais ni l'un ni l'autre des deux jeunes gens ne se reposent : ils ont bien autre chose en tête. Chacun se prépare de son côté à bien mettre en œuvre son projet. Leurs cœurs sont remplis d'espoir ; toutefois ils hésitent encore, se demandant s'ils vont ou non l'exécuter. Mais le désir l'emporte sur la raison. Ils se réjouissent en pensant qu'ils vont pouvoir se retrouver, puis ils se représentent la mort, la douleur, les peines qui les menacent. Tous deux éprouvent pareillement joie et douleur, mais c'est finalement Amour qui triomphe. Ni le bon sens ni la raison ne peuvent les détourner de leur projet.

Les gens dans la ville étaient déjà tous endormis lorsque Thisbé prend les devants :

v. 593. On pourrait voir dans les termes *volontez* (au sens de « désir amoureux ») et *raison* deux personnifications et les imprimer avec une majuscule.

Lieve dou lit ou elle gist,
Tout belement de la chambre ist ; 95 a
Ne la tint huis ne fermeüre.
De la chambre ist toute segure,
Sole par nuit et sans paour :
Tel hardement li done Amour !
Quant fu issue dou palais
Et elle devaloit em pais,
Si mist avant le pié senestre,
Puis esgarda par devers destre :
Senti tout le palais fermir,
Et vit la lune empalir.
Quant ot esgardé tout entour,
Onques pour ce n'en ot paour
Qu'el ne parface son afaire,
A quel fin qu'ele en doie traire.
Ja ert desi qu'as murs venue
Quant une gaite l'a veüe ;
Et quant a cele hore la voit,
Cuide une deesse soit.
Trait soi ariere, ne l'apele.
Ensi s'en vait la demoisele
Devant les iex de cele guaite ;
S'en ala bien par une fraite
Et vint au leu sans demorance
Ou fu prise la convenance.
Ja iert assise sus le marbre,
A la fontainne dessous l'arbre
Ou il devoient assambler,
Puis se commence a porpenser
En quel guise elle gaberoit
Le jovenciel qui ne venoit,

elle se lève de son lit et quitte tout doucement la chambre. Ni porte ni serrure ne l'arrêtent. Elle sort de la chambre avec assurance, seule dans la nuit, sans avoir peur : telle est l'audace qu'Amour lui donne. Une fois sortie de la demeure et alors qu'elle descendait l'escalier, elle avança le pied gauche. Puis elle regarda à droite : elle sentit toute la maison trembler, elle vit la lune pâlir, mais rien ne l'effraie et ne l'empêche, quelle qu'en soit l'issue, de poursuivre ce qu'elle a entrepris. Elle était déjà arrivée au mur d'enceinte lorsqu'un guetteur l'aperçut. En la voyant à cette heure, il croit que c'est une déesse et il se recule, sans l'interpeller. La jeune fille passe ainsi sous les yeux du guetteur. Elle passe le mur par une faille et gagne sans retard le lieu fixé pour le rendez-vous.

Déjà elle était assise sur le rebord de la fontaine, sous l'arbre, là où ils devaient se retrouver, et elle se demandait comment elle allait se moquer du jeune homme qui n'arrivait pas,

v. 612. Après ce vers, notre manuscrit a visiblement abrégé son texte. L'éd. B. donne *Toner oï de desus destre, / Senti tout le palais fremir, / Et vit la lune empalir, / Vit le huant, vit la fresaie : / Mes nis uns signe ne l'esmaie / A quele fin qu'en doie traire*, etc., vers auxquels font écho les v. 823-825 et qui appartiennent sans aucun doute au premier état du texte. Voir sur ce point M. Tyssens, « Les sources du "Piramus" », p. 1413-1416 et, pour la mention du *huant* et de la *fresaie*, la note aux v. 15-31 de *Philomena*.

Quant uns lïons de la montaigne,
Qui ot ocis une compaigne
De bestes, vint par mi les prez :
Encor estoit envolepez
Des entrailles et de la laine.
Abevrer vint a la fontaine.
La pucele bessa la teste
Quant vit venir la fiere beste.
Fuit li li sans, pert la colour :
N'est merveille s'elle ot paour.
Vait s'en fuiant par une voie
Et crient que li lÿons la voie,
Mes tant est esbahie et simple
Qu'en mi sa voie laist sa guimple.
Vait s'en isnelement mucier 95 b
Sous l'ombre d'un alemandier.
Li lÿons vint a grant esfroi,
A la fontaine estaint sa soi,
Et quant il est bien assasez,
Si se deduit aval les prez.
Trouve la guimple en une sente,
Si la defoule et ensanglente.

quand survint dans les prés un lion de la montagne qui venait de tuer une troupe de bêtes. Encore tout recouvert de leurs entrailles et de leur toison, il venait s'abreuver à la fontaine.

Quand elle vit venir la bête sauvage, la jeune fille dissimula son visage. Son sang se glace, elle devient livide. Il n'est guère surprenant qu'elle ait peur ! Elle s'enfuit le long d'un chemin, craignant que le lion ne l'aperçoive, mais elle était si troublée, si peu maîtresse d'elle-même, qu'elle laissa tomber son voile. Puis elle alla en toute hâte se cacher à l'ombre d'un amandier. Le lion approche à grand bruit de la fontaine et il étanche sa soif. Puis, une fois désaltéré, il va folâtrer dans les prés. Il trouve alors le voile dans un sentier, le foule aux pieds et le tache de sang.

v. 636. Chez Ovide, il s'agit d'une lionne. Dans la reconstitution qu'elle propose du mythe de Pyrame et Thisbé à partir du texte d'Ovide (*Dictionnaire des mythes littéraires*, p. 1165), F. Graziani voit dans la lionne « l'attribut principal de la Grande Déesse Ishtar, qui est à la fois Aphrodite et la Lune » et rappelle la responsabilité de la lune dans la méprise de Pyrame. L'intervention d'un lion, animal si présent dans les *Bestiaires*, a dû paraître plus « naturelle » à l'écrivain médiéval. Doit-on aussi y voir un double de Pyrame, le voile taché de sang par le lion pouvant apparaître comme une image sensible de l'union amoureuse désirée/retardée par l'amant ?

v. 651. Sur l'amandier, symbole ambigu, dont le fruit a la réputation de féconder directement une vierge, voir Jean Chevalier et Alain Gheerbrant, *Dictionnaire des symboles*, Laffont, « Bouquins », 1983. On notera au reste la présence de plus en plus insistante dans le dénouement du récit de termes et d'images (par exemple la blanche *guimpe* tachée de sang, foulée par le lion, que Pyrame dresse à la pointe de son épée puis qu'il embrasse au moment de mourir ou le suicide sanglant de Thisbé) qui disent dans l'horreur les noces de sang des amants.

Et quant il est des prez issus,
Et Pyramus y est venus.
Hé, Dieux, com grans mesaventure
Li aproche, pesant et dure !
Quar a la clarté de la lune,
Si com apareilloit Fortune,
Garda sous l'ombre dou morier,
Si vit la guimple blanchoier,
Et sus la poudriere environ,
Cognut la trace dou lÿon.
Esgrapilliee voit l'araine,
Trouble, l'iaue de la fontaine,
Trouve la guimple defolee
Et de nouvel ensanglantee,
Cuide que soit dou sanc s'amie,
Garde environ, ne l'i voit mie.
Hé, las, com malement demore !
N'ert pas venue en icele ore :
Tant crient icele beste fiere
Qu'encor n'osoit torner ariere.
  Quant Pyramus ne voit s'amie,
Dont cuide il bien qu'el soit fenie.
Plus devint vers que fueille d'ierre
Et enredi comme une pierre ;
Mue li sans, change corage.
Lores esprent d'ire et de rage,
Emprez parole itant comme ire
Et maltalens li lesse dire :
Nuis de dolour, nuis de torment,
Moriers, arbres de plorement,
Prez, qui dou sanc estes sanglent, 95 c
Fontaine,
Que ne m'avez rendue saine

Or, alors qu'il a quitté les prés, voici qu'arrive Pyrame. Ah, Dieu, quelle malchance ! Quelle découverte si dure, si cruelle ! Sous la clarté de la lune, — tel était le sort que lui réservait Fortune —, il regarda au pied du mûrier et vit la tache blanche du voile. Il regarde le sol autour de lui et distingue les traces du lion. Le sol, il le voit, a été foulé, l'eau de la fontaine est toute troublée et il trouve le voile tout abîmé et tout taché de sang encore frais. Persuadé que c'est là le sang de son amie, il regarde tout autour de lui, mais nulle part il ne la voit. Hélas ! Quel malheur qu'elle tarde alors à le rejoindre ! Elle n'était pas encore là, car elle avait tellement peur du lion qu'elle n'osait encore revenir sur ses pas.

Quand Pyrame ne voit pas son amie, persuadé qu'elle est morte, il devient plus vert que la feuille de lierre, et aussi dur qu'une pierre. Son sang se fige, son cœur se trouble. Il brûle de colère et de fureur. Puis il dit ces mots, ceux du moins que sa colère et sa douleur lui permettent de prononcer :

Nuit de douleur, nuit de tourment,
Mûrier, arbre de pleurs,
Prés, tout souillés de sang,
        Fontaine,
Que ne m'avez-vous rendu saine et sauve

Celle cui sans gist en l'araine !
Sodainement est fete vaine
M'entente,
M'esperance, m'amour, m'atente !
Hé, Diex, quel duel me represente
Ceste guimple que voi sanglente !
Amie,
Com fu la beste tant hardie
Qui vers vous fist ceste envaÿe !
Quel mal, quel duel, quel felonie
Qu'en tel maniere estes perie !
Ma cure,
C'est grant damage que tant dure,
Qui ci vous fis venir segure,
Sole en tel liu par nuit obscure.
Seule !
Haÿ de la mauvaise goule,
Qui de vostre char est saoule !
Hé, las !
Ci voi dou sanc et voi des dras.
Lÿon, tu qui la devoras,
Merveil se plus en i lessas !
Lune crueulz qui l'esgardas,
S'a cele hore n'en obcurras,
C'est tors.
Quant ele est morte et ne sui mors,
Ne sai quel duel me soit plus fors :
La mors est mon mieudre confors.
Chetis,
Quant ele est morte et je sui vis,
Por Dieu, terre, quar m'englotis !
Ou tu, lÿons qui l'oceïs,
Repaire !

Celle dont le sang est répandu sur le sable !
Avec quelle rapidité ils se sont évanouis
Mon désir,
Mon espoir, mon amour, mon attente !
Ah, Dieu, quelle douleur m'inflige
Ce voile que je vois tout sanglant !
Amie,
Où trouva tant d'audace cette bête
Qui se rua ainsi sur vous ?
Quel malheur, quelle douleur, quel crime
Que vous ayez ainsi péri !
Mon beau souci,
C'est un grand tort que vive encore
Celui qui vous donna l'assurance
De venir seule, en un tel lieu, dans la nuit obscure.
Seule !
Ah, maudite soit la gueule
Qui s'est rassasiée de votre chair !
Ah, malheureux !
Voir ici du sang, là des vêtements !
Lion, toi qui l'as dévorée,
Je m'étonne que tu n'aies pas laissé d'autres restes !
Et toi, lune cruelle, qui le contemplas,
Si, alors, tu ne voilas ton éclat,
Quelle faute ce fut !
Qu'elle soit morte et que je ne le sois pas,
Je ne sais quelle est la pire de mes douleurs.
Mourir est mon plus grand réconfort.
Misérable,
Alors qu'elle est morte et que je suis encore en vie,
Terre, au nom de Dieu, engloutis-moi,
Ou toi, lion, toi qui l'as tuée,
Montre-toi !

Je sui tous pres, sans nul contraire :
Ta volenté pues de moi faire.
Revien,
Qui devoras la douce rien !
Son sanc beüz, or boi le mien.
Dolens,
Ma douce amie, trop fui lens,
Qu'a vostre mort ne fui presens.
Mors, quar repaire, si me prens !
Hé, mors, 95 d
Pour quoi demore ? C'est grans tors
Que je ne sui orendroit mors.
Suer chiere,
Je vous ai morte, qui derriere
Ving a mon terme, et vous premiere.
Or pri ma destre que bien fiere :
Vengerai vous en tel maniere.
Vengier ?
Mes primes vueil aus diex proier
Qu'il demoustrent en cest morier
Signe de mort et destorbier :
Facent le fruit de tel coulour
Comme il afiert a la dolour !
Tel duel et tel priere faite,
Puis emprez a s'espee traite,
Si a la guimple sus levee
En son la more de l'espee :
Bese la guimple aveuc le sanc,
Tresperce soi par mi le flanc,
Tres que de l'autre part dou cors
Fet aparoir l'espee fors.
La ou il muert, baise la guimple.
Si fete amour a mort le simple !

Je suis prêt, je n'oppose aucune résistance.
Tu peux faire de moi ce que tu veux.
Reviens,
Toi qui as dévoré ma douce amie !
Tu as bu son sang, bois le mien maintenant !
Malheureux que je suis,
Ma douce amie, j'ai trop tardé :
Je n'ai pas été présent quand vous mouriez.
Mort, reviens donc et prends-moi !
Ah, mort,
Pourquoi tardes-tu ? Il est bien injuste
Que je ne sois pas déjà mort.
Mon amie, ma sœur,
C'est moi qui vous ai tuée, en arrivant le dernier
Et vous la première, à notre rendez-vous.
Puisse mon bras droit frapper sans faiblir :
C'est ainsi que je vous vengerai.
Vous venger ?
Mais avant je veux prier les dieux
Qu'ils inscrivent sur ce mûrier
Un signe de mort et de malheur :
Qu'ils donnent à ce fruit la couleur
Qui convient à la douleur.

Achevant ainsi sa plainte et sa prière, il dégaine aussitôt son épée, ramasse le voile, le lève à la pointe de l'arme et couvre de baisers le tissu et le sang qui le tache. Puis il se transperce le flanc, faisant ressortir la lame de l'autre côté du corps et, tandis qu'il se meurt, il embrasse encore le voile. De quel amour il meurt victime !

Sor les branches raie li sans,
Nercist li fruis, qui estoit blans.
Tous temps avoit esté la more
Blanche jusques a icele hore;
Adonc si ot noire coulour
En tesmoignage de dolour.
  Tysbé repairoit a ytant,
Qu'el ne deceive son amant;
Moult couvoite qu'ele li die
De quel peril elle est garie.
Cuide acomplir sa volenté
De ce qu'ele ot tant desirré;
Mes ore aproce terme brief
Que lor amours vendront a chief!
Ja li est vis qu'el soit o lui, 96 a
Et s'entrebracent ambedui,
Et parolent de lor amours,
Mes orendroit avra dolours!
Tout belement s'en vait arrier,
Et quant elle aproce au morier,
Donques se tint pour esgaree
Pour la coulour qu'el vit muee,
Quar primes avoit veü blanc
Le fruit, qui ore est taint de sanc.
Endementres que elle doute,
Si a tenue droite route,
Le jovenciel oit senglotir,
Plaindre, gesmir, trere souspir.
Vit la guimple comme il la touche
D'ores en autres a sa bouche.
Et quant elle aperçoit la plaie,
N'est merveille s'elle s'esmaie.
Quant voit par mi le cors l'espee,

Le sang ruisselle sur les branches et noircit le fruit qui était blanc. Jusqu'à ce jour, la mûre avait toujours été blanche mais elle devint depuis de couleur noire, en signe de douleur.

Cependant Thisbé revient, craignant de tromper l'attente de son amant. Elle a grande hâte de lui dire à quel péril elle vient d'échapper. Elle pense qu'elle va enfin obtenir ce qu'elle a tellement désiré. Mais comme il est bien proche le temps où leurs amours vont s'achever ! Il lui semble qu'elle est déjà auprès de lui, qu'ils se tiennent embrassés et qu'ils se parlent de leur amour. Et pourtant quelle douleur elle va éprouver !

Elle revient sans précipitation sur ses pas, mais quand elle s'approche du mûrier, elle croit devenir folle en voyant que sa couleur a changé : elle avait jusque-là vu blancs ces fruits maintenant noirs de sang. Pleine de crainte, elle avance droit devant elle et entend le jeune homme, secoué de sanglots, se plaindre, gémir, pousser des soupirs. Elle voit comment il porte de temps à autre le voile à sa bouche. Et quand elle aperçoit la plaie, il n'est guère surprenant qu'elle frémisse. Puis, lorsqu'elle voit l'épée qui lui transperce le cœur,

Fuit li li sans, si s'est pasmee.
Relieve soi, dolante et mate,
Trait ses cheveux, si se degrate,
Derront sa char, si plore et crie ;
Plus aime mort que ne fet vie.
Lores s'encline sor le cors,
Si a traite l'espee fors ;
Encontremont l'en a drecie,
Puis parole com feme irie :
Espee dont je sui saisie,
Or esproeuve com es hardie !
Espee,
Qui nostre amour as terminee,
En mon pis soies reschaufee,
De nos .II. sans ensanglentee.
Sanglente !
Hé, Diex, quel fin et quele atente !
Com tost perist nostre jouvente !
Biau sire,
Petit vos puet espargner ire,
Quant vostre main vos vault ocire !
Lasse, com puis parole dire
La ou je voi que il souspire ?
Jou voi
Que il travaille a mort pour moi.
Com foible amour, com povre foi
Avroie, 96 b
Amis, se je ne vous sivoie,
S'a court terme ne m'ocioie !
Biaux chiers,
Com grant dolours, quelz destorbiers !
Trop fu vostre corages fiers !
Lune, fontaine, prez, moriers,

son sang se glace et elle s'évanouit. Lorsqu'elle se relève, accablée, anéantie, elle arrache ses cheveux, se meurtrit le visage et déchire ses vêtements tout en répandant pleurs et cris. Comme la mort lui paraît préférable à la vie !

Se penchant alors sur le corps, elle en retire l'épée puis, la brandissant vers le ciel, elle parle ainsi dans son égarement :

Épée dont je viens de me saisir,
Montre quelle audace t'anime !
Épée,
Toi qui as mis fin à notre amour,
Réchauffe-toi dans mon sein
En t'ensanglantant de nos deux sangs !
Sanglante !
Ah, Dieu, quelle fin ! pour quel espoir !
Ah, jeunesse si tôt périe !
Cher seigneur,
Vous n'avez guère su mesurer votre douleur
Pour avoir voulu vous tuer de votre main.
Mais hélas, comment puis-je parler
Alors que je le vois qui soupire encore ?
Oui, je vois
Qu'à cause de moi, il endure les souffrances de la mort.
Quel faible amour, quelle pauvre fidélité
J'aurais,
Ami, si je ne vous suivais
Et si, bien vite, je ne me tuais.
Très cher ami,
Quelle grande douleur, quel tourment !
Quelle farouche résolution !
Lune, fontaine, prés, mûrier

Nuit pale,
Qui enseigne me feïs male
Quant sui issue de la sale,
Oiez !
Pri vous que ma mort tesmoigniez.
Diex, de mon cuer comme est iriez !
Tysbé, mauvese, que targiez ?
Mauvese,
Tant solement morir vous plese,
Qu'or ne vous fault ne point ni ese !
Morir ?
Nulle chose tant ne desir
Com mes doleurs a defenir.
A tort me targe dou ferir,
A tort !
Amours, fetes mon poing si fort
Qu'a un seul cop reçoive mort,
S'en avra s'ame grant confort :
Andui morromes d'une mort.
Amis,
Duel et Amours vous ont ocis.
Quant assambler ne poons vis,
Mors nous joindra, ce m'est avis.
Parens,
Qui nous cuidiez garder leens,
A court terme serois dolens.
Com dolereus encombremens
Verrois,
Quant ambedeus nous trouverois,
Ensamble mors et acolez.
Pri vous que cest don me donez :
Quant en joie fumes sevrez,

Et toi, pâle nuit
Qui m'adressas un funeste présage
Lorsque je quittai ma demeure,
Écoutez !
Soyez, je vous en prie, les témoins de ma mort !
Dieu, mon cœur, comme il souffre !
Mauvaise Thisbé, pourquoi tardez-vous ?
Mauvaise,
Rien ne vous manque, ni le lieu ni la raison !
Il vous suffit seulement de vouloir votre mort !
Ma mort ?
Oui, je n'ai pas de plus cher désir
Que de mettre un terme à mes douleurs.
J'ai tort de tarder à me frapper,
Oui, bien tort !
Amour, faites que ma main soit assez ferme
Pour qu'un seul coup suffise à me tuer !
Son âme en sera réconfortée
Si nous mourons tous deux d'une même mort.
Ami,
La douleur et Amour vous ont tué.
Puisque nous n'avons pu, vivants, être unis,
La mort, je pense, nous joindra.
Parents,
Vous qui croyiez nous garder avec vous,
Bientôt vous serez dans l'affliction.
Quel douloureux spectacle
Vous aurez
Quand vous nous trouverez tous les deux,
Unis et enlacés dans la mort !
Faites-moi, je vous en prie, ce don :
Puisque nous avons été éloignés l'un de l'autre
[*dans le temps du bonheur*

Et a mort somes dessamblez,
Que nous contiengne .I. seulz tombliaux,
Andeus nous reçoive .I. vesseaux !
Adont s'encline la pucele,
Bese sa bouche, si l'apele :
Pyramus, vesci vostre amie,
Quar l'esgardez, si ert garie ! 96 d
Li jovenciaux, la ou moroit,
Entr'oeuvre les iex et si voit
Que ce iere Tysbé s'amie,
Qui l'apeloit toute esmarie.
Parler i veult, mes il ne puet,
Quar la mort, qui le tient, ne let.
Mes tant a dit : *Tysbé, amie,*
Pour Dieu, qui vous remist en vie ?
Atant se taist, ne puet plus dire,
Puis la regarde, si souspire.
Li cuers li part, si pert la vie ;
Cele lesse toute esmarie.

Et que la mort nous sépare,
Faites, du moins, que nous unisse un seul tombeau,
Qu'une seule urne, tous deux, nous reçoive !

La jeune fille alors se penche sur son ami, elle baise sa bouche et puis l'appelle :

Pyrame, voici votre amie :
Regardez-la et elle sera sauvée.

Le jeune homme, déjà mourant, entrouvre les yeux et il voit que c'est Thisbé son amie qui lui parle ainsi, tout éperdue. Il veut lui répondre, mais il ne peut : la mort, qui le tient, le lui interdit. Mais il parvient pourtant à dire :

Thisbé, mon amie, qui vous a rendue à la vie ?

Il se tait alors, incapable d'ajouter un mot, il la regarde, il soupire, le cœur lui manque, la vie le quitte : il laisse la jeune fille tout éperdue.

v. 867. On pourrait corriger en *nel let*, mais *ne* pour *nel* se lit également aux v. 917 et 923 de *Philomena* et doit donc appartenir au système graphique du copiste du manuscrit.

v. 868. Dans le texte d'Ovide, Pyrame, avant de mourir, voit une dernière fois le visage de Thisbé (v. 145-146), mais il est incapable de lui parler. L'auteur médiéval au contraire unit les jeunes gens dans un dernier dialogue (v. 860-861 et 868-869), deux couplets construits sur la même rime en *-ie* et avec des mots qui tous disent et l'amour et la vie retrouvée. Comme si le dialogue amoureux, si difficilement établi à travers la paroi (le *pertuis*) et un moment menacé par la mort, se renouait à tout jamais, dans le temps ouvert du mythe. Sur la naissance du dialogue amoureux, on consultera les articles de Christiane Marchello-Nizia, « L'invention du dialogue amoureux », dans *Masques et déguisements dans la littérature médiévale*, M.-L. Ollier éd., Presses de l'Université de Montréal, 1988, p. 223-231 et « Une nouvelle poétique du discours direct : le *Tristan et Yseut* de Thomas » dans LINX, 32, 1995, p. 161-171, qui voit dans Thomas « le créateur d'une nouveauté formelle et narrative, le dialogue amoureux ». Il semble bien pourtant que la voie ait déjà été ouverte, rapidement il est vrai, par l'auteur de *Pyrame et Thisbé*.

Cil est mort et cele est pasmee.
Diex, quele amours est ci finee !
La pucele s'est redrecie,
L'espee a a .II. mains sachie.
Par mi le pis, sous la mamele,
Se tresperce la damoisele ;
D'ambedeus pars sault li sans fors,
Et cele chiet dessus le cors.
Le cors acole et si l'embrace,
Les iex li baise et bouche et face,
Baise la bouche par grant cure.
Tant com sens et vie li dure,
Se demoustre veraie amie.
Cil est fenis, cele est fenie.
En tel maniere sont finé
Li dui amant par loiauté.

Il est mort et elle, elle s'est évanouie. Dieu, quel amour ici s'achève ! Mais la jeune fille s'est relevée. Elle a empoigné l'épée à deux mains et, en pleine poitrine, sous le sein, elle s'en transperce de part en part. Le sang jaillit des deux côtés et elle s'affaisse sur le corps de son ami. Elle enlace et prend ce corps entre ses bras, elle lui embrasse les yeux, la bouche, le visage. Avec beaucoup d'affection, elle embrasse sa bouche. Tant qu'elle garde sens et vie, elle montre bien la sincérité de son amour. Il est mort. Elle est morte. Ainsi sont morts, dans leur parfaite fidélité, les deux amants.

Le Lai de Narcisse

De Narciso li lais*

Qui tout veut faire sans consel,
Se maus l'en vient, ne m'en mervel :
En toute riens est bien droture
C'on i esgart sens et mesure.
Bien doit cil qui en mer se met
Veoir que li tans li pramet,
Et quant il voit qu'il a bon vent,
Si peut nagier seürement.
Aussi, qui s'entremet d'amer
E par savoir se veut mener,
Bien doit garder au comencier
Qu'il ne s'i laist trop enlacier,
Car, des que s'en est entremis,
Et il en est auques aquis,
Puis n'est il pas a son plaisir :
Soit biens, soit maus, n'en poeut partir.
Mais neporquant, quant il avient
Ke cil qui fole amor maintient
En est sorpris et bien destrois,
Lors est il bien raisons et drois
Que cele en oie sa proiiere

Le Lai de Narcisse

Que quelqu'un veuille agir en toutes choses sans prendre conseil et s'en trouve mal, je ne m'en étonne pas : il convient en toutes circonstances d'observer sens et mesure. L'homme qui s'embarque sur la mer doit s'assurer que le temps le lui permet : quand il voit que souffle un bon vent, il peut alors naviguer sûrement. De même, l'homme qui s'adonne à l'amour et qui veut se conduire avec sagesse doit bien prendre garde, au début, à ne pas trop se laisser prendre à ses lacs : dès qu'il a commencé à aimer et qu'il est à peu près conquis, il n'est plus maître de son sort : soit bien, soit mal, il ne peut se détacher.

S'il arrive pourtant à l'homme qui cède follement à l'amour de se sentir accablé et pris au piège, il est alors tout à fait juste et légitime que l'objet de son amour écoute sa prière

* L'alliance dans le titre donné par le manuscrit de base de la formulation latine *De Narciso* et du terme médiéval *lais*, employé ici au sens de « récit bref », est plutôt insolite.

v. 3. On notera ici et aux v. 115, 316, 585, etc. la réduction à *-o-* de la diphtongue *-oi-* dans *droture, bos*.

Ne ne soit pas vers li trop fiere,
Ke tost en poeut avoir damage
Par son orgeul, par son outrage.
Amors ke Nature consent,
De qu'ele a anbedeus se prent
Et de tout est a lor plaisir,
Est bien loiaus a maintenir.
Et s'il avient que femme prit,
Qui que il soit qui l'escondit,
Je voel et di sans entreprendre
Que on le doit ardoir u pendre.
De maintes gens avons veü
Qu'il lor en est mesavenu.
Narcisus, qui fu mors d'amer, 58 b
Nous doit essample demostrer.
Amors blasmoit et sa poisçance,
Ki puis en prist aspre venjance.
A tel amor le fist aclin
Dont il reçut mort en la fin.

Uns devins ert, de Tebes nés,
Qui de voir dire ert esprovés.
On ne pooit apercevoir
Ne par experiment savoir
K'il deïst se voir non :
Por c'ert a Tebes de grant non.

et sache ne pas être trop insensible : l'orgueil, l'excès peuvent lui être rapidement source de malheurs. Mais l'amour que Nature autorise, dès qu'il est réciproque et qu'il agrée pleinement aux deux amants, est un sentiment qu'il faut loyalement cultiver. Et lorsque c'est une femme qui adresse une prière d'amour, je veux, je vous le dis très franchement, que celui, quel qu'il soit, qui la repousse soit, comme il le mérite, brûlé ou pendu. Nombreux sont les êtres, nous l'avons vu, qui ont connu les infortunes de l'amour. Narcisse, mort pour avoir aimé, doit ici nous servir d'exemple. Il dédaignait Amour et sa puissance. Celui-ci par la suite exerça sur lui une terrible vengeance : il le soumit à un amour tel qu'à la fin il en reçut la mort.

Il y avait alors un devin, natif de Thèbes, qui était connu pour la justesse de ses prédictions. Nul n'avait jamais pu constater ni savoir d'expérience qu'il eût jamais dit autre chose que la vérité. Aussi jouissait-il à Thèbes d'une grande réputation.

v. 22. Nous interprétons *li* comme la forme réduite de *lui* pronom masculin et nous voyons dans les v. 17 à 24 une variation sur le motif de la dame insensible à l'amour qui lui est porté, de la *Fiere* ou de l'*Orgueilleuse d'amour*. Le motif sans doute est peu en situation ici puisque c'est Narcisse qui rejette les avances de Dané. On remarquera cependant que, dans le *Roman de la Rose* (v. 1504-1507), le narrateur tire la même leçon de l'« exemple » de Narcisse et demande aux dames — aurait-il lu le prologue du « lai » ? — de ne pas laisser mourir d'amour leurs « amis ». Dans le lai, le cas parallèle des hommes insensibles est au reste évoqué dans un deuxième temps, aux v. 29-32.

v. 41. L'auteur garde le cadre thébain, mais ne nomme pas Tirésias ni ne rappelle, comme Ovide, son histoire et l'origine de sa cécité.

Une dame de la cité
Li a un sien enfant porté,
Que li die ce qu'il en sent,
Se porroit viure longement.
Et cil li dit tout sans envie :
« Gart bien qu'il ne se voie mie !
Ne viura gaires s'il se voit. »
Cele l'entent, qui pas nel croit.
Gabant s'en torne, si dist bien
Que sa parole ne vaut rien.
Lonc tans en furent en doutance,
Et en la fin fu la provance.
Narcisus crut et devint grans,
Et ja pooit avoir .XV. ans.
Gens fu de cors, grans par mesure :
Onques si bele creature
Ne fu mais nee ne si gente.
Nature i mist toute s'entente
Au deviser et au portraire,
Et a grant painne le pot faire
Tant com el en ot devisé,
Car tant i mist de la biauté
Q'onques ne pot rien porpenser
K'iloeuques ne vausist mostrer.

Une dame de la cité lui présenta son enfant pour qu'il lui dise ce qu'il lui en semblait et s'il aurait une longue vie. Le devin lui répondit à contrecœur : « Qu'il prenne bien garde à ne pas se voir : s'il se voit, il ne vivra pas longtemps. » La dame entend bien ce qu'il lui dit, mais elle ne le croit pas et elle s'en va en se moquant de lui et en disant que sa prédiction est sans valeur. Longtemps, en effet, on en attendit la réalisation, mais finalement elle se vérifia.

Narcisse grandit et se développa. Il avait environ quinze ans. Son corps était beau, de la taille qui convenait. Jamais si belle créature, si pleine de grâces, ne vint au monde. Nature déploya tous ses efforts pour dessiner ses traits et les façonner, et c'est avec beaucoup de mal qu'elle parvint à accomplir son projet : elle mit en lui tant de beauté qu'il n'est rien de ce qu'elle ait pu imaginer dont elle n'ait voulu faire montre à travers lui.

v. 51. *Sans envie :* nous adoptons l'interprétation de l'éd. M. Thiry-Stassin et M. Tyssens « sans empressement, à contrecœur ».

v. 61 et suivants. Plus habile, Ovide ne décrit Narcisse qu'au moment où le jeune homme découvre et contemple son reflet dans la source (v. 418-426). Mais l'originalité du portrait médiéval, un portrait que complète le regard amoureux de Dané (v. 132-136 et 283-288), réside déjà dans son objet : un bel adolescent et non une jeune femme. Dané au reste n'est jamais décrite. De plus, au lieu commun longuement développé — Nature a déployé tous ses efforts pour créer cette merveille — s'ajoutent les considérations sur l'intervention du dieu Amour (v. 73-76 et 86-88), qui anime cette beauté parfaite et qui en fait, comme chez Ovide (v. 353-355), un objet de désir pour les autres, puis pour lui-même.

v. 67-112. Dans tout le portrait *ele* (ou la variante *el*) désigne Nature, *il* renvoyant au dieu Amour. Dans la langue médiévale, *amour* est plus généralement du genre féminin.

Primes a fait les ex rians,
Sinples et vairs, clers et luisans ; 59 a
Mais estre tot çou qu'el i fist,
Li dex d'amors du sien i mist :
Il li asist un doç regart,
Ki tot le mont esprent et art.
Puis fist le nés, et puis la face,
Clere plus que cristaus ne glace.
Les dens fist blances conme nois,
Puis les aorne trois a trois.
Quant ot par li cascun' asise,
Les levres joint en itel guise
C'un poi i laisa d'ouverture,
Tout par raison et par droiture.
Et quant ele ot fete la bouce,
Amors une douçor i touche :
Femme qui une fois la sent,
De s'amor alume et esprent.
Aprés li forma le menton,
Et de totes pars environ
Li vait polissant a sa main,
Tant qu'el l'a fait soëf et plain.
Cler et gissant fait le sorcil,
Le cuir del front, tenre et soutil,
Caviaus crespés, recercelés,
Qui plus luisent c'ors esmerés.
Quant tot a fait a son creant,
Par le vïaire li espant

Elle lui a fait d'abord des yeux rieurs, pleins de franchise, aux reflets changeants, clairs et brillants. Mais en plus de tout ce qu'elle a fait, le dieu d'amour a mis sa part : il lui donna un regard plein de douceur, qui embrase et brûle le monde entier. Nature fit ensuite le nez, puis le visage, plus clair que le cristal ou que la glace. Les dents, qu'elle ordonne à la perfection, elle les fit blanches comme neige. Quant aux lèvres, lorsqu'elle les a toutes deux dessinées, elle les rapproche de telle sorte qu'elle laisse avec beaucoup de sens et de justesse un peu d'espace entre elles. La bouche une fois faite, Amour lui insuffle une douceur telle que toute femme qui la respire une seule fois s'embrase et s'enflamme d'amour pour lui. Ensuite, elle façonne le menton et le polit tout autour de sa main jusqu'au moment où elle l'a rendu lisse et plein. Elle dessine les sourcils d'un trait clair et allongé. Elle fait la peau du front douce et fine, les cheveux tout frisés, tout bouclés, plus brillants que l'or pur. Lorsqu'elle a tout fait à son idée, elle répand sur tout le visage

v. 81. Le copiste a indiqué ici (*cascun'*) et aux v. 269 (*fill'*) et 758 (*dur'*) l'élision du *-e* final devant voyelle.

Et par la face qu'il ot tainte,
Une color qui pas n'est fainte,
Ki ne cange ne ne se muet :
Tant ne fait bel ne tant ne pleut,
Ne se desfait en nule fin ;
Tes est au soir com au matin,
Mesleement blance et vermeille.
Amors meïsme s'en merveille
Coument ele l'a fait si bien :
Tout esgarde, n'i blasme rien ;
De quanqu'il voit li est avis
Que ne puet estre mix assis.
Par tel entente et par tel cure
Et par tel sens le fist Nature.

Li vallés avoit ja .XV. ans,
Si ert mout biax et avenans
Et amoit ja bos et riviere :
C'ert ses deduis et sa proiiere
K'il puisse cerf u porc trover
Ne n'en poeut pas son cœur torner.
D'amer n'a soing ne rien n'en set,
Dames en canbres fuit et het.
Par aventure ert repairiés
De bois, tous mas et traveilliés ;
De corre estoit tous escaufés,

et sur la face encore pâle une couleur qui n'a rien d'artificiel et qui jamais ne change ni ne s'altère. Qu'il fasse beau ou qu'il pleuve à verse, elle ne se modifie jamais. Alliant le blanc et le vermeil, elle est pareille au soir et au matin. Amour lui-même est émerveillé devant une pareille réussite. Il a beau regarder, il ne trouve rien à reprendre. Dans tout ce qu'il voit, rien ne peut, lui semble-t-il, être mieux disposé. Tels furent les soins, tels furent le souci et le savoir que Nature dispensa pour créer cet être.

L'adolescent avait déjà quinze ans ; il était très beau, très séduisant, et il aimait déjà beaucoup chasser les bêtes des bois ou le gibier d'eau : tout ce qui lui plaisait, tout ce qu'il recherchait, c'était de parvenir à débusquer un cerf ou un sanglier, et il ne pouvait en détacher son cœur. Mais de l'amour, il ne s'en soucie pas et il en ignore tout. Il déteste les femmes et fuit leur compagnie. Mais voilà qu'un jour, par aventure, il revenait de chasser en forêt, très las et très fatigué, tout échauffé d'avoir poursuivi le gibier.

v. 99-105. Nous corrigeons au v. 99, comme T.-S. et T., la leçon du manuscrit *painte* en *tainte* « pâle », sens qui se retrouve par exemple au v. 180 (voir aussi l'emploi du verbe *taindre* au v. 168). Mais on peut à la rigueur conserver *painte* si l'on veut bien considérer que l'écrivain se livre ici à une sorte d'ekphrasis, s'inspire peut-être d'une œuvre d'art, une statue de marbre coloré par exemple, ce qui expliquerait les curieuses notations des v. 101-105 sur le caractère inaltérable du teint du jeune homme, c'est-à-dire de la statue qui le représente. Cette interprétation s'appuie sur un passage similaire du *Roman de Troie* (v. 22415-22420) dans lequel l'auteur insiste sur la résistance à la pluie des motifs floraux et autres gravés sur le marbre du tombeau d'Achille.

S'en ert creüe sa biautés,
Si ot plus fresce la color.
Ensi pasoit les une tor.
La fille au roi de la cité
Des fenestres a jus gardé.

Dané ot non la damoisele,
En tote Tebles n'ot si bele.
Ele coisist le damoisel,
Voit le si fier, si gent, si bel,
Graisle par flans, espés par pis,
Les bras bien fais, auques fornis ;
Lons et grailes avoit les dois
Et les jambes et les piés drois ;
Voit le ceval qui se desroie
Et fait fremir toute la voie.
De tout çou qu'ele li voit faire
Ne li pot onques rien mesplaire.
Tant l'esgarde que ne se muet
Com onques aviser le puet.
Mout se merveille, et si a droit,
Por quoi si volentiers le voit.
Que qu'ele doute en son corage,
Si est en .I. pensé volage,

Sa beauté n'en avait que plus d'éclat et son teint n'en était que plus animé. Ainsi passait-il au pied d'une tour.

La fille du roi de la cité a regardé du haut de la fenêtre. La jeune fille s'appelait Dané. Dans tout Thèbes, il n'y avait pas plus belle. Au premier coup d'œil, elle distingua le jeune homme et vit comme il était plein d'audace, de grâce, de beauté : sa taille est mince, sa poitrine large, ses bras bien faits, musclés, ses doigts longs et graciles, ses jambes et ses pieds bien droits. Elle voit le cheval qui fait un écart, et tout le chemin en résonne. Dans tout ce qu'elle voit faire au jeune homme, il n'est rien qui puisse lui déplaire. Elle le contemple, sans bouger, aussi longtemps qu'elle peut l'apercevoir. Elle se demande, tout étonnée, mais à juste titre, pourquoi elle a tant de plaisir à le voir. Alors qu'elle est ainsi troublée et qu'elle agite mille pensées dans son cœur,

v. 127-131. Un exemple, entre beaucoup d'autres, du motif de la demoiselle ou de la dame à sa fenêtre distinguant soudainement, « choisissant » l'objet de son désir. Le modèle le plus proche est sans doute le passage de l'*Énéas* où Lavinia s'éprend de manière semblable du héros (v. 8047 et suivants). Voir aussi les v. 239-243 du *Lai de Lanval* de Marie de France.

Amors esgarde cele part, 59 c
Voit la douter, si lance un dart.

La pucele se sent ferue,
Tot maintenant s'est esperdue ;
Ele caï tote pasmee,
A painne s'en est relevee.
Sa main touce par tot son cors,
Savoir se plaie i pert defors.
Ele aperçoit que c'est Amors
Qui li mosterra de ses tors.
Lores si dist en sospirant
Au diu d'amors que doute tant :
« Ahi ! Amors, com es poisans !
Com est ta seignourie grans !
Tu ne doutes conte ne roi,
Les plus cointes met en esfroi.
Amors est rage et derverie
Ki toute gent enserre et lie.
Amors escaufe, Amors esprent,
Amors deçoit, traïst et ment,
Amors ocit, Amors destraint,
Amors noircist vïaire et taint,
Amors atrait, Amors enlace,
Amors met gent en fole trace,
Amors les fait tant cevaucier
Qu'il n'ont mes voie ne sentier. »

Amour jette les yeux de son côté. Il la voit troublée, il décoche une flèche. La jeune fille se sent atteinte. Tout aussitôt elle perd la tête et tombe à terre, pâmée. Elle se relève difficilement et tâte partout son corps, croyant y trouver une plaie vive. Mais elle comprend que c'est là l'œuvre d'Amour, qui va lui montrer ce qu'il sait faire. Alors, en gémissant, elle s'adresse ainsi à ce dieu qu'elle redoute tant :

Ah, Amour, quel pouvoir que le tien ! Comme ta puissance est grande ! Tu ne crains ni comte, ni roi, tu troubles les plus habiles. Amour est une fureur, une folie qui lie et enlace tous les êtres. Amour échauffe, Amour embrase. Amour trompe, trahit, ment. Amour tue, Amour tourmente. Amour fait pâlir le visage et le rend livide. Amour séduit, Amour prend dans ses lacs. Amour lance les êtres dans une quête insensée. Amour les jette en une telle chevauchée qu'ils perdent bientôt tous leurs repères.

v. 147-156. On peut comparer ces vers décrivant rapidement les effets physiques de la flèche d'Amour au long développement similaire de l'*Énéas* (v. 8057-8081). Dans les deux cas, la métaphore traditionnelle (déjà usée ?) de la flèche d'Amour est évacuée au profit d'une notation concrète, la présence « réelle » de l'archer décochant son « dard ». Mais tandis que dans l'*Énéas* Lavinia s'interroge ensuite sur l'auteur de la blessure et la manière de la soigner, Dané identifie aussitôt l'origine de son mal et reconnaît longuement (v. 159-172) la toute-puissance du dieu. Cependant, les v. 155-158 ne sont donnés que par notre manuscrit, dans lequel le développement sur Amour, au lieu d'être une intervention du narrateur, est prononcé par la jeune fille.

Amors a si la tose esprise
Qu'ele ne set mes en quel guise
Ele se puisse contenir.
Pense et aprés fait .I. sospir.
Or sent froidure, or i a caut,
Toute fremist, tranble et tresaut.
En mout peu d'ure est si atainte
Qu'ele en a ja la face tainte.

La nuis revient, li jors trespasse.
La pucele est de penser lasse :
Ses lis est fais, vait s'en gesir,
Torne et retorne, veut dormir, 59 d
Mais ne poeut estre, Amors ne lait.
« Lasse ! fait ele, mal m'estait !
Ne puis dormir ne reposer,
Torner m'estuet et retorner ;
En paine sui et en travail.
Qu'esce que j'ai ? Por quoi tresail ?
Or resent je trop dur mon lit.
De Diu soiient tot cil maudit
Ki le devoient anuit faire !
Tant sont felon et deputaire !
Hau ! Or me sui aperceüe :
Pas n'est la coute bien meüe.
Ne quit que onques fust tornee :
La plume i est amoncelee.

Amour a si bien embrasé la jeune fille qu'elle ne sait plus comment refréner son désir. Elle médite, puis jette des soupirs. Tantôt elle a froid, tantôt elle a chaud. Elle est toute frémissante, elle tremble, elle tressaille. Elle est bientôt si atteinte que son visage déjà est tout pâli. La nuit vient, le jour s'en va. La jeune fille n'en peut plus d'agiter ainsi ses pensées. Son lit est fait, elle va se coucher. Elle se tourne et se retourne, elle veut dormir, mais il n'en est pas question : Amour ne le lui permet pas.

Hélas, dit-elle, pauvre de moi ! Je ne peux ni dormir ni trouver le repos. Je suis là à me tourner et à me retourner ; je souffre et je me torture. Qu'ai-je donc ? Pourquoi est-ce que je tremble ainsi ? Ce lit est bien trop dur, me semble-t-il. Que Dieu maudisse tous ceux qui devaient le faire cette nuit ! Comme ils sont méchants et malintentionnés ! Oui, je m'en rends bien compte, le matelas n'a pas été bien secoué. Je ne pense pas qu'on l'ait retourné et la plume est toute en tas.

v. 173. Le manuscrit donne *la cose. Cose/chose* est bien attesté en ancien français au sens de « créature » (voir par exemple le v. 683), mais il n'est pas en ce cas précédé de l'article défini. Nous adoptons donc la correction de l'éd. T.-S. et T. (voir leur note au v. 171) *tose*, « jeune fille ».

v. 181. Vers d'allure épique, comme il est signalé dans l'éd. T.-S. et T. (p. 60), à rapprocher du v. 400, et introduisant une scansion temporelle dans une temporalité par ailleurs très floue.

v. 185. Chute du *-l* de *nel*, enclise de « ne la » devant le *l-* initial de *lait* ; autres exemples aux v. 904 (*ne doi croire*) et 936 (*ne set*).

v. 190. *Qu'esce*, graphie de « qu'est-ce », est également attesté aux v. 245, 273 et 379.

v. 192. *Tot*, au lieu de la forme attendue de cas sujet pluriel *tuit*, se trouve également au v. 931.

Queus merveille est ce que je veil ?
De ce prendra je boin conseil :
Je ferai ces femmes lever,
Ma coute estuet a retorner. »
Lors vest une grise pelice,
Si vait au lit a sa norice,
Lever le fait, si li a dit
Que li reface tout son lit.
Cele si fait eneslespas :
Oste le coute et tous les dras,
Si remue neïs l'estrain.
Ele meïsme i met la main,
Torne, retorne, fiert et bas.
Or le veut haut, or le veut plat,
Or veut haut cief, or veut bas piés,
Or est li cavés trop bassiés,
Or est estroit, or est trop grans,
Or est a une part pendans.
La norice vait maudisçant
Por çou qu'il n'est a son talent.
Avis li fu que bien estoit.
Savés por quoi ? Que ele avoit
Le jovencel entroublié, 60 a
Mais quant ele ot un poi esté,
Et il li est menbré de lui,
Dont recomence son anui.
« Lasse, fait ele, que peut estre ?
Je ne gis pas bien sor senestre.
Or sui sor destre : que me caut ?
Ce ne me nuist ne ne me vaut.
Ne puis trover engien ni art
Que j'aie bien de nule part.
Ou c'est li lis dont je me dueuil,

Quoi d'étonnant à ce que je reste ainsi réveillée ! Mais je vais y remédier : je vais faire lever les servantes et il leur faudra secouer ce matelas.

Elle met alors une pelisse grise et va trouver sa nourrice dans son lit. Elle l'oblige à se lever et lui demande de refaire entièrement son lit. L'autre s'exécute aussitôt : elle ôte le matelas et tous les draps. Elle secoue même la paille du sommier. La jeune fille y met elle aussi la main : elle tourne, retourne, tape, bat. Tantôt elle veut qu'on fasse le lit haut, tantôt plat ; tantôt elle veut qu'on surélève la tête du lit, tantôt qu'on abaisse le bout ; les coussins du chevet sont trop plats, ou trop petits, ou trop grands, ou pendent d'un seul côté. Elle ne cesse de maudire la nourrice, parce que ce lit n'est pas à son goût. Puis il lui semble qu'il est bien. Savez-vous pourquoi ? Parce qu'elle a un instant oublié le jeune homme ! Mais à peine est-elle restée un moment en repos que son souvenir lui revient, et son tourment la reprend :

Hélas, dit-elle, qu'est-ce qui m'arrive ? Je suis couchée sur le côté gauche et je suis mal ; je me tourne sur la droite, et quel effet ? Ni bien ni mal. Impossible de trouver le moyen de me sentir bien d'une manière ou d'une autre. Ou c'est le lit qui est la cause de ma souffrance,

v. 200. Réduction à *-a-* de la diphtongue *-ai-*, bien attestée en picard. Voir également *bassiés*, v. 214, *mastre*, v. 775, *sa*, v. 868, alternant avec *sai*, *fa*, v. 918, *sat*, v. 926.

U plus sui tenre que ne suel,
U j'ai el cors ne sai quel rage
Qui si m'escaufe mon corage.
Quant voil dormir, si me fremis,
Or me relief, or me regis,
Or reveul a celui penser
Que je vis ier par ci passer.
K'ai ge a faire de ce vassal ?
C'est la riens qui plus me fait mal
Quant me menbre de sa biauté.
Biax est ! Qui caut, s'il n'a bonté ?
Il est, espoir, fel u vilains,
U enuieus u d'ire plains.
Qu'esce que di ? K'a il vers moi
Mespris ? De quoi blasmer le doi ?
Por quoi loer ? Je m'en doi taire.
Ja seul jou estre debonaire :
Dont me vient ore felonnie ?
Sos ciel n'a home qui ja die
Qu'il ne soit biax, et sans mesure.
Nus hom de si bele faiture
Poroit donques estre mauvais ?
Tort ai, je nel blasmerai mais.
Certes, il est et biax et buens.
Et toi, que caut ? Ja n'en iert tuens !
A que faire sera il miens ?
Ja n'est il pas raisons ne biens 60 b
Ne drois que je demant baron
Se par le conseil del roi non.
Consel ? Lasse, si lonc respit !
Ja n'aie joie ne delit !
Ja, certes, se je sens avoie,
Le sien consel n'en atendroie.

ou je suis plus sensible que d'habitude, ou j'ai en moi je ne sais quelle ardeur qui m'embrase tout entière. Quand je veux dormir, je tremble. Tantôt je me relève, tantôt je me recouche, tantôt je n'ai d'autre envie que de penser à celui que j'ai vu passer hier devant moi. Mais qu'ai-je à faire de cet homme ? C'est lui, lui seul qui me tourmente, lorsque je me rappelle sa beauté ! Sa beauté ? Et qu'importe s'il n'a point de valeur ? Peut-être est-il cruel, grossier, insupportable, plein d'arrogance ! Mais que dis-je ? En quoi s'est-il mal conduit avec moi ? Que dois-je lui reprocher ? Pourquoi dois-je faire son éloge ? Je dois plutôt me taire. D'habitude, je suis pleine de bienveillance. D'où me vient alors cette méchanceté ? Personne au monde ne pourrait nier qu'il est beau, et au-delà de toute mesure. Et comment un être aussi parfaitement beau pourrait-il être mauvais ? J'ai tort, je ne le blâmerai plus.

Oui, il est beau et bon. Mais à toi, que t'importe ? Il ne sera jamais à toi ! À moi, et pourquoi donc ? Il n'est ni raisonnable ni bon ni juste que je demande un mari, sinon lorsque le roi le décidera. Le décidera ? Malheureuse, quelle longue attente ! N'avoir plus, désormais, ni joie ni plaisir ! Certes, si j'étais sensée, je n'attendrais pas la décision du roi.

v. 242. Sur le procédé du débat dialogué avec soi-même, voir la note aux v. 9-11 de *Philomena*. L'emploi de ce procédé revient tout au long du texte.

v. 244. *Enuieus* au sens de « insupportable, pénible » nous paraît une leçon plus satisfaisante que *envieus*, lecture de l'éd. T.-S. et T. (v. 242).

Dont te vient or ceste parole ?
Orains fu sage, or es fole !
Veus tu par toi tel consel prendre ?
Dont ne te vient il mix atendre ?
Fill' es de roïne et de roi :
Segnor te donront endroit toi.
Auques t'estuet por çou souffrir.
Et se il n'est a mon plesir ?
Qu'esce, Dané ? Dont n'as tu honte ?
Ses tu donques ke plaisir monte ?
Plaist toi cil plus ? Oïl, par foi,
Mais je n'en sai prendre conroi.
Ne puis mie mout bien veoir
Coment je li face savoir.
Veus qu'il le sace ? Oïl, mout bien,
Car il me plaist sor toute rien
Et tot quanque je li voi faire.
Et Dix ! cui ne porroit il plaire,
Que je le vi si bel, si gent !
Ques piés vi es estriers d'argent,
Quel vis, quel cors, ques bras, ques mains !
Ques ert sa sele et ses lorains !
Ques ex, quel bouce por baisier !
Com il seoit bel au destrier !
E Dix ! Porrai je viure tant
Que j'en face auques mon talent,
Que je ja soie de lui privee ?
Ce m'est avis, boer fusce nee !
Avis ? Ançois est voirs sans faille !
Lasse, com sui en grant bataille !
Ne sé que face, ains me merveil, 60 c
Mestier aroie de consel. »

Mais qui te dicte pareil discours ? Tu étais raisonnable, te voilà folle ! Comptes-tu prendre pareille décision toute seule ? N'est-il pas plus convenable d'attendre ? Tu es fille de reine et de roi : tes parents te donneront un mari digne de toi. Il te faut donc patienter un peu. Et si ce mari ne me plaît pas ? Qu'est cela, Dané ? N'as-tu pas honte ? Le plaisir, sais-tu ce que c'est ? Et celui-là, il te plaît plus ? Oui, assurément, mais je ne sais comment m'y prendre. Je ne vois pas très bien comment arriver à le lui faire savoir. Tu veux donc qu'il le sache ? Oui, je le veux, car il me plaît plus que tout être au monde, lui et tout ce que je vois de lui.

Ah, Dieu ! à qui ne pourrait-il plaire, lui que j'ai vu si beau, si noble ! Quels pieds, dans les étriers d'argent, quel visage, quel corps, quels bras, quelles mains ! Comme ils étaient beaux, son harnachement et sa selle ! Quels yeux ! Quelle bouche à couvrir de baisers ! Comme il se tenait bien en selle sur son destrier ! Ah, Dieu, pourrai-je vivre assez longtemps pour l'avoir comme je le désire, pour être proche, très proche de lui ? Comme je serais heureuse, il me semble ! Il te semble ? Mais non, c'est absolument certain. Malheureuse, comme me voilà tourmentée ! Je ne sais que faire, je reste là, comme frappée de stupeur, et pourtant, j'aurais bien besoin d'un conseil !

v. 293. Le manuscrit donne *voiiis*. La lecture *voirs* « vrai », « c'est la vérité », correction apportée par Dané à sa première formulation, *ce m'est avis*, « il me semble », est reprise à l'édition Pelan-Spence.

Ensi se demente par soi,
Tote nuit est en tel esfroi.
Or pluere, or pense, or gist, or siet,
Or li replaist qu'ele se liet,
Or se castie, or se conforte,
Et puis se vauroit estre morte.
En grant torment, en grant dolor
Fu tant que vint desi qu'au jor.
Grevee estoit et traveillie,
Lors est un peu asouagie
De tel angoisse et de tel mort :
Li oeul li clöent, si s'endort.
Eins que peüst le jor coisir,
Se resveille, ne poeut dormir,
Et vait ester a la fenestre.
Garde sor destre et sor senestre,
Savoir se verroit nule part
Celui qui si l'escaufe et art,
Car par ileuques doit passer
Et a cele eure en bos aller.
Et quant ele a tant atendu,
Cline s'avant, si a veü
De loing venir le jovencel,
Mais onques mais ne vit si bel
Ne si bien fait, si com li sanble.
Donc se plaint, puis sospire et tranble.
Ele l'esgarde et est en pes
Tant con le pot veoir de pres.
Mais des qu'el le vit eslongié,
Faut li li cors, plaissent li pié,
Pasmee ciet el pavement,
Puis recomence son torment.
Primes li plaist qu'ele li mant,

Ainsi se lamente la jeune fille. Elle passe toute la nuit dans cette agitation, pleurant, réfléchissant, se couchant, s'asseyant. Tantôt elle a envie de se lever, tantôt elle se blâme, tantôt elle se rassérène, puis voilà qu'elle souhaite mourir. Jusqu'au lever du jour elle resta ainsi en proie à ces cruels tourments, à cette douleur profonde. Elle était très lasse, très fatiguée. Elle connut alors un peu de répit à son angoisse, à sa mortelle douleur. Ses yeux se ferment, elle s'endort. Mais avant qu'elle ait pu voir le jour se lever, elle s'éveille, incapable de dormir plus longtemps, et elle se met à la fenêtre. Elle regarde à droite, à gauche, au cas où elle apercevrait celui qui la brûle et l'embrase : c'est en effet par là qu'il doit passer, et c'est l'heure où il doit partir à la chasse. Après avoir longtemps attendu, elle se penche, car elle a vu venir de loin le jeune homme. Jamais, lui semble-t-il, elle n'a vu quelqu'un d'aussi beau ni d'aussi belle allure ! Alors elle se lamente, soupire et tremble. Tant qu'elle peut le voir de près, elle le suit du regard, trouvant ainsi quelque répit. Mais dès qu'elle le voit s'éloigner, son corps la trahit, ses pieds se dérobent, elle tombe pâmée sur le sol, et sa douleur se renouvelle. D'abord elle décide de lui envoyer un messager,

v. 316. *Tele*, leçon du manuscrit, est possible pour le rythme du vers et à la rigueur pour le sens, mais la forme féminine refaite de l'adjectif épicène *tel* est très rare avant la fin du Moyen Âge tandis que la forme de féminin *tel* (au cas sujet singulier *tes*) est attestée aux v. 417, 872 et 907. Au v. 453, il faut lire : *a tel'eure.*

v. 326. Nous gardons la leçon du manuscrit *cors*, corrigé en *cuers* dans l'éd. T.-S. et T. Voir cependant le v. 970 : *Li cuers li faut.*

Aprés reprent autre talent
Et dist qu'ele ne set mesage
Cui ele ost dire son corage. 60 d
« A, Dix ! fait ele, en com grant paine
Me met cis maus qui si me mainne !
Ainc mais ne seu je nient d'aimer,
Et or me fait color muer.
Onques mes ne soi qu'amers fu,
Or a primes l'ai couneü,
Or me fait il sans froit tranbler.
Ne sai de moi consel doner.
Se cil que je tant ain m'amast,
U se estoit qui en parlast,
Et mes peres le consentoit,
Bien le porroie avoir par droit,
Mes n'est pas drois que jel requiere.
Assés somes d'une maniere,
D'une biauté et d'un eage.
Se nous ne soumes d'un parage,
Il est assés de haute gent ;
Si ne soumes mie parent.

« Dané, que vas tu devisant ?
Ce ne te vaut ne tant ne quant.
Tes pere n'a de çou que faire :
Trop entent a son autre afaire.
Ke porrai je donc devenir ?
Je ne puis mais cest mal souffrir.
Mander li veil ce que je quier
N'a mesage ne l'os cargier.
Assés est mix que je li die,
Mais je criem qu'il ne m'escondie.
Et s'il del tout m'escondisoit,

puis elle change d'avis, ne sachant, se dit-elle, à quel messager elle oserait confier ses sentiments.

Ah, Dieu, dit-elle, en quel tourment me plonge ce mal avec lequel je me débats ! Je n'ai jamais rien su de l'amour et voici qu'il me fait changer de couleur. Je n'ai jamais connu ce que c'était que d'aimer, et voici que j'ai eu tôt fait de l'apprendre, voici que j'en tremble sans avoir froid ! Si celui que j'aime tant m'aimait aussi, ou si quelqu'un pouvait lui en parler et que mon père y consentît, je pourrais bien l'avoir à moi selon la loi, mais ce n'est pas à moi à l'en prier. Nous sommes semblables : même beauté, même âge. Et si nous ne sommes pas de même rang, il est pourtant de bonne naissance et nous ne sommes pas parents.

Dané, que dis-tu là ? Cela ne t'avance en rien. Ton père n'a que faire de ce qui t'agite. Il a bien d'autres sujets de pensée ! Mais alors, que vais-je devenir ? Je ne peux pas supporter plus longtemps ce tourment. Je veux faire savoir à ce jeune homme ce que je désire, mais je n'ai personne à qui oser confier ce message. Il est donc préférable que je le lui dise moi-même.

v. 335. *Seu*, forme picarde de première personne de passé défini, alterne avec *soi* (v. 337, etc.).

Autres mesages, qu'i feroit ?
Nus ne fera ja si la cose
Com cil cui ele est, quant il ose.
Quel part le cuides tu trover ?
Coment porras a lui parler ?
De ce n'ai je nule pauor :
Le matin le verrai au jor.
Bien m'en istrai, ja nel savront 61 a
Cil qui en la canbre gerront.
Ja l'atendrai en cel cemin
Par u il vait cascun matin.
Quant ert des autres eslongiés,
Irai, se li carai as piés,
Conterai li toute ma vie,
Com Amors m'a en sa baillie ;
Quant li arai tout regehi,
Prierai li par Diu merci.
Qu'esce, Dané, que tu redis ?
Est tous tes sens si tost peris ?
As tu tote bonté perdue ?
Ques rage t'a si esmeüe ?
Es tu si fole et si dervee
Ke tu iras tote esgaree ?
Ses tu que soies fille a roi ?
De ce prendrai je bien conroi !
Amors n'a soig de seignorie :
Cil n'aime pas, qui bien ne prie.
Lasse ! tout ai perdu le sens.
K'ai j'ore dit ? Quant me porpens,
Si me retieng del tout por fole.
Ne me tieng point en ma parole.
Ne sai que voil aler tracier,
Car ne sai voie ne sentier.

Et s'il me repousse, que pourrait y changer un messager ? Nul, s'il en a l'audace, ne sera meilleur messager que celui qui est concerné. Et où penses-tu trouver ce jeune homme ? Comment aller lui parler dans la forêt ? Cela ne me fait pas peur : je le verrai demain, au lever du jour. Je saurai bien partir sans que s'en aperçoivent ceux qui coucheront dans la chambre. Je l'attendrai sur le chemin qu'il emprunte tous les matins. Quand il se sera un peu éloigné des autres, j'irai vers lui, je me jetterai à ses pieds, je lui raconterai tout ce qui m'arrive et comment Amour me tient en son pouvoir. Puis, quand je lui aurai tout avoué, j'implorerai sa pitié, au nom de Dieu.

Qu'est-ce, Dané, que ce nouveau langage ? As-tu si vite perdu l'esprit ? As-tu perdu tout sens moral ? Quelle fureur t'a ainsi saisie ? Es-tu assez folle, assez insensée pour t'en aller ainsi comme une vagabonde ? Te souviens-tu que tu es fille de roi ? Voilà bien de quoi je me soucie ! Amour se moque de toute forme de puissance. Il n'aime pas vraiment, celui qui ne sait supplier. Malheureuse, j'ai complètement perdu l'esprit ! Qu'ai-je dit à l'instant ? À bien y réfléchir, je me trouve tout à fait folle. Je renonce donc à ce projet. Et comment partir sur ses traces, alors que je ne connais ni les routes ni les sentiers ?

Cui caut ? Ce ne me grieve rien :
Amors m'avoiera mout bien ! »
Quant tout ot dit et devisé,
Si a en son consel trouvé
Qu'ele i ira, a çou se tient.
La nuis s'en va, li jors revient.

La pucele fu en freor,
Ne dormi onques duqu'au jor.
Si tost com la clarté en vit,
Tout souavet eisci du lit.
Merveille est d'Amor qui tant fait,
Qui tot enbrace et tot atrait. 61 b
Sage home fait estre sans honte,
Savoir qu'il ait, riens ne li monte.
Il l'ensege a aller par nuit,
Seürement et sans conduit,
Quant plus fait lait tans et oscur.
Mout a le cuer felon et dur :
Ja de nului n'avra pitié.
Des que l'a pris et enlacié,
Tout le cuer li tranble et esmuet,
Tant le maine com il plus puet,
Tes eure est, dusques a la mort.
Amors n'i garde droit ne tort.
Ceste Dané, fille le roi,
A il ja si traite vers soi,
Ne set dont est, de quel parage,
Ne ne tient pas son fol corage ;
Cuide bien soit quanqu'ele fait.
E, Dix ! com a empris fol plait !
Ele a la cambre desfremee,
Par un guicet s'en est enblee

Et qu'importe? Cela ne me préoccupe guère : Amour saura fort bien me guider.

Après avoir ainsi longuement débattu, elle prend sa décision : elle ira le trouver, voilà ce qu'elle a résolu. La nuit s'écoule, le jour revient.

La jeune fille était pleine d'angoisse. Elle ne dormit pas de la nuit et, lorsqu'elle vit le jour se lever, elle sortit tout doucement de son lit. Comme ils sont merveilleux les pouvoirs d'Amour, qui embrasse et attire à lui tout ce qui existe ! Au sage, il enlève tout sentiment de honte et tout son savoir ne lui sert plus à rien. C'est ainsi qu'il donne à la jeune fille assez d'assurance pour sortir dans la nuit, toute seule, quand le temps est le plus mauvais et le plus obscur. Amour a le cœur cruel et dur : du moment où il a pris et saisi un être, il n'en aura plus aucune pitié ; il entraîne sa proie au cœur frémissant, tout éperdue, là où il veut, et parfois jusqu'à la mort. Droit, tort, Amour se moque de tout. Cette Dané, une fille de roi, il s'en est si bien saisi qu'elle ne sait plus quelle est sa naissance, quel est son rang. Elle ne réprime plus ses folles pensées ; elle pense que tout ce qu'elle fait est bien. Ah, Dieu ! dans quelle folie elle va se lancer ! Elle a ouvert la chambre, elle s'est échappée par une petite porte

Et vait si com cemins li dure;
De qu'a .I. bos ne s'aseüre,
Qui pres estoit de la cité,
Car ele avoit bien esgardé,
Des fenestres u ele estoit,
Que li vallés iloc venoit.
Lors s'est en un buisson asisse,
Tote nue fors de cemisse
Et affublee d'un mantel.
Aloeuc atent le jovencel
Et lors porpense que dira.
« Dix ! fait ele, quant il vendra,
Donés que j'aie hardement
De tout dire seürement ! »
A itant fine sa raisons,
Garde, si voit ses compagnons.
Et quant il sont venu si pres 61 c
Que veoir ne les ose mes,
Endroit un arbre se repont.
Cil passent outre, si s'en vont.
Et Narcisus venoit ariere,
Tos sous par mi une quariere.
Ja estoient si compaignon
Bien loig, le trait a .I. bojon.
Tot droit a lui vint la pucele.
Cil l'esgarda, si la vit bele.
Por ce qu'a tele eure est levee,
Cuide que soit diuesse ou fee.
Del ceval descent, si l'encline.
Pres de lui se trait la mescine :
Eins que li die autre parole,
Les ex li baise, si l'acole.

et elle marche jusqu'au bout du chemin. Elle ne s'arrête que lorsqu'elle a atteint un bois qui était près de la cité : elle avait bien observé, de la fenêtre où elle se tenait, que le jeune homme venait en cet endroit. Elle s'est alors assise dans un buisson, toute nue sous sa chemise, couverte d'un manteau. C'est là qu'elle attend le jeune homme en pensant à ce qu'elle va lui dire.

Dieu, dit-elle, quand il viendra, donnez-moi le courage de lui dire franchement tout ce que j'ai à lui dire.

Sur ces mots, elle regarde et aperçoit les compagnons du jeune homme. Lorsqu'ils sont arrivés près d'elle, de peur qu'ils l'aperçoivent, elle se cache près d'un arbre. Eux la dépassent et s'en vont. Narcisse cependant les suivait, tout seul, au milieu de la route. Alors que ses compagnons s'étaient éloignés d'une portée d'arbalète, la jeune fille vint droit sur lui. Lui la regarda, il vit comme elle était belle. Parce qu'elle est levée de si bonne heure, il croit voir une déesse, une fée. Il met pied à terre et la salue. Mais la jeune fille s'approche de lui et, sans prononcer le moindre mot, elle l'embrasse sur les yeux et le prend par le cou.

v. 454. On peut rapprocher la réaction de Narcisse de celle du guetteur au v. 623 de *Pyrame et Thisbé*. On notera aussi, à la suite de Mario Mancini (p. 26-29), que Narcisse découvrant son « image » dans la source *cuide ce soit fee de mer* (v. 655). La jeune fille rejetée, l'image désirée ne seraient-elles qu'une même « chose », enfin réunie et possédée dans la mort ?

Il se merveille por quel fait,
Demande li qui est, u vait.
« Sire, fait ele, or ne t'anuit
Une lasse cui tos biens fuit,
Qui mout petit prise sa vie
Se por çou non qu'en toi se fie.
Biax sire, ce te di jou bien,
Je te desir sor tote rien.
Mes cuers est mout por toi destrois.
Des ore mais est il bien drois
Que tu aies de moi merci.
Nel te mant pas, ains le te pri.
Je pri por moi, nient por autrui.
Esgarde, saces qui je sui !
Je, qui ensi paroil a toi,
Sui fille ton seignor le roi.
Por t'amor pens et jor et nuit.
Amors m'a ça livré conduit,
Amors me done hardement :
N'i venisce pas autrement.
Or ait merci, qui merci crie,
Car en toi pent tote ma vie. 61 d
Biax sire, otroie moi t'amor,
Rent moi santé, tol moi dolor !
Tu seus me peus santé doner :
Mout nous poons bien entramer,
Car assés somes d'un aé,
D'une maniere de biauté. »

Narcisus l'entent, si sorrist.
Esgarda la et se li dist :
« Par Diu, pucele, mout es fole
Quant onques en meüs parole,

Tout surpris de son geste, il lui demande qui elle est, où elle va.

Seigneur, lui dit-elle, qu'elle ne te soit pas importune cette malheureuse que le bonheur fuit et qui se soucie bien peu de vivre sinon pour remettre son sort entre tes mains ! Cher seigneur, je te le dis, je te désire par-dessus tout. Pour toi, mon cœur souffre mille angoisses et il faut maintenant, cela est juste, que tu aies pitié de moi. Je n'ai confié ce message à personne, c'est moi-même qui t'en prie. Oui, c'est pour moi que je prie, non pour quelque autre. Regarde, sache qui je suis ! Moi qui te parle ainsi, je suis la fille du roi ton seigneur. Nuit et jour je ne cesse de me tourmenter pour l'amour de toi. C'est Amour qui m'a conduite jusqu'ici. C'est Amour qui m'a donné cette audace : autrement, je ne serais pas venue ! Qui demande grâce, qu'il soit exaucé ! De toi dépend ma vie entière. Cher seigneur, donne-moi ton amour, rends-moi la santé, dissipe ma douleur ! Toi seul peux me sauver. Et nous avons toutes raisons de nous aimer : nous avons le même âge et nous sommes aussi beaux l'un que l'autre.

Narcisse sourit en l'entendant, puis il la regarde et lui dit :

Par Dieu, jeune fille, tu es folle de tenir de tels propos

v. 459. *Quel*, enclise de *que le*, *que* ayant ici la valeur de *quoi.*

v. 481-484. L'ordre des vers dans le manuscrit est : 483, 484, 481, 482. Nous corrigeons comme T.-S. et T.

Et male cose as mout enprise,
Qui ja t'es d'amer entremise.
Encor te venist mix dormir!
Com osas ça sole venir?
Merveille as fait, trop es hardie :
Ce tien je mout a grant folie.
Doit ensi aler fille a roi?
N'apartiens pas n'a moi n'a toi
K'amer saçons ne tant ne quant,
Car trop somes encor enfant.
Tu dis qu'Amors te fait mal traire :
De ce ne te puis jou droit faire.
Je ne sai rien de tel ahan
Ne ne l'asaierai auan.
Mais se c'est voirs que mal te face,
Garderai m'en : ja Diu ne place
Que je l'assai por mal avoir!
Je ne quier rien d'amer savoir,
Mais je te lo, va t'en ariere :
Tu pers et gastes ta proiiere. »

Quant ele l'ot, vers lui se trait,
Sospire, pleure, — rien ne fait —
Et gete ariere son mantel :
Tote est nue, le cors a bel.
Tant l'a destrainte la froidure
Et la voie, qui trop est dure,
Li sans li saut par mi l'orteil, 62 a
Qui tot le pié li fait vermeill.
L'iaue li ciet aval la face.
El goint les mains vers lui et lace,
— Cil l'esgarde, si la voit bien,
Et dist que ce ne li vaut rien —

et tu t'es engagée sur une bien mauvaise voie en t'avisant d'aimer. Tu aurais mieux fait de rester dormir ! Comment as-tu osé venir ici toute seule ? Ta conduite est bien surprenante, tu as bien trop d'audace, et c'est là pure folie, je trouve. Est-ce ainsi que doit sortir une fille de roi ? Et pour ce qui est d'aimer, ce n'est ni à toi ni à moi de nous en soucier peu ou prou : nous sommes encore trop jeunes. Amour te tourmente, me dis-tu, mais je ne peux rien faire pour toi, car je ne connais rien de cette souffrance et ce n'est pas de sitôt que j'en ferai l'expérience. S'il est vrai qu'il te torture ainsi, je me garderai bien de lui : à Dieu ne plaise que j'en fasse l'essai pour souffrir moi aussi. Je ne veux rien savoir de l'amour. Aussi, je t'en prie, retourne-t'en : tu pries et supplies en pure perte.

Entendant la réponse du jeune homme, la jeune fille vient plus près de lui. Elle soupire, elle pleure — mais en vain —, elle rejette en arrière les pans de son manteau. La voilà nue, son corps est beau. Le froid et le chemin, si dur, lui ont fait tant de mal que le sang jaillit de ses orteils et ensanglante ses pieds. Les larmes coulent sur son visage. Elle tend les mains vers le jeune homme, elle les tord, — et lui, il la regarde, il voit ce qu'elle fait, mais c'est en pure perte, lui dit-il —,

v. 520-524. Nous avons conservé le texte du manuscrit (l'éd. T.-S. et T. supprime les v. 521-522) en admettant que les vers 521-522 sont une sorte d'incise.

Les mains plus blances que nois n'est,
Nues, sans gans et sans orfrois.
Voit les ex plorer tendrement,
Qui l'esgardent mout doucement,
La car blance sor la cemise :
Nule pités ne l'en est prise.
Dix ! si duer cuer et si felon !
Sousiel n'a si rice baron,
Prince, conte ne roi si haut,
Enpereor ne amiraut
Ki longement se tenist mie
Qu'i ne plorast de conpaignie.
De quanqu'ele li dit n'a cure.
Tort a, de rien ne l'aseüre.
Encore avoit a dire assés,
Quant Narcisus en est alés.

Cele remaind, de del se pasme,
Et quant revient, sa vie blasme.
« Lasse ! fait ele, or sui je morte,
Que nule riens ne me conforte.
Or sui je morte et mal baillie,
Quant m'esperance est si faillie
Que riens que je die n'avient.
Tos biens me fuit, tos max m'avient.
Dané, je te disoie bien !
Onques croire ne vausis rien.
Que il m'osast ensi baillir ?
Par Dieu, toi a il fait faillir !
Bien le counois et si m'en plaing,
Et or me torne a grant desdaing.
Moi a il escondite, moi !
Donc ne sui jou file le roi, 62 b

des mains plus blanches que la neige, nues, sans gants, sans parure. Il voit ses yeux baignés de tendres larmes, qui le regardent avec une grande douceur. Sa peau est blanche, là où s'arrête la chemise. Lui, pourtant, n'en éprouve aucune pitié. Dieu, quel cœur dur et cruel ! Il n'y a nulle part au monde de puissant seigneur, de prince, de comte, de roi, si grand soit-il, d'empereur ou d'émir qui auraient pu se retenir longtemps de mêler leurs larmes aux siennes ! Mais lui se moque de tout ce qu'elle lui dit. Bien à tort, il lui refuse tout secours.

Quand Narcisse s'éloigna, elle avait encore bien des choses à lui dire… Mais elle reste là et se pâme de douleur. Puis, quand elle revient à elle, elle déplore son sort.

Malheureuse, dit-elle, c'en est fait de moi, puisque rien ne peut me réconforter. Oui, c'en est fait de moi, je n'ai nul recours, quand tout espoir m'est interdit, quand tout ce que je peux dire reste sans effet. Tout bien me fuit, tous les maux m'atteignent. Dané, je te l'avais bien prédit, mais tu n'as jamais rien voulu croire. Eh quoi ? Qu'il ose ainsi me traiter ? Par Dieu, il a bel et bien déçu ton attente ! Je le vois bien, et je m'en plains et j'en suis profondément offensée. Il m'a dédaignée, moi ! Ne suis-je pas la fille du roi

v. 524. Le terme *orfrois* désigne une bande ou un galon d'or bordant et ornant un vêtement.

v. 530. *Sousiel/soussel*, graphie de *soz ciel.*

v. 534. *Qu'i*, graphie de *qu'il*, comme au v. 770.

v. 547. Sans doute faut-il voir dans *te* une forme *tel*, enclise de *te le*, avec chute, comme dans *ne* pour *nel*, du *-l* final. Voir note au v. 185.

Et il est fix a un suen home?
A, Dix! com ci a pesant some,
Si greveus fais a sostenir!
Que porai je ore devenir?
Dix, com mar furent si bel oeul,
Ki si sont plain de grant orgueil!
S'il fust lais, si m'en pesast viax:
Ce poise moi qu'il est si biax.
Vilainnement parla a moi.
Que li desplot? Ne sai, par foi!
Que li pot il en moi desplaire?
Ce, qu'il est fel et deputaire.
Sui gentix femme, sui pucele,
Sui assés gente et assés bele,
Si ai biaus piés et beles mains:
Il n'i a el, il est vilains
Et fel et mout mal afaitiés.
Lasse! dont ne vit il mes piés,
Por lui sanglens et espinés,
Ne ne s'est pas amesurés?
Ice que est que je di ore?
Ja l'ain jou trop, et plus encore,
Voire, par Diu, et voul amer.
Je ne le puis entroblier.
Or m'est s'amors tote novele,
Car sa biatés qui me rapele,
Quant m'en voeil partir, me ratrait.
Ne me caut de quanque il a fait,
Se il encor se repentoit

et lui, le fils d'un de ses hommes ! Ah, Dieu, quel lourd fardeau, quel poids pesant il me faut supporter ! Que vais-je devenir maintenant ? Dieu ! pourquoi faut-il que de si beaux yeux soient si pleins d'orgueil ? S'il était laid, j'en souffrirais sans doute, mais c'est sa beauté qui est source de ma peine. Il m'a parlé de manière bien grossière. En quoi lui ai-je déplu ? Je l'ignore, ma foi. Qu'a-t-il pu trouver en moi de déplaisant ? Rien, sinon qu'il est cruel et méchant. Je suis de noble naissance, je suis vierge, je suis plutôt aimable et belle. J'ai de beaux pieds, de belles mains. Non, ce n'est qu'un rustre, un être cruel et mal élevé. Malheureuse, n'a-t-il pas vu mes pieds tout sanglants et pleins d'épines, à cause de lui ? Et s'est-il alors radouci ?

Mais que suis-je encore en train de dire ? Je l'aime trop et plus encore. Oui vraiment, par Dieu, je veux l'aimer. Je ne peux l'oublier. L'amour que je lui porte est toujours là, car sa beauté, lorsque je veux m'éloigner, me fait revenir à son appel. Peu m'importe tout ce qu'il a fait, s'il voulait bien encore se repentir

v. 559. La graphie du manuscrit *aieul* a été corrigée d'après le v. 308.

v. 571. Nous avons traduit avec prudence *mal afaitiés* par « mal élevé ». Cependant, lorsque la reine, dans le *Lai de Lanval* de Marie de France (v. 283-284), accuse d'homosexualité le jeune homme qui a repoussé son amour, elle lui jette à la face : *vaslez amez, bien afaitiez, / ensemble od els vus deduiez* (« vous aimez des jeunes gens bien "éduqués", avec qui vous prenez votre plaisir »). Une semblable interprétation est possible pour l'expression *male nature* au v. 586.

v. 579-581 et 587-588. L'impuissance de Dané à s'éloigner de l'objet aimé peut être rapprochée de la fascination de Narcisse pour son ombre. Voir par exemple les v. 661-662.

Et il por amender venoit ;
Mais il n'a soig d'ofrir droture,
Car il est de male nature.
Nel puis laiscier, nel puis guerpir,
Ne me puis de s'amor partir.
Ne sai por qoi, si m'en merveil.
Or m'estuet querre autre conseil.
Or i envoierai mesage : 62 c
Il n'ara ja si dur corage,
Se je revieng sovent a lui,
Que je nel vainque par anui.
Or me desplaist quanques je di,
Car jou meïsme i failli.
Por qu'i envoierai autrui ?
Ne sai que faç, ne sai u sui.
Qui sui je donc ? Qui est mes pere ?
Li rois est ore. Et qui, ma mere ?
Donc ne ses tu ? Qui ? La roïne !
Mençonge est, ains sui orfeline :
Je n'ai ami, je n'ai parent,
Je n'ai conseil de boine gent.
Par Diu, si as : tu es Dané !
Ai je donques le sen dervé ?
Ja soloie je estre plus sage !
Sui je devenue sauvage ?
Que faz en bos ? Que suis ci quisse ?
Je me contieng en male guise !
Ce fait Amors. Qu'est Amors, lasse ?
Ne sai. Plus a droit le nomase
Se je desisce derverie.
Mener me fait mout male vie :
Or sui en pais, or sui en guerre.

et s'il venait faire amende honorable. Mais il ne se soucie guère de réparer ses torts, car sa nature est mauvaise. Je ne peux le laisser, je ne peux le quitter, je ne peux renoncer à l'aimer. Pourquoi ? Je l'ignore, et j'en reste tout interdite.

Il me faut donc trouver une autre solution. Je vais lui envoyer un messager. Si je reviens souvent à la charge, aussi endurci soit-il, je triompherai de sa résistance à force de l'importuner. Non, rien de ce que je viens de dire ne me satisfait : puisque moi j'ai échoué, pourquoi y envoyer quelque autre ? Je ne sais plus ce que je fais, je ne sais plus où je suis. Qui suis-je donc ? Qui est mon père ? Mais c'est le roi. Et ma mère ? Tu ne le sais donc pas ? C'est la reine. Mensonge ! Je suis orpheline : je n'ai ni ami ni parent, ni personne pour me donner un bon conseil. Mais si, par Dieu ! Tu es Dané ! Ai-je donc perdu la raison ? Pourtant, j'ai su par le passé me montrer plus sage ! Suis-je devenue une sauvageonne ? Que fais-je ici dans ce bois ? Qu'est-ce que je suis venue y chercher ? Ma conduite est parfaitement déplacée ! C'est là l'œuvre d'Amour. Mais qu'est-ce qu'Amour, malheureuse ? Je ne sais. Je le nommerais plus justement si je l'appelais « folie ». Quelle pénible vie il me fait mener : un moment je m'apaise, un autre je bataille !

v. 609. L'emploi du verbe *querre* avec l'auxiliaire *être* surprend, mais comme le signale déjà l'éd. T.-S. et T. (note au v. 601), quelques exemples en sont relevés dans le dictionnaire de Tobler-Lommatzsch.

Vous, diu du ciel et de la terre,
Et cil de l'air et de la mer,
Vos tuit qui rien savés d'amer
Et qui estes en sa baillie,
Et tu, Venus, qui m'as traïe
Ensanble au diu d'amors, ton fil,
Giete me hors de cest peril
Et de celui prendés vengance
Por cui je muir sans esperance !
Faites qu'il sace qu'est Amors,
Si qu'il ne puist avoir secors ! »
Li diu ne l'ont pas mesoïe :
Bien sera fet quanqu'ele prie. 62 d
Ele vient droit a son guicet,
Dedans sa canbre se remet.

Narcisus ot .I. cerf meü
Et toute jor l'orent seü.
Mout par faisoit angousex caut,
Car li solax estoit mout haut,
Et quant mïedis fu passés,
Li vallés fu mout escaufés.
De ses conpaignons se desoivre,
Si va querant eve por boivre.
Lors a trové une fontaine
Qui mout ert clere et douce et sainne.
Desus est l'erbe haute et drue,
Ki tout entor estoit creüe.
Il voit l'iaue parfonde et bele,

Mais vous, dieux du ciel et de la terre, dieux de l'air et de la mer, vous tous qui savez ce qu'est l'amour et qui êtes soumis à son pouvoir, et toi, Vénus, toi qui m'as trahie ainsi que le dieu d'amour, ton fils, sauvez-moi de ce péril et prenez vengeance de celui pour qui, privée de tout espoir, je meurs. Faites qu'il sache qui est Amour et qu'il ne puisse y trouver remède !

Les dieux ne sont pas restés sourds à sa prière : tout ce qu'elle demande s'accomplira. Elle revient alors tout droit à la porte de sa chambre et s'y enferme.

Narcisse avait débusqué un cerf. Toute la journée, ses compagnons et lui l'avaient pourchassé. La chaleur était extrêmement lourde, car le soleil était très haut dans le ciel. Après l'heure de midi, le jeune homme eut très chaud. Il se sépare de ses compagnons, cherchant de l'eau pour se désaltérer. Il a alors trouvé une fontaine dont l'eau était très claire, douce et bonne à boire. L'herbe qui poussait tout autour était haute et drue. Il voit la source, belle et profonde,

v. 616. Chez Ovide, c'est une victime anonyme de Narcisse qui attire sur lui la malédiction : « Puisse-t-il aimer, lui aussi, et ne jamais posséder l'objet de son amour ! », malédiction qu'exauce Némésis (v. 405). À l'auteur médiéval revient le mérite de l'avoir placée dans la bouche de Dané et d'avoir donné une dimension quasi cosmique à cet appel à tous les dieux et à la supplication plus précisément adressée à Vénus et à son fils.

v. 622. L'emploi de la série atone *me*, *te*, *se* au lieu de *moi*, *toi*, *soi* derrière un verbe à l'impératif est bien attesté en picard (voir Ph. Ménard, *Syntaxe*, § 40, rem. 2). Voir aussi au v. 318 *cline s'avant*.

Cler le ruisel et la gravele.
Descendus est desus le marbre,
Son ceval atace a un arbre.
Iloques li plot a remaindre.
Et quant il vaut son soif estaindre,
D'un autre soif est escaufés,
Ki graindre mal li fait assés.
Quant il se baise et il boit,
Dedens en la fontaine voit
L'onbre qui siet de l'autre part.
Avis li est que le regart.
Cuide ce soit fee de mer,
Qui la fontaine ait a garder.
Mout esploite Amors en poi d'eure !

le ruisseau qui coule clair et le sable. Il met pied à terre près de la margelle de marbre et attache son cheval à un arbre. Il a grande envie de s'arrêter là. Mais, quand il croit apaiser sa soif, il est tout échauffé d'une autre soif qui le tourmente bien plus encore. Quand il se penche pour boire, il voit dans la fontaine l'ombre qui lui fait face. Elle le regarde, lui semble-t-il, et il croit voir une fée des eaux, gardienne de la source. Comme Amour va vite en besogne !

v. 645. La mention d'une margelle de marbre n'est pas dans le texte d'Ovide qui décrit, plus rapidement, une source « naturelle ». Le texte médiéval évoque au contraire une « fontaine », c'est-à-dire une source aménagée par l'homme, un motif iconographique très fréquent, notamment dans les manuscrits du *Roman de la Rose.* Dans ce dernier texte, il est précisé que Nature a placé la « fontaine » de Narcisse dans une « pierre de marbre » (v. 1429-1431). On rapprochera aussi de la description de la *Fontaine au Pin* dans le *Chevalier au Lion* de Chrétien de Troyes.

v. 650. Nous conservons la forme de cas sujet *graindre*, la forme de cas régime attendue étant *graignor.*

v. 651 et suivants. Comparant le texte médiéval au récit d'Ovide et citant des extraits des vers 650 à 827, Jean Frappier écrit (dans « Variations sur le thème du miroir... », p. 145) : « L'auteur inconnu s'intéresse avant tout au drame amoureux, non sans prolixité. Mais dans ses vers transparents et légers (trop légers pour la plainte de Narcisse, il est vrai), semblent passer les mobiles reflets du miroir décevant. »

v. 655. La périphrase *fee de mer* veut-elle désigner une naïade, ces divinités des eaux étant en outre, selon Ovide (v. 505-506), les « sœurs » de Narcisse ? Voir également les v. 685-686 et la note au v. 454. Ou soupçonnera-t-on aussi la présence en filigrane du motif médiéval et bien attesté dans les lais bretons de la « fée à la fontaine » qui s'offre au chevalier qu'elle a su attirer ?

v. 657. Énoncé d'allure proverbiale, qui est une intéressante variation sur le proverbe *En peu d'eure, Dieu labeure* (En peu de temps, Dieu travaille).

Quoi que cil siet et il demeure
Et l'onbre en la fontaine voit,
Mout se merveille que ce soit,
Sel comence si a amer
Que il n'en pot ses ex torner.
Quant plus l'esgarde, plus li plaist.
Ne sone mot, ançois se taist,
Car il crient, s'ele l'ot parler, 63 a
Que n'i voille plus demorer,
Mes mout esgarde viseument
Le vis, le cors, que voit si gent;
Loe les ex, les mains, les dois;
Mout est angouseus et destrois.
Ne set qu'il voit, l'iaue li ment:
Il se loe, si ne l'entent.
C'est sa biautés qu'iloques voit.
Et il meïsmes se deçoit.
C'est cil qui or blasmoit Amor!
Or l'a ja mis en tel freor,
Or li prie, souspire et pleure,
Or li prie qu'il le seceure,
Mais esgarés est d'une cose:
Ne se poeut taire, et parler n'ose.
Plaint soi, aprés fait un sospir,
De parler ne se peut tenir.
« Cose, fait il, que laiens voi,
Ne sai coument nomer te doi,
Se dois estre ninphe apelee,
U se tu es duesse u fee.
Qui que tu soies, vien ça fors
Et si me mostre tot ton cors!

Tandis que le jeune homme s'attarde au bord de la fontaine et, tout interdit, contemple l'ombre en se demandant ce qu'il voit, il en tombe tellement amoureux qu'il ne peut en détourner ses yeux. Plus il la contemple, plus elle lui plaît. Il ne prononce pas un mot, mais reste muet, craignant, si elle l'entend parler, qu'elle ne veuille plus rester. Il regarde cependant avec intensité le visage, le corps, qu'il voit si beau ; il admire les yeux, les mains, les doigts. Il est saisi d'angoisse et de tourment. Il ne sait pas ce qu'il voit, l'eau lui ment : c'est lui qu'il admire, et il ne s'en rend pas compte. C'est sa beauté qu'il contemple, et c'est lui-même qu'il trompe. Et voilà celui qui médisait d'Amour, d'Amour qui l'a déjà mis dans tous ses états ! Et le jeune homme le supplie, il soupire, il pleure, il implore son secours ! Mais son erreur est autre : il ne peut se taire et il n'ose parler. Il se lamente, puis se met à soupirer ; enfin, incapable de se taire plus longtemps, il dit :

Chose que je vois là, je ne sais comment te nommer. Faut-il t'appeler nymphe ? Es-tu déesse ou fée ? Mais qui que tu sois, sors de cette source, montre-moi ton corps.

v. 658. Emploi, comme au v. 969, et en alternance avec *que que* (v. 805), de *quoi que* au sens de « tandis que, pendant que », emploi qui, selon Ph. Ménard (*Syntaxe*, § 78, rem. 3), « apparaît à l'époque de Chrétien de Troyes, dans les textes en vers du dernier tiers du XIIe siècle ».

v. 677-678. Comme l'indique l'éd. T.-S. et T. (note aux v. 669-670), le copiste, « après avoir transcrit le premier vers du couplet a enchaîné avec la seconde moitié du second vers ; il a ensuite retranscrit tout le premier vers ». Mais la correction proposée, *Or li prie qu'il le seceure, / Plaint soi et puis souspire et pleure,* ne s'impose pas absolument.

Tu ne dois pas estre trop fiere :
Vien ça ! Que te trais tu ariere ?
Por qu'est orgelleuse vers moi ?
Ne sui gaires mains biaus de toi !
Maintes fois ai esté requis :
Or sui de male ardor espris,
Or sen je bien com lor estoit,
Qu'eles se plaignoient a droit !
Que te vais tu or reponant ?
Parole a moi, si vien avant !
Legierement i pués passer :
Entre nos deus n'a nule mer,
Mais un peu d'iaue qui m'ocit.
Las ! entent ele que j'ai dit ? 63 b
Nenil, espoir, trop est parfont !
Par Diu, si fait et si respont :
Je li voi les levres movoir,
Mais l'oïe n'en puis avoir.
L'iaue ne laist la vois venir
Et fait que ne la puis oïr.

E, las ! por quoi ne l'oi parler ?
Que ne se vient ça fors mostrer ?
U ce li vient de grant orgueil,
U el ne veut çou que je voeil,
Car quant je ri, je li voi rire,
Quant je sospir, ele souspire,
Et quant je plor, ele autretel,
K'el ne fine ne ne fait el
Devant que l'autre cose face.
Je voi les larmes en la face
Ne mes caviax ne puis je traire
Que ne li voie autretel faire.

Il ne faut pas être trop farouche. Viens vers moi. Mais pourquoi te retirer? Pourquoi te montrer ainsi cruelle avec moi? Je ne suis guère moins beau que toi. Bien souvent on m'a prié d'amour, mais maintenant, c'est à mon tour d'être brûlé de cette terrible flamme, maintenant je sens ce qu'éprouvaient celles qui m'aimaient et quel juste droit elles avaient de se plaindre. Et pourquoi te dérober maintenant? Parle-moi, approche-toi. Il t'est facile de passer : ce n'est pas la mer qui nous sépare, mais un peu d'eau, une eau qui me tue. Malheureux, entend-elle ce que je dis? Non : l'eau, peut-être, est trop profonde! Mais si, par Dieu, elle m'entend et me répond : je vois ses lèvres bouger mais je ne peux entendre ce qu'elle dit. L'eau empêche sa voix de me parvenir : voilà pourquoi je ne peux l'entendre.

Ah, malheureux, pourquoi ne puis-je l'entendre? Pourquoi ne vient-elle pas se montrer? Ou c'est l'effet d'un grand orgueil ou elle ne veut pas répondre à mon désir. Pourtant, quand je ris, je la vois rire, quand je soupire, elle soupire, et quand je pleure, elle aussi : tant que je ne fais pas d'autre geste, elle ne fait pas autre chose que ce que je fais. Je vois les larmes couler sur son visage, et, si je m'arrache les cheveux, je lui vois faire de même.

Mais por quel fait ? S'ele m'amast,
Ele iscist hors, si se moustrast.
U ensi me veut escarnir,
U ne poeut pas a moi venir.
Que ferai jou ? Que porrai dire ?
Or pens, or plor et or veul rire ;
Or resent mal et or me dueil,
Et or ne resai que je voeil.
Le cuers m'escaufe et puis ai froit.
Quel froidure ai je ? Que ce doit,
Des qu'il fait si grant caut ça fors,
Que jou ai froit dedens le cors ?
Or me menbre que j'oï dire
Que tel torment et tel martire
Et tel vie seulent mener
Cil qui s'entremetent d'amer.
Est donc Amors qui si me mainne
Et me fait traire mal et painne ?
D'Amors ne doi je riens savoir. 63 c
Si sai qu'il est de grant pooir
Et qu'il me destraint et travaille :
Tant sai je bien et croi san faille.
Mais dont il est ne qui il soit,
U il converse, u on le voit,
Quel gent, quel terre il a sous soi,
Ce ne puis jou savoir par moi.
C'ai jou a faire de lu querre ?
De son païs et de sa terre,
Se jel demant, assés est pres :
Dedens moi le sent mout engrés.
Ne m'estuet pas que loig le quiere.
Or ai veüe sa maniere,
Or m'est avis que je sai bien

Mais pourquoi se comporter ainsi ? Si elle m'aimait, elle sortirait de l'eau et se montrerait. Ou elle veut se moquer de moi ou elle ne peut venir m'approcher. Que faire ? Que dire ? Tour à tour je médite, je pleure, j'ai envie de rire, puis la douleur revient, et je souffre et je ne sais plus ce que je désire. Mon cœur me brûle, et puis j'ai froid. Mais quel froid est-ce là ? Et comment comprendre que j'ai si froid au corps, alors qu'il fait si chaud dehors ? J'ai entendu dire, je m'en souviens, qu'ainsi vivent, dans les douleurs, dans les supplices, ceux qui sont soumis à l'amour.

Est-ce donc Amour qui me traite ainsi, qui me fait endurer douleur et peine ? D'Amour, pourtant, je ne dois rien savoir. Je sais du moins quel est son immense pouvoir et qu'il me torture et me met au supplice ; voilà ce que je sais, ce dont je suis absolument sûr. Mais d'où il vient, qui il est, où il demeure, où on le voit, quels êtres, quelles terres il a sous ses lois, cela, je ne peux pas le savoir par moi-même. Mais pourquoi irais-je à sa recherche ? Son pays, son royaume, pourquoi demander où ils sont, alors qu'il est si près, que je sens en moi toute sa fureur ? Je n'ai nul besoin de le chercher bien loin. J'ai bien vu comment il se comporte. Je sais très bien, me semble-t-il,

v. 721. *Quel*, enclise de *que le.*

Dont est. Unques mais n'en soi rien !
Nes fu dedens une montaigne,
Es roces de terre griffaigne
U tos jors a et noif et glace.
Dur a le cors, dur' a la face,
Cuer d'aïmant, vaines de fer,
Ses repaires est en infer.
Ne fu pas sages, ains mesprist
Qui es nonbres des diex le mist.
N'avoit mie bien esgardé
Son felon cuer, sa crualté.
Diu ne font pas mal a la gent,
Mais Amors veut tos jors torment :
As haus homes est fel et durs,
Et buens as sers et as tafurs.
Ja ne querrai, que que nus die,
Qu'i ait el ciel nule baillie.
Or es tu ja d'Amor mout sages !
Qui t'en a tant dit ? Tes corages ?
Je ne cuit pas que ce puist estre
Que tu en saces tant sans mestre.
Amors est mastre qui me duist,
Qui dedens le cors m'art et cuist. 63 d
Il m'aprent tote sa nature
Et si m'angousce sans mesure.
A ! douce riens qui si m'esprens,
Se tu savoies queus tourmens
Et queus painnes jou ai por toi,
Tu venroies parler a moi !

d'où il vient ! Et pourtant, jusqu'alors, je n'en savais rien ! Il est né dans une montagne, dans les rochers d'une terre sauvage, toujours couverte de neige et de glace. Son corps est dur, dur son visage, son cœur est d'aimant, ses veines, de fer, et son séjour, c'est l'enfer. Celui qui le mit au nombre des dieux ne montra guère sa sagesse, il se trompa lourdement, au contraire ! Il n'avait pas bien sondé la perfidie de son cœur, sa cruauté. Les dieux ne font pas du mal aux hommes ! Amour, lui, cherche toujours à les tourmenter. Avec les puissants, il est perfide et dur, avec les serfs et les gueux, il est bon. Jamais je ne croirai, quoi qu'on dise, qu'il ait au ciel quelque pouvoir !

Comme te voilà déjà bien savant sur l'amour ! Qui t'en a tant dit ? Ton cœur ? Comment imaginer que, sans maître, tu en saches tant ? Amour est le maître qui m'instruit et qui me brûle et embrase mon corps. Il m'apprend quelle est sa nature et il me torture outre mesure. Ah, douce chose qui m'enflamme ainsi, si tu savais quels tourments et quelles peines j'endure pour toi, tu viendrais me parler !

v. 755-757. La description du lieu de « naissance » d'Amour, le refus de Narcisse de le considérer comme un dieu peuvent avoir comme modèle les accusations que Didon porte dans l'*Énéas* contre Énée, né d'une pierre, élevé par des tigres et des bêtes sauvages et qui, en raison de sa cruauté, ne peut être de naissance divine (v. 1797-1802), la source étant en dernier ressort les v. 365-367 du chant IV de l'*Énéide*.

v. 768. Ici employé au sens de « misérable », *tafur* qualifie plus précisément dans la *Chanson d'Antioche* (fin du XIIe siècle) une troupe de gueux menée par un chevalier normand, dit le *roi Tafur* ou *des Tafurs*.

v. 769. *Querrai*, forme picarde du futur de « croire ».

Ge muir en fin, n'i a conseil :
Ains que demain voie soleil,
Me porra on ci trover mort,
S'avoir ne puis autre confort.
Mout est tes cuers u fel u fiers,
Car mout m'esgardes volentiers,
Si com j'entent a ton sanblant,
Et si ne veus venir avant.
Et je mout doucement te pri
Que tu aies de moi merci !
Ce que je fas, je te voi faire :
Onques riens ne me pueut plus plaire.
Tot le mont ai por toi laissié,
Tu m'as del tout vers toi plaissié ! »

Ensi se plaint, n'en pueut partir,
Iloeques veut viure u morir :
Ne li puet plaire autres consaus.
Ja ert abaissiés li solaus.
Tote la nuit fu en dolor,
Iloeques fu desi au jor.
Onques ne menga ne ne but
Ne sa folie n'aperçut.
Que que il pleure et grant dol mainne,
Les larmes troblent la fontainne,
Et por l'iaue qui torble estoit,
Ne pot veoir ço qu'il soloit.
« A, las ! fait il, qu'est devenue ?
U est alee ? Or l'ai perdue,
Et je sui ci remés tous sous,
Caitis, dolans et angouscous.
Nule arme o moi ci ne remaint, 64 a
Fors seul Amors qui me destraint.

Je suis sur le point de mourir, il n'y a pas d'autre solution. Demain, avant que je puisse revoir le soleil, on me retrouvera mort ici même, si je ne peux trouver quelque réconfort. Ton cœur est bien trop perfide ou trop farouche : il me semble, à ton attitude, que tu me regardes bien volontiers, et tu ne veux pas t'approcher de moi ! Moi, je te prie humblement d'avoir pitié de moi. Ce que je fais, je te le vois faire, et rien ne peut me causer plus de plaisir. Pour toi, qui m'as entièrement soumis à toi, j'ai renoncé au monde entier.

C'est ainsi qu'il se plaint, sans pouvoir s'éloigner. C'est là qu'il veut vivre ou mourir. Toute autre solution lui déplaît. Le soleil était déjà sur son déclin. Toute la nuit, il souffrit, et il resta là jusqu'au jour, sans manger ni boire, sans prendre conscience de sa folie. Mais alors qu'il pleure et qu'il montre sa grande douleur, ses larmes viennent troubler l'eau de la fontaine et, dans l'eau ainsi troublée, il ne peut plus voir ce qu'il voyait.

Ah, malheureux, dit-il, qu'est-elle devenue ? Où est-elle partie ? Je l'ai perdue et me voici tout seul, misérable, plein de douleur et d'angoisse. Personne ici avec moi, sinon Amour, qui me tourmente.

v. 794. *Pueut*, mot illisible dans le manuscrit, a été restitué d'après le v. 797.

v. 796. La finale de *plaissié* est illisible. Nous la restituons comme dans l'éd. T.-S. et T.

Sa conpaignie ne me faut.
Morir m'estuet ! Et moi, que caut ?
Mix veul morir isnelement
Qu'en tel paine estre longement. »

Lors se regarde, puis si voit
L'unbre qui en l'iaue aparoit.
Sosrit et or li est avis
Que cele li a fait un ris.
Lors est encore plus destrois,
Baise l'eaue plus de cent fois.
Avis li fu que mout ert pres
Ne retenir ne se pot mes :
Gete les bras, cuide le prendre,
Mais ne set tant lacier ne tendre
Qu'il la puist sentir ne trover.
Lors se comence a porpenser :
Si voit que prendre ne la pueut,
Et mout est pres, si ne se muet,
Ensi li fuit, si le deçoit,
Et quide que fantosmes soit.
Un poi est en son sen venus ;
Lors counoist qu'il est deceüs,
Et voit que c'est unbres qu'il ainme.
Mout par se blasme et fol se clainme,
Et neporquant ne set que faire :
Son corage n'en puet retraire.
Desvoiés est, ne set guencir
N'a droite voie revenir,
Car il estoit si escaufés
Qu'il n'en puet estre retornés.
Et quant plus est desesperans,
Tant est l'angoisce assés plus grans.

Lui, il ne m'abandonne pas ! Je n'ai plus qu'à mourir ! Et que m'importe ? Mieux vaut mourir bien vite que supporter longtemps cette douleur !

Il regarde alors de nouveau et voit l'ombre qui apparaît là, dans la fontaine. Il lui sourit et elle, elle lui a souri, lui semble-t-il. Le voilà encore plus tourmenté qu'auparavant. À plus de cent reprises, il embrasse l'eau. Il lui semble que l'ombre est là, toute proche, il ne peut plus se retenir : il tend les bras, il croit la saisir, mais il a beau tendre ses bras et les enlacer, il ne peut ni la sentir ni la toucher. Il commence alors à réfléchir : il se rend compte qu'elle est toute proche et immobile — c'est ainsi qu'elle le fuit et qu'elle l'abuse — et il se persuade que c'est une illusion. Puis il reprend un peu ses esprits ; il comprend alors qu'il s'est abusé et, il le voit, c'est son ombre qu'il aime. Il s'accable de reproches, il se traite de fou, mais il ne sait que faire : il ne peut en détourner son cœur. Il est perdu, il ne peut ni s'échapper ni revenir dans le droit chemin, car il brûle d'un désir tel que rien ne peut l'en détourner. Et plus il se désespère, plus l'angoisse grandit.

v. 834. On peut sans doute hésiter pour *fantosmes* entre la traduction par « fantôme », sens bien attesté en ancien français, et par « fantasme, illusion », traduction déjà proposée par M. Mancini (note au v. 826). Sur l'approche médiévale du fantasme, on se reportera à Giorgio Agamben, *Stanze*, p. 109-219.

Dont se tormente, dont s'ocist,
Ne set que fait, ne set que dist.
« Bien sai que voir dist li devins :
Ma mors est pres, c'en est la fins, 64 b
Car en fol liu ai mis m'entente.
Or n'i ai je mais nule atente.
Or sent et croi et sai de voir
Qu'esperance n'i puis avoir,
Et de tant sui plus angousex,
Et plus m'art et esprent li feus,
Car ançois viax me fu depors
Li esgarders, et grans confors,
Et quidai veoir quoi que soit
De l'unbre qui me decevoit :
Si me feïst auques de bien ;
Mais ore sai que n'en voi rien :
Por çou m'est li maus plus engrés.
Or ne puis estre une ore en pes,
Or n'aim je nule rien vivant,
Or ne sai je que je demant.
Queus amors est ce dont me duel,
Quant j'aim, si ne sa que je veul ?
Le cors, le vis que je la voi,
Ce puis je tot trover en moi.
J'aim moi meïsme, c'est folie !
Fu onques mais tes rage oïe ?
Las ! je sent bien cis maus m'engraine,
Si ne voi home qui me plagne.

Il se tourmente, il se tue, il ne sait que faire ni que dire.

Je sais bien que le devin a dit vrai ! Ma mort approche, c'est là la fin : j'ai follement fixé mon désir et il est à jamais hors de mon atteinte. Je sens, je suis persuadé, je le sais bien, que je ne peux avoir aucun espoir, et j'en suis d'autant plus tourmenté, et ce feu me brûle et m'embrase ! Avant, du moins, j'avais quelque plaisir, quelque réconfort à contempler cette ombre. Je croyais voir quelque chose dans l'ombre qui m'abusait : ainsi aurais-je eu un peu de bonheur ! Mais je le sais maintenant : il n'y a rien à voir, et cela ne fait qu'aviver mon tourment. Je ne peux plus connaître un moment de répit. Je n'aime pas un être vivant. Et que puis-je demander ? Quel est cet amour qui me fait souffrir, alors que j'aime et ne sais ce que je veux ? Ce corps, ce visage que je vois devant moi, je peux les trouver tout entiers en moi. C'est moi que j'aime, insensé que je suis ! A-t-on jamais entendu parler d'une pareille fureur ? Malheureux, je sens ce mal qui me tourmente, et je ne vois personne qui puisse me plaindre.

v. 849. Nous avons gardé la leçon du manuscrit, mais il est rare que le passage au style direct se fasse ainsi, sans verbe introducteur ou sans la présence d'une incise du type *dit il*, *fait il*.

v. 869-870 et 913. Deux exemples de reprise du v. 466 d'Ovide *quod cupio mecum est*, « ce que je désire est en moi ».

Vos, camp, vous, pré de ci entor,
Por Diu, esgardés ma dolor !
Plaigniés mon cors et ma biauté
Et si dites : “Mar se vit né
Cist enfes qui tel mal endure
Et muert par grant mesaventure !”
Et tu, forés, qui ci t’espans,
Qui tant est anciiene et grans,
— Pieç’a que tu iés si creüe
Et mainte amor as ja veüe —,
Car me di s’onques a nul jor
Veïs si angousceuse amor.
Porpense toi et sel me di ! 64 c
Nenil, par foi, jel sai de fi !
Vous, diu, qui tout le mont jugiés,
Car vous prenge de moi pitiés !
Por quoi me faites tant languir ?
Assés voudroie mix morir !
Ainmi, las ! com cil diu sont sort !
Nus d’eus por quoi ne me secort,
Qui itel fin me voient faire ?
Il ne sont pas si debonaire,
Ce m’est avis, com on disoit.
Poeuent il riens ? On dit a droit.
Des que jes appel tos et pri
Ne de moi n’ont nule merci,
Donques doi je par droit quidier
Qu’il ne peuent nuire n’aidier ?

Vous, champs, vous, prés qui m'entourez, pour Dieu, regardez ma douleur ! Plaignez mon corps et ma beauté et dites : « Comme il fut né pour souffrir, cet enfant qui endure un tel tourment et meurt d'une si douloureuse aventure ! » Et toi, grande forêt séculaire qui t'étends devant moi, voilà bien longtemps que tu as grandi, et tu as vu bien des amours ! Mais dis-moi si tu as jamais vu quelque jour un amour aussi rigoureux. Réfléchis et dis-le-moi ! Non, n'est-ce pas, sur ma foi, je le sais bien. Et vous, dieux qui exercez votre justice sur le monde entier, ayez pitié de moi ! Pourquoi me faites vous ainsi languir alors que je préférerais mourir ? Hélas, infortuné que je suis, comme les dieux sont sourds ! Pourquoi aucun d'eux ne vient-il me secourir alors qu'ils me voient ainsi souffrir ? Ils ne sont pas si pitoyables qu'on le dit, me semble-t-il. Sont-ils impuissants ? On a bien raison de le dire. Alors que tous je les appelle et les supplie, et qu'ils n'ont pas pitié de moi, n'ai-je pas de bonnes raisons de penser qu'ils sont incapables de nuire comme de porter secours ?

v. 875-888. L'appel adressé aux champs, aux prés, à la forêt, et qui fait écho à la plainte de Dané, est une reprise des v. 441-445 d'Ovide, mais il a pu être aussi suggéré par les v. 499-501 du texte latin, où les derniers mots prononcés par le jeune homme — « Hélas ! enfant que j'ai vainement chéri ! » — sont repris en écho et par la nymphe et par la nature environnante.

v. 893-902. La mise en question du pouvoir des dieux, l'accusation d'indifférence, qui seront suivies d'une rétractation (v. 905-908) sont aussi une invention de l'écrivain médiéval ; invention que l'on peut rapprocher, selon M. Mancini (note aux v. 885-894), des v. 6353-6364 de l'*Énéas* dans lesquels la mère de Pallas dénonce elle aussi l'impuissance et l'indifférence des dieux qui ont laissé mourir son fils.

Dont me vient ce que je di, las ?
Ne doi croire ne ne croi pas.
Mais vos, diu, le me pardonés,
Car je paroil comme dervés,
Com hom de tel folie espris
Que ne sai por quoi je languis,
Ne je ne sai que demander
Fors çou que on ne puet doner,
Et o moi vient et o moi vait
La cose qui tel mal me fait.
En moi est tot quanque je vueil,
Et si ne sai dont je me doeul.
Je sui ce que je tant desir,
Jou meïsmes me fait languir !
Des que je ai çou que demant,
Por quoi n'en fa ge mon talant ?
Ne sai, car j'aim et sou amés
Et çou que j'aim me rainme assés
Et n'est pas en menor esfroi,
Si n'en poons prendre conroi.
"Poons" ? Mes "puis", car je sui sox,
Et ceste amor n'est pas de dox. 64 d
Proier ? Et que doi jou proiier ?
Çou que j'aim ne me sat aidier
Ne conseil doner ne me peut.
Or n'i a el : morir m'estuet.
Las ! je me plaing, mes nus ne m'ot :
Parens que j'aie n'en set mot.
Que sont ore tot devenu
Mi conpaignon qui m'ont perdu ?
De tote gent sui eslongiés
Et en cel bos tous seus laissiés.
Je quit que tote riens me het.

Mais qui me dicte, malheureux, ce que je viens de dire ? Je ne dois pas le croire, je ne le crois pas. Et vous, dieux, pardonnez-moi : c'est un insensé qui vous parle, un homme saisi de folie, car je ne sais pourquoi je languis ainsi et je ne sais que demander ce qu'on ne peut me donner. Elle va, elle vient avec moi cette chose qui me fait tant de mal. J'ai en moi tout ce que je désire. Pourquoi donc me lamenter, je l'ignore ! Je suis moi-même l'objet de mon désir. Moi-même, je me fais languir. Et puisque j'ai ce que je demande, pourquoi ne pas m'en satisfaire ? Je l'ignore, puisque j'aime et que je suis aimé, puisque ce que j'aime me rend bien mon amour et n'endure pas de moindres rigueurs. Impossible pourtant que nous trouvions une issue. Que « nous » trouvions ? Non, que « je » trouve, car je suis seul : dans cet amour, nous ne sommes pas deux. Prier ? Et qui dois-je prier ? Ce que j'aime ne sait comment me secourir ni ne peut me donner le moindre conseil. Il n'y a pas d'autre issue, il me faut mourir.

Hélas, je me plains, mais personne ne m'entend. Mes parents, ils n'en savent rien. Mes compagnons qui m'ont perdu, que sont-ils devenus ? Je suis loin de tous et me voici seul, abandonné dans ce bois. Tout le monde me hait, me semble-t-il.

Las ! ma mere por quoi ne set ?
Si me venist plaindre et plorer,
Auques me peüst conforter.
Mais dont ne m'a nus esgardé
Qui plaigne moi et ma biauté ?
Certes, oïl, viax la pucele
Que je trovai l'autrier si bele,
Ki se clamoit cetive et lasse
Et me prioit que je l'amaisse.
Or me puis je caitis clamer
Por çou que ne la voil amer.
Ahi, las ! tant par fui vilains
Et de grant felonie plains,
Et tant fui dors et de mal aire
K'el onques ne me pooit plaire !
Biax sire Dix, car venist ore !
Espoir, mestier m'aroit encore
Plus que mere, pere ne suer
S'i pooie torner mon cuer
Et si aploier mon corage
Que j'oubliasce ceste rage ;
Car Amors m'a si escaufé
C'amer m'estuet estre mon gré.
Mais une rien cuit bien entendre,
Que, se m'amors seüst u prendre
Et je veïsse autrui que moi, 65 a
Ne fuisce pas en tel esfroi.
Dix ! s'or venoit par aventure,
Ja porroit bien estre seüre
Que ele conquerroit m'amor
Et me geteroit de langor.
Bien me devoit max avenir
Quant onques ne le voil oïr ! »

Malheureux, pourquoi ma mère ne le sait-elle pas ? Elle serait venue me plaindre et pleurer avec moi, elle aurait pu un peu me réconforter. Personne ne m'a donc accordé le moindre regard, personne qui vienne me plaindre, moi et ma beauté ? Mais si, pourtant, la jeune fille qu'hier j'ai trouvée si belle, qui se disait si misérable, si malheureuse, et qui me suppliait de l'aimer. Je peux bien maintenant me traiter de misérable, moi qui n'ai pas voulu l'aimer ! Hélas, comme j'ai été grossier et plein de cruauté, et quelle preuve de ma dureté et de ma bassesse d'âme qu'elle n'ait pas pu me plaire ! Dieu, cher seigneur, si elle pouvait revenir maintenant ! Elle me serait sans doute plus secourable que mère, père ou sœur, si je pouvais tourner vers elle mon cœur et maîtriser assez mes sentiments pour oublier cette fureur. Amour m'a si embrasé qu'il me faut aimer malgré moi. Il y a pourtant une chose que je crois comprendre : si mon amour savait où s'adresser et si je voyais quelque autre que moi, je ne serais pas ainsi tourmenté. Dieu, si par hasard elle venait, elle pourrait être sûre d'obtenir mon amour et elle me sortirait de ma langueur ! Pareil malheur devait bien m'arriver pour avoir refusé de l'entendre !

Quoi qu'il parole et il se blasme,
Li cuers li faut, .III. fois se pasme
Et la parole a ja perdue.
Ovre les ex, s'a ja veüe
Dané, qui vient tote esgaree,
Qu'Amors avoit si escaufee
Que toute nue en son mantel
Aloit querre le jevencel.
Il le regarde, ne dist mot,
Car parler veut, mais il ne pot.
La fontaine li mostre au doit
Et l'onbre qui si le deçoit.
Les bras li tent, les levres muet,
Les ex ovre si com il puet ;
Sanblant li fait que se repent.
Ele l'esgarde, bien l'entent,
Vers lui se trait et mot ne dit.
Lors se tormente, lors s'ocit.
Ele le baise, ele le tient,
Ele se pasme, puis revient,
Ele l'acole, ele l'enbrace,
Baise les ex, baise la face.
« Ahi ! fait ele, dox amis,
Com estes de la mort soupris !
Biau sanlant me volés mostrer,
Mais ne poés a moi parler.
Lasse ! si mal asanblement,
Si dolereus enbracement,
Si cort deport, si cort delit,
Si grant angousce qui m'ocit ! 65 b
Lasse ! ma proiiere est la mort !

Tandis qu'il s'adresse ces reproches, le cœur lui manque, il se pâme à trois reprises et perd l'usage de la parole. Mais, ouvrant les yeux, il a vu Dané qui vient tout éperdue. Amour l'avait si embrasée qu'elle allait à la recherche du jeune homme, toute nue sous son manteau. Il la regarde sans dire un mot : il veut parler, mais il ne peut. Il lui montre du doigt la fontaine et l'ombre, qui l'a ainsi trompé. Il lui tend les bras, il remue les lèvres, il ouvre les yeux autant qu'il le peut et il lui montre qu'il se repent. Elle, elle le regarde et comprend ce qu'il veut lui dire. Elle se rapproche de lui sans dire un mot. Le jeune homme se débat et se tue de douleur. Elle l'embrasse, elle le prend dans ses bras, elle se pâme, puis, revenant à elle, elle le prend par le cou, l'enlace, couvre de baisers ses yeux et son visage.

Ah, dit-elle, doux ami, comme vous voilà proche de la mort ! Vous voulez vous montrer aimable avec moi, mais vous ne pouvez me parler. Malheureuse, quelle triste union, quels douloureux embrassements ! Bref plaisir, brève joie, durs tourments qui me tuez ! Malheureuse, ma prière est la cause de sa mort !

v. 977-982. Faut-il voir dans l'impossibilité où se trouve Narcisse de parler à Dané une reprise des efforts désespérés que tente Écho, chez Ovide, pour répondre aux plaintes du jeune homme (v. 494-501) ? Quoi qu'il en soit, Narcisse et Dané, dans le récit médiéval, et à la différence de Pyrame et Thisbé, ne parviennent pas à dialoguer. Mais c'est, de manière significative, dans l'échange des regards qu'ils parviendront enfin à se rejoindre.

Or n'i a mais autre confort :
Morir m'estuet de conpaignie,
Car assés mix aim mort que vie. »
Li vallés muert, l'ame s'en vait.
La pucele plus pres se trait,
Vers soi le trait par tel aïr
Du cors se fait l'ame partir.
Ç'a fait Amor qui l'a souprise.
Andui sont mort en itel guise.
Or s'i gardent tuit autre amant
Qu'il ne muirent en tel sanblant !

Il n'est plus maintenant d'autre réconfort : il me faut mourir avec lui, oui, mieux me vaut mourir que vivre !

Le jeune homme se meurt, son âme s'en va. La jeune fille s'approche plus près encore et l'attire à elle avec une force telle qu'elle fait partir son âme de son corps. Telle est l'œuvre d'Amour, qui s'est emparé d'elle, et c'est ainsi qu'ils sont morts tous les deux. Qu'ils se gardent, tous ceux qui aiment, de mourir de même manière !

v. 1000-1007. La « décision » de mourir que prend Dané rappelle le dénouement du *Tristan* de Thomas. On notera également la rime *mort/confort* des v. 999-1000, qui est aussi une rime essentielle du *Tristan.* Reste que seule l'Yseut de Thomas accomplit ce miracle, mourir de douleur. Thisbé se suicide, Dané périt en écrasant sur elle, semble-t-il, le corps de son ami. Yseut, dans le *Tristan* en prose (XIIIe siècle), meurt, elle, étouffée par le héros dans un ultime embrassement.

Philomena

Philomena

Quant la guerre fu definee,
Pandïon li dona l'ainsnee
De .II. filles que il avoit.
Ha, Diex ! quel duel qu'il ne savoit
La grant dolour et le damage
Qui puis vint de ce mariage,
Dont il plora puis mainte lerme
Et morut de duel ains son terme !
Mien essïent, s'il le seüst,
Ja cil a feme ne l'eüst.
Mes ja ne descrirai le conte
Fors si com Crestïens le conte,
Qui bien en translata la letre.
Sus lui ne m'en vueil entremetre :
Tout son dit vos raconterai
Et l'alegorie en trairai.

Pandïon fu d'Athaines rois
Poissans et larges et cortois.

Philomena

La guerre terminée, Pandion donna en mariage à Térée l'aînée de ses deux filles. Dieu ! quel malheur qu'il n'ait su alors la grande souffrance et le tort que lui causerait ce mariage, un mariage qui lui coûta tant de larmes et qui le fit prématurément mourir de douleur ! S'il l'avait su, jamais, me semble-t-il, Térée ne l'aurait eue pour femme. Mais je ne vais pas donner de ce récit une version autre que celle que conte Chrétien qui a su si bien en rendre la lettre. Je n'ai pas l'intention de revenir sur ce qu'il a fait : je vais donc vous redonner entièrement son récit et j'en tirerai l'allégorie.*

Pandion, qui fut roi d'Athènes, un homme puissant, généreux, plein de courtoisie,

* Sont imprimés en italiques les vers qui, dans l'*Ovide moralisé*, introduisent et closent l'histoire de *Philomena.* Comme Ovide, l'auteur de l'*Ovide moralisé* conte l'histoire de Philomèle et Procné à la suite de celle de Pélops et de son épaule d'ivoire et relate rapidement l'intervention de Térée qui a aidé Pandion, roi d'Athènes, à repousser l'invasion des « barbares ». Puis il cède la parole au « traducteur » d'Ovide, Chrétien, se réservant de donner l'interprétation allégorique.

.II. filles ot, que moult ama :
L'une avoit non Philomena,
L'autre Progné, ce fu l'ainsnee.
Cele fu a mari donee.
.I. roi de Trace la requist,
Dont Pandïons moult liez se fist.
Moult liez s'en fist ? — Voire. — Pour quoi ?
— Pour ce qu'il la dona a roi.
— A roi ? Mes a tirant felon.
Tereüs ot li tirans non
Cui Pandïon sans grant priere
Dona Progné, sa fille chiere.
Males noces fist Thereüs,
Quar n'i fu pas Himeneüs,
Li diex qui aus noces dut estre.
Onc n'i chanta ne clerc ne prestre
Ne n'i ot nul signe de joie,

avait deux filles qu'il aimait beaucoup. L'une s'appelait Philomena et l'autre, l'aînée, se nommait Procné. On la maria : un roi de Thrace demanda sa main, ce qui remplit Pandion de joie. — De joie ? — Oui vraiment. — Et pourquoi donc ? — Parce qu'il la maria à un roi. — À un roi ? Certes non, mais à un cruel bourreau ! Ce bourreau à qui Pandion, sans trop se faire prier, donna Procné, sa fille bien-aimée, se nommait Térée.

Il eut de bien funestes noces : Hymen n'y fut pas, le dieu qui doit présider aux mariages ; ni clerc ni prêtre n'y célébrèrent le service et il n'y eut aucune manifestation de joie ;

v. 4. La forme attendue est *Philomela*. Il se peut que la forme de l'*Ovide moralisé*, *Philomena* qui, comme le rappelle De Boer (p. 97), est bien attestée dans les manuscrits d'Ovide copiés en France, provienne d'une confusion avec le nom de sainte Philomène, vierge et martyre.

v. 9-11. Première manifestation du procédé, repris ensuite avec complaisance, du dialogue du narrateur avec lui-même ou avec un interlocuteur imaginaire. Ce procédé, qui témoigne de la virtuosité de l'écrivain à briser le moule strict de l'octosyllabe en introduisant deux et parfois trois changements d'interlocuteurs en huit syllabes, a été mis au point par l'auteur de l'*Énéas* (vers 1155). Mais dans l'*Énéas* ces changements ne sont pas comme ici un simple exercice de style. Ils servent à suivre et à analyser les sentiments contradictoires qui agitent les héros.

v. 15-31. Tout ce passage est un bel exemple de syncrétisme. Y sont en effet cités Hyménée, le dieu païen du mariage, des représentants de la religion chrétienne, des oiseaux maléfiques issus de la tradition des Bestiaires ou de textes littéraires (l'effraie et le chat-huant apparaissent par exemple dans le *Tristan* de Thomas, v. 819-833), Atropos, la Parque qui coupe le fil de la vie, Tisiphoné, l'une des trois Érinyes ou Furies, divinités de la vengeance, et les puissances nommées « destinées » qui sont de nouveau mentionnées au v. 1442 et apparaissent comme responsables de la triple métamorphose.

Mes toute nuit a sa vois roie
Chanta sor la chambre li dus
Et li huans et li cucus
Et la fresaie et li corbiaus.
Cil signes ne fu mie biaus,
Ains fu de duel et de pesance
Toute cele senefïance.
Moult fu lor assamblee male,
Quar es chambres et en la sale 169 a
Volerent toute nuit maufé,
Atropos et Thesiphoné,
Et toutes males destinees.
Quant les noces furent finees,
S'en mena Thereüs sa fame
En Trace comme haute dame.
La orent entr'aulz .II. un fil :
A mal eür l'eüssent il.
Le jour que li enfes fu nez
Celebra trestous li regnez
Et feste en firent chascun an
Ausi comme de Travagan,
Quar Thereüs le commanda.
Li enfes crut et amanda,
Si fu molt biax dedens .V. ans.
Ithis ot non. Ce fu deulz grans
Qu'il ne vesqui plus longuement.
Je vous dirai assez comment
De lui avint a la parclose,
Mes ains vous dirai autre chose.
Ja avoient, si com moi samble,
Plus de .V. ans esté ensamble
Entre Progné et son seignor.
De Philomena sa seror

toute la nuit en revanche, perché au-dessus de la chambre, le grand duc fit retentir son cri rauque ainsi que le chat-huant, le coucou, l'effraie et le corbeau. Ce présage n'était guère favorable : tout était signe de douleur et de souffrance et leur union fut mauvaise, car toute la nuit volèrent dans les appartements et dans la grand-salle des êtres maléfiques, Atropos, Tisiphoné et toutes les funestes destinées.

Quand les noces furent finies, Térée emmena sa femme en Thrace avec tous les honneurs dus à son rang et le couple eut alors un fils. Quel malheur pour eux que cette naissance ! Tout le royaume célébra le jour de naissance de l'enfant et ce fut chaque année l'occasion d'une fête semblable à celle qu'ils faisaient pour Tervagan : ainsi l'ordonna le roi. L'enfant, lui, grandit et se développa fort bien. À l'âge de cinq ans, il était très beau ; il s'appelait Ithis. Quel grand malheur qu'il n'ait vécu plus longtemps ! Je vous expliquerai tout à loisir ce qui finalement lui arriva, mais auparavant je vais vous raconter autre chose.

Il y avait cinq ans et plus, à ce qu'il me semble, que Procné vivait avec son époux. Elle eut alors envie d'aller revoir Philomena sa sœur,

v. 40. Tervagan est un emprunt à l'univers de la chanson de geste : dès la *Chanson de Roland,* c'est l'un des trois dieux — les deux autres sont Apolin et Mahom ou Mahomet — qu'adorent les Sarrasins.

Ot talent que veoir alast,
Mes qu'a son seignor ne pesast.
.I. jour a parole l'en mist,
Si li jura moult et promist
Que se il la lessoit aler
A sa serour outre la mer,
Que moult tost s'en retorneroit
Ne gaires ne sejorneroit;
Et se il li desfent la voie,
Tant qu'ele sa serour ne voie,
Dont li prie elle qu'il l'aut querre,
Si l'amaint en la soie terre.
Cil li respont qu'ele remaigne
Et dou remanoir ne se plaigne,
Qu'il ira, quel que temps qu'il face,
Et si l'en amenra en Trace.
Tout maintenant ses nez commande
Thereüs garnir de vïande,
De mas, de voiles et de trez.
Ja est tout fet. Enz est entrez.
Il ot o lui grant compaignie. 169 b
Au departir Progné li prie
Que sa serour tost li amaint.

Atant se sont en mer empaint,
Tendent les cordes et les voiles
Et s'en vont au cours des estoiles;
Singlent de jours, singlent de nuis.
Ce fu grans deulz et grans anuis
Que passé furent a un sible,
Et trop lor fu la mer paisible
Et de grant mauvestié li vint

si du moins cela ne déplaisait pas à son mari. Un jour, elle s'en ouvrit à lui, lui promettant, lui jurant que, s'il la laissait aller voir sa sœur de l'autre côté de la mer, elle ne demeurerait pas longtemps et serait bien vite de retour. Mais s'il lui interdit ce voyage et qu'elle ne puisse aller la voir, qu'il aille lui-même la chercher, telle est sa prière, et qu'il la fasse venir dans son pays. Térée lui répond qu'elle restera ici, mais qu'elle ne doit pas s'en plaindre car, quelque temps qu'il fasse, il ira lui-même lui chercher sa sœur et l'amènera en Thrace.

Il donne aussitôt l'ordre de garnir ses bateaux de nourriture et de les équiper de mâts, de voiles et de vergues. Bientôt tout est prêt et Térée embarque avec une nombreuse escorte. Au moment du départ, Procné le prie de lui ramener bien vite sa sœur. Le roi et ses hommes gagnent alors le large et tendent cordages et voiles. Ils se guident au cours des étoiles et naviguent de jour comme de nuit. Quelle douleur, quel dommage qu'ils aient ainsi fait la traversée sans encombre ! La mer leur fut trop clémente et elle montra toute sa perfidie

v. 69-85. La description des préparatifs et de la traversée a été justement rapprochée par E. Hoepffner (p. 36-38) des différentes occurrences de ce motif dans le *Brut* de Wace. Se dessine également en filigrane de ces vers le motif souvent repris (voir entre autres le *Tristan* de Thomas) de la tempête en mer dont la fonction est en général de faire obstacle au désir des héros et qui ici n'a pas joué le rôle attendu. Au v. 81, l'expression *a un sible*, « d'une traite, sans encombre », n'est pas attestée avant le XIVe siècle (chez Guillaume de Machaut).

Quant elle le roi ne retint,
Quar moult en fust grans maulz remez.
Pandïon ot parler des nez
Qui a son port sont arivees.
Les nouveles li sont contees,
Que ses gendres veoir le vient.
A l'encontre aler li convient.

Maintenant li vait a l'encontre,
A l'issir du haule l'encontre,
Sel salue et le baise moult
La bouche et les iex et le voult ;
Tant le joïst que tout le lasse.
Toutes ses gens salue a masse,
Si les enmaine en sa cité,
Puis li enquiert la verité
De sa fille et de son neveu,
S'il sont bien lié et sain et preu.
Et Thereüs a ce respont
Qu'andui lié et sain et preu sont, 169 c
Si le saluent cil et cele,
Puis li dist, que plus ne li cele,
Quel est l'achoisons de sa voie :
« Sire, fet il, a vos m'envoie
Progné, qui moult grant desir a
De parler a Philomena.
Vostre fille par moi vos mande,
Et se ma priere i amande,
Je vous pri que l'i envoiez.
Tart vous iert que vous le raiez,
Quar s'elle ja la ne demore
C'un seul jour ou c'une sole hore,
Si cuit que moult vous iert tart

en ne retenant pas le roi : un grand malheur aurait été ainsi évité.

Pandion entendit parler des bateaux qui étaient arrivés à son port ; on lui apprend que son gendre vient le voir. Il se doit d'aller à sa rencontre, ce qu'il fait tout aussitôt. Il le retrouve au sortir du port, le salue et l'embrasse à plusieurs reprises sur la bouche, sur les yeux, sur le visage. Il lui fait une telle fête qu'il en devient presque importun. Puis il salue indistinctement tous les hommes de son escorte et les emmène dans sa cité. Il demande alors à Térée des nouvelles de sa fille et de son petit-fils, s'ils sont heureux, bien portants et prospères, ce que lui confirme Térée, ajoutant que tous deux le saluent bien. Puis il lui précise sans plus tarder quelle est la raison de son voyage.

Seigneur, lui dit-il, c'est Procné qui m'envoie auprès de vous car elle a très envie de revoir Philomena. Elle m'a chargé de vous demander votre fille et, si ma prière a quelque pouvoir, moi aussi je vous demande de l'envoyer auprès d'elle. Vous aurez hâte sans doute de la revoir car, même si elle ne demeure là-bas qu'un seul jour, qu'une seule heure, j'imagine bien votre impatience

v. 112. La forme *le* du pronom personnel féminin alterne avec *la* ici et aux v. 121 et 562.

Que vous la raiez ceste part;
Et pour ce vous met en couvent
Que des que je verrai le vent
Douz et paisible a retorner,
Ne la lairai point sejorner,
Que je tantost ne le ramaigne.
Mes or est drois que je me plaigne
De lui, qu'el n'est a moi venue. »

Atant est d'une chambre issue
Philomena deschevelee :
Ne sambloit pas nonain velee,
Quar grant merveille ert a retraire
Son gent cors et son cler vïaire,
Que ne peüst, ce croi, souffire
A toutes ses grans biautez dire
Li sens ne la langue Platon,
Ne la Homer ne la Caton,
Qui moult furent de grant savoir.
Dont ne doi je pas honte avoir
Se je emprez ces trois i fail;
Et g'i metrai tout mon travail :
Des qu'empris l'ai, n'en quier retraire,
Plus dirai qu'en ne porroit traire,
Primes dou chief et puis dou cors. 169 d
Plus estoit luisans que fins ors
Trestoute sa cheveleüre.
Tel l'ot Dieu fete que Nature,

à l'avoir de nouveau ici, avec vous. Aussi je vous promets que, dès que je verrai que souffle pour le retour un vent doux et clément, je ne lui permettrai pas de rester plus longtemps, mais que je la renverrai aussitôt. J'ai cependant quelque raison de me plaindre qu'elle ne soit pas venue à ma rencontre.

C'est alors que Philomena sortit d'une chambre, ses cheveux dénoués. Elle ne ressemblait guère à une nonne voilée : décrire son beau corps, son clair visage tenait du prodige et ni l'esprit ni le style de Platon, d'Homère ou de Caton, des hommes de grand savoir, n'auraient pu suffire, me semble-t-il, à décrire tous ses charmes. Aussi ne dois-je pas avoir honte si, à mon tour, j'échoue. J'y emploierai pourtant toute ma peine. Puisque j'ai entrepris cette tâche, je ne veux pas me dérober et je parlerai plus longuement qu'on ne pourrait le faire de son visage d'abord, puis de son corps.

Sa chevelure brillait d'un éclat plus vif que celui de l'or pur. Dieu l'avait ainsi faite que Nature,

v. 123. Emploi de la forme *lui* au lieu de la forme attendue *li*. Emploi de la forme *el*, alternant avec *elle* ici et aux v. 201, 1007, etc.

v. 131-132. La référence au savoir et à l'éloquence de Platon, d'Homère et de Caton en tête d'un portrait de jeune fille est surprenante, mais elle peut être écho ou clin d'œil aux v. 5-8 du *Roman de Thèbes*, vers dans lesquels le narrateur se place sous l'autorité d'Homère, de Platon, de Virgile et de Cicéron.

v. 138. La leçon du manuscrit, *traire*, « tirer, extraire » (l'éd. De Boer donne *croire* rimant avec *recroire*) peut être conservée si l'on admet que l'auteur signale ici sa virtuosité à amplifier au maximum le motif topique du portrait.

Mien ensïent, i fausist bien
S'elle i vausist amander rien.
Le front ot blanc et plain, sans fronce,
Les iex plus clers c'une jagonce,
Large entr'ueil, sorcis aligniez,
Nes ot ne fardez ne guigniez.
Le nez ot hault et lonc et droit,
Tel com Biautez avoir le doit ;
Fresche coulour ot en son vis
De roses et de flours de lis,
Bouche riant, levres grossetes
Et un petitet vermeilletes
Plus que samit vermeil en graine,
Et plus souef oloit s'alaine
Que pumens ne baume n'encens.
Dens ot petis, serrez et blens.
Menton et col, gorge et poitrine
Ot plus blanc que n'est nulle hermine.
Autresi comme .II. pometes
Estoient ses .II. mameletes ;
Mains ot grelles, longues et blanches,
Grelles les flans, basses les hanches.
Tant par fu bien fais li sorplus
Que tant bele riens ne vit nulz,
Quar Nature s'en fu pensee
Plus que de nulle autre riens nee,
Si ot tout mis quan qu'ele pot.
Aveuc la grant biauté qu'ele ot,
Sot quan que doit savoir pucele :
Ne fu pas mains sage que bele.
Se je la verité recort,
Plus sot de joie et de deport

à mon estime, aurait échoué si elle avait voulu y apporter quelque retouche. Son front était blanc et large, sans la moindre ride, ses yeux, plus clairs qu'une hyacinthe ; ses sourcils, écartés comme il le faut, étaient bien dessinés sans qu'elle les ait fardés ni teints. Son nez, placé haut, était long et droit comme l'exige la beauté. Sur son visage au teint très frais s'unissaient les couleurs du lis et de la rose ; sa bouche souriait ; ses lèvres, pulpeuses, étaient plus vermeilles encore que soie teinte de pourpre vermeille et son haleine plus suave que l'odeur du piment, du baume ou de l'encens. Ses dents étaient petites, bien alignées, blanches. Son menton, son cou, sa gorge, ses épaules étaient plus blancs que l'hermine et ses deux seins étaient pareils à deux petites pommes. Elle avait des mains fines, longues et blanches, des flancs minces, les hanches basses, et tout le reste de son corps était si bien fait que personne ne vit jamais plus belle jeune fille : Nature, pour elle, avait prodigué tous ses efforts et mis tout ce dont elle disposait.

En plus de sa grande beauté, elle savait tout ce que doit savoir une jeune fille et elle était aussi sage que belle. À dire la vérité, elle s'y connaissait plus, oui vraiment dix fois plus

v. 146. La *jagonce*, en français moderne « hyacinthe », est une variété de zircon jaune rougeâtre, qui d'ordinaire est plus justement citée dans les descriptions de vêtements ou de parures.

v. 158. Nous avons conservé à la rime des v. 158, 318 et 1318 les graphies *blens*, *doutence*, *enfent* qui témoignent peut-être du désir du copiste de rimer aussi pour l'œil.

v. 160. Le *h-* de *hermine* n'empêche pas l'élision.

Qu'Apolloines ne que Tristrans;
Plus en sot, voire voir, .X. tans.
Des tables sot et des eschas,
Dou viel jeu et dou .VI. et as,
De la buffe et de la hamee.
Par son deduit estoit amee
Et requise de haulz barons.
D'espreviers sot et des faucons,
Et dou jentil et dou lasnier;
Bien sot faire un faucon manier, 170 a
Et un ostoir et un tercueil,
Ne ja ne fust elle, son vueil,
S'en gibier non ou en riviere.
Aveuc ce iert si bone ouvriere
D'ouvrer une pourpre vermeille
Qu'en tout le mont n'ot sa pareille,

qu'Apollonius ou Tristan, en jeux d'agrément et en divertissements. Elle était experte au trictrac et aux échecs, au jeu à l'ancienne et au « six et as », au « bluff » et à la « hamée ». Sa compagnie était si pleine d'agréments qu'elle était aimée et courtisée par de puissants seigneurs. Elle savait comment dresser éperviers et faucons, qu'ils soient de noble ou de vile espèce. Elle était experte à apprivoiser faucon, autour ou tiercelet et, si elle l'avait pu, elle aurait passé son temps à chasser les bêtes des bois et le gibier d'eau. Elle était en outre si habile à travailler la pourpre ou d'autres riches étoffes de soie qu'on n'aurait pu trouver sa pareille au monde.

v. 175. Comme Tristan, harpeur, auteur de lais et joueur d'échecs, Apollonius de Tyr, héros d'un roman latin qui a connu de nombreuses adaptations en français, était également célèbre au Moyen Âge pour ses talents musicaux. Voir le *Roman d'Apollonius de Tyr*, éd. et trad. de Michel Zink, « 10/18 », 1982.

v. 178-179. On ne connaît pas d'autres attestations de *viel jeu* (jeu de dés à l'ancienne mode ?) ni de *hamee*. Dans la mesure où *buffe, bufe* pourrait être rapproché de *bofoi*, *bufoi*, « orgueil, arrogance », on suggérera d'y voir un jeu de « bluff », ancêtre du poker.

v. 180. *Par* est ici mis pour *por* et inversement, *pour* est mis pour *par* au v. 1097.

v. 184-185. On peut garder *manier*, leçon du manuscrit, adjectif bien attesté (voir *Érec et Énide*, v. 1980) au sens de « apprivoisé, dressé ». « Tiercelet » désigne le mâle de certains oiseaux de proie, plus petit d'un tiers que la femelle.

v. 187. L'expression « être » ou « aller en gibier » signifie « chasser » et spécialement à l'aide d'oiseaux de proie, *riviere* désignant le lieu près d'un cours d'eau où l'on chasse le gibier d'eau.

v. 188. *Ce* doit être lu *ç'* ici, comme au v. 426.

.I. dïapre ou un baudequin.
Nis la mesnie Hellequin
Seüst ele en un drap pourtraire.
Des auctours sot et de gramaire,
Et sot bien faire vers et letre,
Et quant li plot, lui entremetre
Et dou psaltere et de la lire

Même Hellequin et son cortège infernal, elle aurait été capable de les broder sur un tissu. Elle connaissait également les bons auteurs et la grammaire, elle savait fort bien composer poèmes et écrits et, quand il lui plaisait de jouer du psaltérion, de la lyre,

v. 191. *Diapre* (comme *baudequin*, « étoffe de soie de Bagdad ») désigne une riche étoffe de soie à ramages.

v. 192. L'expression *mesnie Hellequin* désigne une chasse fantastique, armée sauvage ou armée des morts, dont on trouve de nombreuses mentions dans le folklore français et européen et qui est menée par le diabolique Hellequin, ou Herlequin ou encore Herla-king (voir également l'italien Alichino, à l'origine du français Arlequin). Sur ce motif folklorique on consultera notamment J. Dufournet, *Adam de la Halle à la recherche de lui-même*, SEDES, 1974, p. 147-158 et Ph. Ménard, « Une parole rituelle dans la chevauchée fantastique de la "Mesnie Hellequin" » dans *Littératures,* nos 9-10, 1984, p. 1-11. La mention à ce stade du récit de cette chasse infernale peut surprendre, à moins qu'elle ne prépare les scènes horribles que Philomena tissera pour dénoncer les crimes de Térée et les actes diaboliques commis par Procné pour la venger.

v. 194-195. Les « auteurs » désignent ici les écrivains de l'Antiquité lus et commentés dans le cursus des études médiévales et parmi lesquels figuraient en premier lieu Cicéron et Virgile, mais aussi Ovide. La *gramaire*, le premier et le fondement des sept « arts » du cursus médiéval, est l'apprentissage des règles permettant d'écrire et de parler correctement. Au v. 195, *vers* désigne sans doute des compositions orales, destinées au chant, par opposition à *letre* qui renverrait alors à la pratique de l'écriture.

v. 196-199. L'auteur ne fait ici qu'esquisser la liste des instruments de musique, un motif introduit par Wace dans le *Brut* et souvent repris dans les textes médiévaux (voir A. Henry, *Les Œuvres d'Adenet le Roi*, t. V, *Cleomadés*, vol. II, p. 693-726, Université de Bruxelles, 1971). Selon A. Henry, le *psaltere* (plastérion) est un instrument à cordes, plat, sans manche, dont on joue avec les doigts ou avec un plectre ; la *gigue*, un instrument à cordes frottées avec un archet ; la *rote* est d'abord un instrument à cordes pincées, sans manche ; la *vielle* (voir v. 201), le plus populaire des instruments de musique du Moyen Âge, est un instrument à cordes frottées avec un archet.

— Plus en sot qu'en ne porroit dire —
Et de la gigue et de la rote.
Sousciel n'a lai ne son ne note
Qu'el ne seüst bien vïeler,
Et tant sot sagement parler
Que seulement de sa parole
Seüst elle tenir escole.
La pucele vint a son pere,
Qui la face ot vermeille et clere,
En un samit estroit lacie,
Et Thereüs l'a embracie ;
Si la salue et baise ensamble.
Sa grant biauté le cuer li amble,
Et sa tres bele contenance.
Pechiez le met en esperance
De mauvestié et de folie ;
Amours vilainement le lie.
Vilainement ? — Voire, sans faille,
De vilonie se travaille,
Quant il son cuer veult atorner
A la serour sa feme amer.
Pour ce, s'ele iert sa suer germaine,
N'estoit mie l'amour vilaine,
Quar un lor dieu que il avoient,
Selonc la loi que il tenoient,
Establi qu'il feïssent tuit
Lor volenté et lor deduit.
Tel loy lor avoit cil escripte
Que quan que li plaist et delite
Pooit chascuns faire sans crime.
Itel loy tenoit paienime.

de la gigue ou de la rote, elle y était plus experte qu'on ne pourrait le dire. Il n'existe pas au monde de lai, de mélodie, de musique qu'elle n'eût été capable d'interpréter à la vielle. Enfin, elle savait si doctement s'exprimer qu'elle aurait pu tenir école rien qu'en utilisant ce talent.

La jeune fille vint trouver son père. Son clair visage brillait de tout son éclat, son vêtement de soie était lacé très près du corps. Térée l'a prise dans ses bras et l'embrasse tout en la saluant. C'est alors que la très grande beauté de la jeune fille, la grâce de son allure ravissent son cœur. Le vice fait germer en lui de mauvaises intentions, des pensées insensées. Amour s'empare de lui d'une manière coupable. — D'une manière coupable ? — Oui, en vérité, car il succombe à des sentiments indignes en consentant à son désir d'aimer la sœur de sa femme.

Qu'elle ait été sa belle-sœur ne rendait pas toutefois leur amour coupable : l'un des dieux qu'ils honoraient selon la religion qu'ils observaient alors avait établi qu'ils pouvaient faire tout ce qu'ils voulaient, tout ce qui leur semblait bon. La loi que ce dieu leur avait prescrite était telle que chacun pouvait faire sans commettre de faute tout ce qui lui plaisait, tout ce dont il avait envie. Telle était la loi qu'observaient alors les païens.

v. 219-233. Cette intervention du narrateur qui distingue avec netteté les « lois » païennes et chrétiennes est sans équivalent exact dans les romans antiques du XIIe siècle. Mais l'horreur même des crimes que va commettre Térée pour satisfaire son désir porte de fait condamnation de cette liberté de mœurs attribuée aux païens et où transparaît peut-être une vision très déformée de la morale épicurienne.

Pour ce se peüst cil deffendre 170 b
S'il fust qui l'en vausist reprendre ;
De ce qu'il li plesoit a faire,
Ne devoit nulz a mal retraire.
Mes or lessons lor loi ester.
Qui porroit Amours contrester,
Que trestout son voloir ne face ?
Mar issi Thereüs de Trace
Pour aler Philomena querre,
Qu'Amours a vers lui prise guerre ;
S'est engigniez et malbaillis,
Qu'au cuer li est li feulz saillis
Qui de legier art et esprent.
La pucele entre ses bras prent
Et si li dit : « Ma douce amie,
Vostre suer vous salue et prie
Que vous veigniez deduire o li,
Et je meïsmes vous em pri
Se ma priere i puet aidier.
S'estre peüst pour Dieu proier,
Pieç'a que vous fussiez en Trace,
Qu'il n'est orer que Progné face
Fors qu'ele vous puisse tenir.
Se je l'i lessasse venir,
Elle fust ça a vous venue,
Mes je l'ai de la retenue
Tout a force, contre son cuer.
Moult par a grant fain vostre suer
De vous veoir une quinzeine.
Gardez que sauve i soit ma peine,
Si priez mon seignor le roy
Que venir vous lesse oveuc moi.

Aussi Térée aurait-il pu se défendre si l'on avait voulu lui faire des reproches ; s'il faisait ce dont il avait envie, personne ne pouvait y trouver à redire. Mais cessons de parler de leurs lois. Qui pourrait en effet lutter contre Amour et ne pas faire tout ce qu'il exige ?

Quel malheur que Térée soit ainsi parti de Thrace pour aller chercher Philomena, car Amour désormais lui a déclaré la guerre. Le voilà pris au piège et en bien mauvaise posture, car le feu qui si facilement brûle et embrase les sens a envahi son cœur. Il prend la jeune fille entre ses bras et lui dit :

Ma douce amie, votre sœur vous salue et vous prie de venir vous divertir avec elle. Et moi aussi je vous en prie, si ma prière a sur vous quelque pouvoir. Voilà longtemps que vous seriez venue en Thrace si prier Dieu avait suffi pour ce faire, car Procné ne formule d'autre prière que de vous avoir auprès d'elle. Si je le lui avais permis, voici longtemps qu'elle serait venue auprès de vous, mais je l'ai retenue là-bas de force, bien malgré elle. Votre sœur a une très grande envie de vous avoir auprès d'elle une quinzaine de jours. Faites en sorte que mes efforts ne soient pas vains et priez mon seigneur le roi de vous laisser repartir avec moi.

v. 234-235. Ce couplet peut être aussi bien une libre paraphrase de Virgile, *Bucoliques*, X, v. 69 : *Omnia vincit amor* (l'amour est vainqueur de tout) qu'un écho des v. 465-466 du texte d'Ovide : « il n'est rien que n'ose son amour effréné ; son cœur [il s'agit de Térée] ne peut plus contenir la flamme dont il est plein », comme le suggère É. Schulze-Busacker (p. 466).

v. 250. Il faut voir dans *orer* un infinitif employé comme substantif, mais cet emploi n'est pas attesté ailleurs, semble-t-il.

Ne cuit que riens li doie nuire
S'il vous lesse venir deduire
A vostre serour par de la.
Tant me dist, onc ne le cela,
Quant je de lui le congié pris,
Que ses sires ne ses amis
Ja mais a nul jor ne seroie
Se sa serour ne li menoie ;
Et certes je vaudroie mieux
Estre foibles, chanus et vieux
Qu'ele me feïst laide chiere.
Or si priez, m'amie chiere,
Vostre pere que, s'il li plaist,
Aveuc moi venir vous en laist. » 170 c
Cele qui n'estoit mie fole
Li respont : « Sire, ma parole
Envers la vostre, que vaudroit ?
Se vous en gardïez au droit,
Vos devrïez prier ançois.
Teulz est la coustume aus François
Que cilz qui veult la chose avoir,
S'il a tant proesce et savoir,
De l'avoir se paine et travaille ;
Et s'il avient que il i faille
N'esploitier ne puisse par lui,
Lors doit fere prïer autrui.
— Damoisele, voir avez dit,
Et nepourquant .I. seul petit
I peüssiez bien amander :

Cela ne peut en rien lui nuire, me semble-t-il, de vous laisser venir prendre un peu de bon temps avec votre sœur dans notre pays. Quand je l'ai quittée, elle m'a dit très franchement et à plusieurs reprises qu'elle ne me considérerait plus comme son mari ni comme son ami si je ne lui amenais pas sa sœur. Et pour moi, j'aimerais mieux devenir un vieillard tout chenu et sans forces que d'encourir ses mauvaises grâces. Aussi, ma douce amie, suppliez votre père afin qu'il accepte de vous laisser partir avec moi.

— Seigneur, lui répondit la jeune fille qui ne manquait pas de sagesse, quel poids auraient mes paroles face aux vôtres ? Ce serait d'abord à vous de formuler cette prière, si vous considériez bien les choses. Selon la coutume des Français, c'est celui qui désire obtenir quelque chose qui doit faire des efforts en ce sens et y mettre sa peine, si du moins il a en lui assez de valeur et d'intelligence. Et s'il lui arrive d'échouer et de ne pas pouvoir en venir à bout lui-même, c'est alors seulement qu'il doit faire intervenir quelqu'un d'autre.

— Ma demoiselle, voilà qui est justement dit, mais vous auriez pu améliorer encore votre réponse

v. 280 et suivants. Il est bien difficile de savoir à quelle coutume spécifique aux « Français » (aux habitants de l'Île-de-France) se réfère Philomena dans ce dialogue qui est surtout l'occasion pour la jeune fille de montrer avec quel talent elle manie le discours argumentatif ; un talent auquel Térée, en lui coupant la langue, mettra le terme atroce que l'on sait. Selon É. Schulze-Busacker, l'auteur soulignerait « tout simplement le fait qu'il paraphrase un proverbe français et non une formule gnomique ou parémiologique vernaculaire aux antécédents classiques » (p. 469).

Primes deüssiez demander
Se je l'en ai requis ou non.
— Par mon chief, ce deüsse mon !
Se je tant de raison eüsse,
Enquis et demandé l'eüsse.
Mes or me dites nepourquant :
Avez le vous ne tant ne quant
A raison mis de cest afaire ?
— Bien li ai dit sans noise faire.
— Que vous respondi ? — Nulle chose.
— Dont n'i convient il point de glose :
Des que respons ne vous vault rendre,
Assez me puet ma suer atendre,
Quar el ne m'i verra des mois.
Bien sai que mes sires li rois
N'a talent que congié me doigne :
Ne li plaist pas ceste besoigne.
— Ne li plaist mie ? — Non, ce croi.
— A quoi le savez vous ? — A quoi ?
A ce qu'il ne vous volt respondre.
— Autrement le poez espondre
Et entendre en autre maniere :
Il oÿ toute ma priere
Et escouta moult volentiers,
Que mot ne dist endementiers,

en me demandant tout d'abord si j'avais ou non formulé ma prière à votre père.

— J'aurais dû le faire sans doute ! Si j'avais eu assez d'à-propos, j'aurais en effet posé cette question. Mais alors, dites-moi, lui en avez-vous déjà touché quelques mots ?

— Je lui en ai parlé sans trop insister.

— Et que vous a-t-il répondu ?

— Pas un mot.

— Inutile alors d'épiloguer plus longtemps. Puisqu'il n'a pas voulu vous donner de réponse, ma sœur peut bien m'attendre, elle ne me verra pas de sitôt ! Mon seigneur le roi, je le sais bien, n'a aucune intention de me laisser partir. Cette affaire ne lui plaît pas.

— Vraiment ?

— Oui vraiment, me semble-t-il.

— Et qu'est-ce qui vous le laisse penser ?

— Ce qui me le laisse penser ? Qu'il n'a pas voulu vous répondre.

— Vous pouvez interpréter et comprendre autrement son attitude. Il a écouté jusqu'au bout ma prière, de bonne grâce et sans jamais m'interrompre,

v. 300. L'emploi du terme *glose*, s'agissant de la longue dissection d'une « réponse » non donnée, est piquant. Faut-il y voir une dénonciation ironique des subtilités de la rhétorique ?

v. 310-319. À partir d'un terme clé de l'interprétation allégorique, *espondre*, « dévoiler, élucider », le dialogue entre Térée et Philomena montre comment on peut faire dire une chose et son contraire à un même énoncé, voire à un silence.

Et pour ce quit je qu'il li plaist,
Qu'assez otroie qui se taist.
— N'est pas voire ceste sentence,
Qu'encor sommes nous en doutence
De l'escondit ou de l'otroi. 170 d
Lors redist Thereüs au roi :

« Sire, rois d'Athenes li sages,
Bien vous est contez mes messages
De par vostre fille Progné.
Se tuit li home qui sont né
Vous requeroient d'un afaire,
Si devrïez vous pour moi faire
Ançois que pour eulz tous ensamble,
Et pour vos filles, ce me samble,
Au mains faire le devrïez,
Se vous pour moi n'en faisïez,
Quar cele le vous a mandé,
Et ceste me ra commandé
Que je vous em prie et m'en paingne
Tant que je aveuc moi l'en maingne. »
Pandïon sor sa main s'apuie,
Qui ceste chose moult anuie.
Anuie qu'anuier li puet,
Mes a respondre li estuet.
« Amis, fet il, vous savez bien
Que je n'ai en cest siecle rien
Que vous, tout a vostre plesir,
Ne peüssiez prendre et saisir
Se vous mestier en avïez ;
Mes, je croi, se vous savïez
Les biens que ma fille me fait,
Ja ne me metrïez em plait

et c'est pourquoi je pense qu'il y est favorable, car qui ne dit mot consent.

— Ce proverbe n'est pas juste puisque nous ignorons encore s'il a ou non donné son accord.

Térée s'adressa alors une nouvelle fois au roi :

Seigneur, très sage roi d'Athènes, je vous ai bien transmis le message de votre fille Procné. Si tous les hommes de ce monde vous demandaient quelque chose, c'est moi en priorité plutôt qu'eux tous que vous devriez satisfaire ; et si vous ne voulez pas exaucer ma demande, vous devriez du moins exaucer celle de vos filles : l'une m'a chargé de vous la présenter et l'autre, qui est ici, m'a elle aussi demandé de vous en prier et de faire tout mon possible pour l'emmener avec moi.

Pandion, qui est bien ennuyé par cette affaire, pose sa tête sur sa main, mais, aussi ennuyé qu'il puisse être, il lui faut bien finir par répondre.

Ami, lui dit-il, vous savez bien que, dans tout ce que je possède, il n'est rien que je ne vous laisse prendre à votre convenance, si vous en aviez besoin. Mais si vous saviez tous les plaisirs que me donne ma fille, vous ne formuleriez pas, j'en suis sûr,

v. 316. Ce proverbe est le n° 140 du recueil de Morawski, *Proverbes français antérieurs au* XV*e siècle*, CFMA, 1925.

v. 335. Sur cette attitude marquant la réflexion plus ou moins pénible, voir Ph. Ménard, « *Tenir le chief embronc, crosler le chief, tenir la main a la maissele :* trois attitudes de l'ennui dans les chansons de geste du XIIe siècle » dans *Actes du IVe Congrès international de la Société Rencesvals*, Heidelberg, Carl Winter, 1969, p. 145-148.

v. 336. *Qui* est mis pour *cui*, ici et au v. 713.

De ce dont vous me requerez.
Tous seroie desesperez
S'un jour estoie sans ma fille.
Croce m'estuet et aneïlle
Des or mais pour moi apuier.
S'il ne vous devoit anuier,
De ce dont vous m'avez requis
Seroit respis et termes pris.
— Respis ? — Voire — Tout a delivre.
Combien ? — Tant comme j'ai a vivre, 171 a
Quar saciez bien certainement,
Ne vivrai mie longuement,
Quar je sui vieulz et foibles trop.
Plus ai vescu ne fist Jacop
Ne Abreham ne Esaü,
Si ai moult de mes bons eü,
Mes or n'ai mais riens qui me plaise :
En ma fille sont tuit mi aise,
Pour lui vif je tant seulement,
Quar n'ai autre soustenement.
Se vous li seule me tolez,
Ma vie acorcier me volez.
De ce vous fais seür et cert,
Que ma fille me garde et sert
Et nuit et jour et soir et main ;
N'i lesse autre metre la main
N'a mon lever n'a mon couchier.
Ma douce fille m'a tant chier
Qu'ele me chauce, elle me vest,
Et son servise tant me plest
Que, se ne fust son reconfort,
Grant piece a que je fusse mort.

pareille demande. Si j'étais un seul jour privé de ma fille, je serais plongé dans le désespoir. Il me faut maintenant prendre appui sur une canne, sur une béquille. Si donc cela ne doit pas trop vous contrarier, on pourrait prendre du temps et remettre à plus tard votre demande.

— À plus tard ?

— Oui.

— Bien volontiers, mais dans combien de temps ?

— Tant que je serai en vie, car, sachez-le bien, je n'ai pas encore longtemps à vivre : je suis vieux, très affaibli et j'ai vécu plus longtemps que Jacob, Abraham ou Ésaü. J'ai eu beaucoup de plaisirs en ce monde, mais maintenant plus rien ne me satisfait. Ma seule source de bonheur, c'est ma fille. C'est elle seule qui me maintient en vie, je n'ai pas d'autre soutien. Et si vous m'enlevez cet unique bien, c'est ma vie que vous voulez abréger. Vous pouvez en être convaincu, car c'est ma fille qui me veille et me sert nuit et jour, au soir et au matin. Je ne laisse personne d'autre s'occuper de moi, à mon lever, à mon coucher. Ma chère fille m'aime tant qu'elle me chausse et m'habille et les soins qu'elle me donne me sont si agréables qu'il y a longtemps que je serais mort si j'étais privé du réconfort qu'elle m'apporte.

v. 364-380. Le motif du père incestueux est assez fréquent dans la littérature médiévale (voir entre autres exemples le *Lai des deux Amants* de Marie de France, le *Vair Palefroi* ou encore la *Manekine* de Philippe de Beaumanoir) mais il est rare que cet amour soit formulé de manière aussi directe et aussi insistante. Le texte d'Ovide est, lui, beaucoup plus discret.

Pour ce vous pri, se vous m'amez,
Que cest don cuite me clamez. »
Or n'est pas Thereüs a aise,
Quar il n'oit chose qui li plaise,
Et dou tout cuide avoir failli.
Or se tient moult a malbailli :
Ne set que faire ne que dire,
Mes moult est mas et moult souspire,
Et fet samblant que moult li grieve
Quant il sa volenté n'achieve,
Volenté qu'est mauvese et fole.
Toute a perdue la parole,
Q'il ne dit mot, ançois se plaint.
Sa folie son savoir vaint.
— Folie ? Mes Amours, ce cuit,
Cele qui tout vaint et destruit,
Et quant li plaist en petit d'eure
Le vaincu remest au deseure.
— Est dont Amours de tel vertu
Qu'ele fet vaintre le vaincu ?
— Oïl, ce tesmoignent et dient
Cil qui d'Amors braient et crient,
Et de puis que cil le tesmoignent 171 b
Qui Amours servent et resoignent,
Dont puis je par raison prouver
Qu'en ne puet loiauté trouver
En cele amour qui si tost change,
Qui ses amis de lui estrange,
Et retient nouviaux soldoiers,
Et done a tous eguaulz loiers.
— Par foi, dont est Amours loiaus
Quant el done loiers egaus ?
— Ains est desloiautez aperte,

Aussi, je vous en supplie, si vous m'aimez, renoncez à me demander ce don.

Voilà Térée bien malheureux. Rien de ce qu'il entend ne peut lui plaire et il est persuadé qu'il a échoué. Il s'estime en bien mauvaise posture. Il ne sait que dire ni que faire, mais il est tout abattu, il ne cesse de soupirer et montre bien combien il est accablé de ne pouvoir obtenir ce qu'il désire, un désir aussi coupable qu'insensé. Incapable de prononcer un mot de plus, il se tait, mais ne cesse de se lamenter. Sa folie triomphe de sa sagesse. — Sa folie ? — Non certes, mais Amour, me semble-t-il, ce dieu qui abat et détruit tout et qui, quand il lui plaît, relève en un moment celui dont il a triomphé. — Amour a-t-il un tel pouvoir qu'il peut donner la victoire au vaincu ? — Oui, comme le prétendent et proclament tous ceux qui se lamentent à grands cris sur Amour. Et puisque ceux qui servent Amour et le craignent en portent témoignage, je peux très raisonnablement prouver qu'on ne peut trouver quelque loyauté dans ce dieu si changeant, qui rejette ses amis et retient auprès de lui de nouveaux serviteurs et qui donne à tous pareil salaire.

— Par ma foi, Amour n'est-il pas loyal s'il donne à tous pareil salaire ? — Mais non, sa déloyauté est manifeste puisque,

Que chascuns selonc sa desserte
Et selonc ce que il miex vault
Doit ses loiers monter plus hault.
Mes je sai bien comment ce vient
Qu'Amours les plus mauvais retient
Et refuse ceulz qui miex valent.
Savez pourquoi li meillor falent ?
Pour ce qu'Amours ne set eslire
Qui est le mieudre ne le pire.
— Ne set ? Dont n'est elle pas sage ?
— Si est, mes elle a tel corage
Qu'il ne li chaut de nul savoir
Quant sa volenté puet avoir.
Amours est plus que vent legiere,
Et pour ce est faulce et mençongiere
Que de prometre est large et riche
Et de donner avere et chiche,
Ne ne fet mal se a ceulz non
Qui sont en sa subjectïon ;
Ceulz bat Amours et ceulz joustise
Qui se painent de son servise
Ne pour anui ne pour contraire
Ne se pueent de lui retraire,
Quar nulz qui onc amast a certes,
Quel ques en fussent les dessertes,
N'en fu recreüz ne lassez,
Quar nulz n'en porroit fere assez.
Amours fet tout quan qu'ele veult,
Et cil qui plus s'en plaint et deult,
Plus alume et plus en esprent,
Quar joie ne soulas n'en prent.
Amours est maulz dont la mecine
L'enfermeté plus enracine.

pour tout homme, le salaire doit être calculé en fonction de ce qu'il mérite, de ce qu'il vaut. Mais je sais bien d'où vient qu'Amour retient auprès de lui les méchants et rejette ceux qui ont plus de valeur. Et savez-vous pourquoi les meilleurs échouent ? Parce que Amour ne sait pas faire le tri entre les meilleurs et les pires. — Il ne le sait pas ? Est-il donc dépourvu de sagesse ? — Certes non, mais sa nature est telle que peu lui importe de faire preuve de sagesse quand il peut parvenir à ses fins. Amour est plus volage que le vent. Il est faux et trompeur car, lorsqu'il s'agit de promettre, il est riche et généreux, mais lorsqu'il faut donner il se montre avare et chiche, et c'est à ceux qui sont à son service qu'il réserve toutes ses rigueurs. Ceux que tracasse Amour, ceux qu'il tyrannise, ce sont ceux-là même qui s'efforcent de le servir ; pourtant, quels que soient les tourments, les rebuffades qu'ils endurent, ils ne peuvent se détourner de lui : quiconque aime d'un amour sincère, quelles que soient les récompenses qu'il obtient, jamais il ne renonce, jamais il ne se lasse, car nul en amour ne peut en faire trop. Mais Amour agit comme bon lui semble : celui qui se répand en plaintes et en lamentations, il l'enflamme et le brûle plus encore, sans lui offrir la moindre joie, la moindre consolation. Amour est un mal tel que le remède aggrave encore la maladie.

Nulz ne set quelz est la santez,
Quar pour fere ses volentez, 171 c
Quide sa delivrance querre :
Des lors le lie plus et serre.
Dont fust moult sages Thereüs
S'il s'en vausist retraire en sus
Et raler s'ent sans la pucele,
Mes tant la voit cortoise et bele
Et de toutes biautez adroite
Que s'a son voloir n'en esploite,
Tous vis cuidera enragier,
Quar ne s'en puet descoragier.
Que fera dont ? Ne set qu'il face.
La pucele souvent embrace
Et souspire forment et plore.
Ja ne cuide veoir cele hore
Qu'il la tiengne a sa volenté ;
Si l'a dÿables enchanté,
Qui de mal fere ne repose,
Que par soi seul pense et propose
Qu'a force prendre li estuet,
Se par amours vaintre nel puet,
Ou par nuit mener en emblee.
Mes poi avoit gent assamblee,
Si doutoit tel chose a emprendre
Qui ne peüst bone fin prendre.
Pour ce au plus qu'il puet se cuevre,
Que fole et vilaine fust l'oeuvre
Se la citez fust estormie
De la gent qui ert endormie,
Quar ja d'eulz n'en alast uns vis.
Fors de cestui pensé l'a mis
Raison, que ne sai dont li vint ;

Nul ne sait comment en guérir puisque chacun pense qu'il va se délivrer en apaisant son désir, mais c'est alors qu'Amour le lie et le retient encore plus étroitement.

Térée aurait été très sage s'il avait bien voulu renoncer et repartir sans la jeune fille, mais elle lui paraît si courtoise, si belle, si pleine d'attraits qu'il se dit que, s'il ne peut parvenir à ses fins, il va enrager vif, car il lui est impossible d'en détacher son cœur. Que va-t-il donc faire ? Il ne le sait. À maintes reprises, il prend la jeune fille dans ses bras, il soupire profondément, il pleure. Il n'imagine pas de voir arriver le moment où il fera d'elle ce qu'il voudra. Le diable, qui ne cesse jamais de mal faire, s'est emparé de lui, si bien que, livré à lui-même, il en vient à conclure qu'il lui faut la prendre de force s'il ne peut en triompher en se faisant aimer, ou l'enlever de nuit en secret. Mais il avait peu d'hommes avec lui et il craignait de se lancer dans une affaire qui ne pourrait avoir une heureuse issue : l'entreprise se révélerait aussi déraisonnable que déshonorante si la cité, dont les habitants seraient alors endormis, était mise en alerte : aucun d'entre eux n'en sortirait vivant.

C'est Raison, j'ignore comment cela se produisit,

Esmerveil moi comment ç'avint
Que Raison fist a cele fois,
Quar trop iert durement destrois.
— Destrois ? De quoi ? — De plus qu'amer
Qu'amors ne doit nulz ce clamer.
— Amour ? — Non voir. — Et quoi ? — Outrage
Desloiauté et forsenage,
Quar, s'au voir cuit bien assener,
N'est pas amour de forsener.
Trop est forsenez Thereüs,
Et si forsene plus et plus.
Pour ce me vient a grant merveille
Que nulle raison le conseille.
— Raison ? Comment ? — Ja se retrait 171 c
Dou fol penser qu'il avoit fait
Et dist qu'encor veult essaier
S'il porra vaintre par proier.
Lors recommence sa priere,
Au roi parole en tel maniere :
« Sire, fet il, bien sai et voi
Que petit ferïez pour moi
Quant ce don m'avez refusé.
Pour noiant ai mon temps usé
Quant je ving oan ceste part.
Or m'en repens, mes c'est a tart,
Si m'en irai si com je ving.
Onc mais pour si fol ne me ting
De riens nulle que je feïsse.
Mon vueil, oan ne vous veïsse
Ne n'eüsse la mer passee.
Povre achoison avez trouvee
De vostre fille qui vous sert !
Se je pour ce ma voie pert,

qui l'a détourné de ce projet. Que Raison soit intervenue en cette occasion me remplit d'étonnement, car Térée était vraiment très profondément atteint. — Atteint ? Et par quoi ? — Par un abus d'amour, car personne ne doit appeler ce sentiment « amour ». — Ce n'est pas de l'amour ? — Non, en vérité. — Et qu'est-ce donc ? — Démesure, perfidie et folie furieuse car si, comme je le pense, je suis bien dans le vrai, ce n'est pas aimer que de devenir fou. Et c'est ce qui arrive à Térée, dont la folie ne cesse de grandir. Aussi je m'étonne beaucoup que quelque argument que ce soit puisse l'influencer. — L'influencer ? Et comment ? — Parce qu'il renonce au projet insensé qu'il avait conçu et se dit qu'il va encore tenter de voir s'il peut parvenir à ses fins par la prière.

Il renouvelle donc en ces termes sa demande au roi :

Seigneur, lui dit-il, je sais bien, je vois bien que vous ne feriez pas grand-chose pour moi puisque vous m'avez refusé ce don. J'ai bien perdu mon temps en venant ici aujourd'hui. Je m'en repens, mais c'est trop tard : je m'en retournerai comme je suis venu ; jamais pourtant jusqu'à ce jour je n'ai eu l'impression d'avoir entrepris quelque chose d'aussi stupide ! S'il n'avait tenu qu'à moi, je ne serais pas venu vous voir cette année et je n'aurais pas traversé la mer. Quelle pauvre excuse vous avez inventée en prétextant que votre fille doit s'occuper de vous ! Si pour cela je ne dois tirer aucun bénéfice de mon voyage,

Trop me serai en vain lassez.
Dont n'avez vous sergans assez
Et puceles pour vous servir ?
Bien vous poez de lui souffrir
Tant seulement .III. jours ou .IIII.,
Si la lessiez venir esbatre
A sa serour qui ça m'envoie.
Pour poi de chose ai fet grant voie,
Si m'iert moult grief se je i fail,
Non pour lui, mes pour mon travail,
Et plus pour el, qui plus m'anuie,
Quar Progné me dist que m'en fuie
Ne jamais a lui ne retour,
Quar failli avroie a s'amour
Se sans sa serour revenoie.
Pour ce ne sai que faire doie,
Quar se je m'en vois en essil,
Molt avrai grant duel de mon fil,
Et plus de lui se je la les,
Quar revenir n'i cuit ja mes.
Pour ce plour, si com vous veés,
Qu'a merveilles sui esfreés
Quant vous pour si poi me failliez.
Biaux sire, quar la me bailliez
Par tel couvent c'ançois quinsaine
La vous ramerrai toute saine ; 172 a
Et de ce que je vous promet,
Ma foi en ostage vous met
Et tous les diex en cui je croi.
Par sairement et par ma foi,
Le me bailliez seürement. »
Ha ! dou felon, comme or li ment !
Comme or le traïst et deçoit !

j'aurai fait bien des efforts inutiles. N'avez-vous donc pas assez de serviteurs et de jeunes filles pour s'occuper de vous ? Vous pouvez bien supporter de vous passer d'elle trois ou quatre jours et la laisser venir prendre un peu de bon temps avec sa sœur qui m'envoie ici.

J'ai fait un grand voyage pour bien peu de chose et, si j'échoue, j'en serai profondément peiné, non pour votre fille, mais pour les fatigues endurées et pour autre chose encore, qui me tourmente bien davantage : Procné m'a en effet déclaré que je pouvais m'enfuir et ne jamais revenir auprès d'elle si je ne ramenais pas sa sœur, car j'aurais alors perdu son amour. Aussi je ne sais plus ce que je dois faire : si je pars en exil, j'aurais grande douleur de ne plus revoir mon fils, et elle plus encore, si je la laisse, car je ne pense pas pouvoir jamais revenir. Si je pleure, comme vous le voyez, c'est parce que je suis plein de panique de vous voir me faire défaut pour une si piètre raison. Cher seigneur, donnez-moi votre fille et je vous garantis que d'ici quinze jours je vous la ramènerai saine et sauve. Je m'y engage sur ma foi et sur tous les dieux en qui je crois. Donnez-la-moi en toute confiance, sur mon serment et sur ma foi.

Ah ! le traître ! Voilà comment il lui ment ! Voilà comment il le trahit et le trompe !

Pandïon, qui plorer le voit,
Ne cuide mie qu'il li mente ;
Pour ce qu'en plorant se demente,
Cuide qu'il plourt de grant pitié.
Tant a li fel tirans luitié
Par fïancier et par jurer
Et par prïer et par plorer
Qu'il esploita si com li plot.
Pandïon tenir ne se pot
Qu'il ne plorast aveuques lui.
Si fort ploroient ambedui
Que ne sai li quelz ploroit mieux :
C'est drois d'omme, quant il est viex,
Que de legier plore souvent.
« Amis, fet il, par tel couvent
Com pramis m'avez et juré
Et par fïance asseüré
En menrois ma fille demain.
Je le vous baille en vostre main,
Mes saciez que moult me grevez.
Gardez la si com vous devez
Et ramenez jusqu'a court terme.
Ja mi oeil ne seront sans lerme
Ne mon cuer lié pour riens qu'aviegne
Jusque ma fille a moi reviegne.
Se m'amour volez retenir,
Dont pensez dou tost revenir
Et de ma fille ramener.
Certes, moult vous devez pener
De fere ce que je vous pri :
Gardez ne metez en oubli.
— Non ferai je, fet Thereüs,
Sire, ja mais n'en parlez plus,

Pandion pourtant, en voyant ses pleurs, ne pense pas qu'il lui mente. Parce qu'il le voit se lamenter et fondre en larmes, il le croit profondément affligé. Et l'autre, ce perfide plein de cruauté, s'est si bien débattu à coups de promesses, de serments, de prières, de pleurs, qu'il a obtenu ce qu'il voulait. Pandion n'a pas pu s'empêcher de fondre en larmes lui aussi et tous deux pleurent si fort que je ne sais lequel pleurait le plus : c'est assez habituel en effet, pour un vieillard, de pleurer souvent et facilement.

Ami, lui dit-il, demain vous pourrez emmener ma fille avec vous, selon la promesse que vous m'avez faite et jurée, par laquelle vous vous êtes engagé. Je la remets entre vos mains, mais vous m'affligez beaucoup, sachez-le. Faites-en bonne garde, comme vous le devez, et ramenez-la-moi dans les plus brefs délais. Mes yeux ne sécheront leurs pleurs, mon cœur ne retrouvera la joie, quoi qu'il arrive, que lorsque ma fille sera revenue auprès de moi. Si vous voulez conserver mon amitié, songez vite à revenir et à me ramener ma fille. Assurément, vous devez bien vous mettre en peine de faire ce que je vous demande. Ne l'oubliez pas, je vous en prie.

— Certes non, lui répond Térée, et il est inutile, seigneur, de m'en dire davantage :

v. 544-557. Les larmes, au Moyen Âge, sont souvent appelées « l'eau du cœur » et pleurer est un signe d'émotion authentique et de contrition sincère ; d'où la méprise de Pandion, à son tour submergé par une émotion présentée, elle, de manière plutôt comique. Voir aussi les v. 926-929.

Quar plus m'iert tart que vous assez
Que de ça soie repassez
Et que je l'aie ramenee. »
Atant la parole est finee,
Que Thereüs plus ne demande. 172 b
Et Pandïon li rois commande
Que tost soient mises les tables.
Li seneschaulz, li conestables,
Li panetier, li eschançon,
Chascun ot cure et soupeçon
D'atorner et d'apareillier
Ce qu'apartint a son mestier.
Li un corent les tables metre,
Li autre se vont entremetre
De donner l'iaue en pluiseurs leus.
Laiens n'ot nul sergant oiseus
N'escuier ne vallet adroit
Qui ne servist de que que soit.
De bien servir se painent tuit,
Mes Thereüs ne se deduit
En nul servise qu'en li face
S'au gent cors non et en la face
De la pucele regarder
Qui lez lui seoit au souper :
C'est ses boivres, c'est ses mengiers.
Mout par est vers lui locengiers
Et moult la sert et moult l'atret,
Mes ne set nulz pour quoi le fet
Fors lui, qui ne se veult retraire
De sa grant felonie faire

je suis encore plus pressé que vous de revenir en ce pays et de vous la ramener.

La conversation s'achève sur ces mots : Térée ne demande rien de plus et le roi Pandion donne ordre d'installer bien vite les tables pour le dîner. Sénéchal, connétable, panetiers, échansons, tous se mettent avec zèle et ardeur à faire les préparatifs et les apprêts dont ils ont la charge. Les uns courent installer les tables, les autres vont apporter l'eau en plusieurs endroits. Pas un serviteur ne reste inactif, pas d'écuyer, pas de valet habile qui ne remplisse quelque tâche. Tous s'efforcent de bien faire. Pour Térée pourtant, rien de ce qu'on lui propose ne peut lui plaire : son seul plaisir, c'est de contempler le corps plein d'attraits et le visage de la jeune fille qui était assise à table à côté de lui. C'est la boisson, c'est la nourriture qu'il désire. Il se montre très empressé auprès d'elle, il ne cesse de la servir, il cherche à attirer son attention, mais personne ne sait pourquoi il se comporte ainsi, à part lui, lui qui ne veut pas renoncer à accomplir son ignoble entreprise

v. 583. Dans les demeures médiévales, ni les tables ni les lits (v. 628-629) ne sont fixes. Il faut donc dans un premier temps « mettre les tables », poser les planches sur les tréteaux.

v. 590-591. La coutume médiévale est en effet de présenter de l'eau aux convives avant et après les repas pour qu'ils se lavent les mains. On se sert à cet effet d'un jeu de deux bassins ou d'une aiguière et d'un bassin (v. 622).

v. 602. Le terme de « losengier », terme codé de la lyrique courtoise où il désigne les perfides qui jalousent le troubadour et dénoncent ses amours, est ici employé au sens plus banal de « (trop) empressé », mais souligne le caractère intéressé de la conduite et des attentions de Térée.

Quant leus sera, mes trop li tarde.
A grant merveille la regarde,
Qu'a nulle autre riens n'est pensis.
Au mengier ont longuement sis
Et moult li plesoit a seoir,
Plus pour la pucele veoir
Que pour boivre ne pour mengier ;
Si n'avoient il a dangier
Paons ne cignes ne faisans
Ne vins deliez et plaisans,
Mes largement et a plenté
Orent tuit a lor volenté
Quan qu'estuet a table roial.
Quant orent mengié li vassal,
Si se lievent et li sergent
Donent l'iaue au bacin d'argent.
Li baron lavent et essuient.
Quant lavé orent, si s'apuient
Sor une couche tuit ensamble.
Chascuns dist ce qu'il li en samble, 172 c
Soit bien ou malz, folie ou sens.
Et li vallet sont en apens
De faire et d'atorner les lis.
Ce ne fu joie ne delis
Au traïtour, au fel tirant,
Qui de dormir n'avoit talant :
Mieux vausist toute nuit veillier,
S'il li leüst a conseillier
A cele qui son cuer avoit.
— Comment ? Elle riens ne savoit ?
— Non, par foi, quar s'elle seüst

quand il en trouvera l'occasion, mais elle tarde bien, lui semble-t-il. Il contemple la jeune fille avec émerveillement, sans se laisser distraire par quoi que ce soit.

Ils sont restés longtemps à table et Térée prenait un grand plaisir à rester ainsi assis, plus pour contempler la jeune fille que pour boire ou pour manger. Pourtant on ne leur servait pas parcimonieusement paons, cygnes, faisans, vins fins et agréables, mais tous les mets que l'on peut trouver à la table d'un roi, ils les avaient à foison et selon leur désir. Lorsque les seigneurs eurent fini de manger, ils se levèrent de table et les serviteurs passèrent l'eau dans un bassin d'argent. Les seigneurs se lavent les mains et s'essuient, puis, cela fait, ils s'installent tous ensemble sur une couche et chacun parle de ce que bon lui semble, en bien ou en mal, de manière sensée ou non. Quant aux serviteurs, ils se dépêchent de faire et de préparer les lits. Voilà qui ne réjouissait guère ce traître, ce perfide plein de cruauté, qui n'avait nulle envie de dormir : il aurait préféré veiller toute la nuit pourvu qu'il eût ainsi le loisir de s'entretenir discrètement avec celle qui possédait son cœur. — Qui possédait son cœur ? Et elle, elle n'en savait rien ? — Non, sur ma foi, car si elle avait su

v. 616. Nous ne connaissons pas d'autre emploi de *delïé* « fin, délicat » (du latin *delicatus*), pour qualifier des vins.

v. 630-635. Traitement paradoxal du motif attendu : hâte de l'amant, du couple à voir les convives se retirer pour pouvoir se retrouver (voir par exemple les plaintes de Médée aux v. 1466-1533 du *Roman de Troie*).

Que cil en lui son cuer eüst
Pour fere lui honte et anui,
Ja ne s'en alast aveuc lui.
Tant ont parlé, tant ont veillié
Que li lit sont apareillié,
Si se couchent li baron tuit.
Onques Thereüs cele nuit
Ne prist ou lit pais ne repos,
N'onques pour dormir n'ot l'oeil clos ;
Tant com toute la nuit dura,
Toute nuit son lit mesura,
Ou dou travers ou dou bellonc,
Et se demente par selonc,
Que tant demore qu'il n'ajorne.
Toute nuit se torne et retorne
Et se relieve et se recouche.
Cil qui gisoient en la couche
A moult grant aise se dormoient,
Qui de tout ce mot ne savoient.
Et cil toute la nuit veilla,
Que sa folie traveilla,
Tant que la gaite de la tour
Commença a corner le jour.
Quant il oÿ le jour au cor,
Qui li donnast .XXX. mars d'or,
Ne fust il pas d'assez si liez.
Ses compaignons a esveilliez,
Ses fet lever ilnelement,
Et cil par son commandement
Se sont moult tost apareillié.
Li rois ot qu'il sont esveillié
Et qu'il se hastent d'eulz lever.
Comment qu'il li doie grever,

que cet homme avait placé en elle son amour pour lui causer honte et tourment, jamais elle ne serait partie avec lui.

Ils ont tant parlé et si longuement veillé que les lits sont prêts; les seigneurs sont tous allés se coucher. Mais, cette nuit-là, Térée ne trouva aucun répit, aucun repos dans son lit, il n'arriva pas à fermer l'œil ni à trouver le sommeil. Tout au long de la nuit, en long, en large, il prend la mesure de son lit et ne cesse de se lamenter en se demandant pourquoi le jour tarde autant à se lever. Toute la nuit, il se tourne et se retourne et se lève et se recouche. Ceux qui reposaient dans leur lit dormaient fort agréablement, eux qui ne savaient rien de tout cela. Mais lui, que sa folie tourmentait, veilla toute la nuit, jusqu'au moment où le guetteur de la tour commença à sonner du cor pour annoncer le jour. Lorsque Térée entendit le son du cor, lui aurait-on alors donné trente marcs d'or, sa joie n'aurait pas été aussi vive. Il a réveillé ses compagnons et les a fait rapidement lever. Eux, obéissant à ses ordres, se sont bien vite préparés. Le roi entend qu'ils sont réveillés et qu'ils se hâtent de se lever. Quoi qu'il doive lui en coûter,

v. 659-660. Inversion du motif traditionnel de «l'aube», forme poétique dans laquelle les amants déplorent l'arrivée du jour et l'intervention du guetteur qui les obligent à se séparer.

Couvient qu'il tiengne verité. 172 d
Si a son couvent aquité,
Que sa fille li a baillie.
Cele en fu moult joians et lie
Et moult ceste chose li plot,
Mes souvent avient qu'en s'esjot
Encontre sa mesaventure.
Moult cuidoit bien estre seüre
D'aler bien et de revenir.
Et comment peüst ç'avenir
Que s'apensast de la merveille
Que li tirans li apareille ?
Ja de ce ne se pensast nus !
Au port la maine Thereüs,
Et Pandïon les i convoie
Et prie celui toute voie
Qu'ansi comme il li a promis,
Viengne au terme qu'il li a mis.
« Et tu, dist il, ma fille chiere,
Pense de tost venir ariere
Et si te remembre de moi,
Quar tant sui liez quant je te voi
Et tant ai de joie et de bien !
Ma douce fille, tost revien,
Revien tost. Se tu tost reviens,
Tost vendra ma joie et mes biens ! »
.M. fois reprent ceste parole,
Et .M. fois la baise et acole,
Et plus de .M. fois la retorne
Quant d'entrer en la nef s'atorne ;
Si la retient tant comme il puet,
Et quant retorner l'en estuet,
Si la commande au traïtour.

il lui faut tenir son engagement. Il s'acquitte donc de sa promesse et remet sa fille à Térée. La jeune fille en fut très contente et très heureuse, mais il arrive bien souvent que l'on se réjouisse de ce qui sera source de malheur. Elle était sûre, croyait-elle, d'aller et de revenir sans ennui. Et comment aurait-elle pu avoir la moindre idée, oui, comment, de l'horrible sort que ce barbare lui réservait ? Personne n'aurait pu l'imaginer !

Térée l'emmène vers le port, Pandion les accompagne en ne cessant de prier son gendre de revenir, comme il le lui a promis, au terme fixé.

Et toi, ajoute-t-il, ma chère fille, aie bien soin de revenir au plus vite et souviens-toi de moi, moi qui éprouve tant de plaisir, tant de joie, tant de bonheur lorsque je te vois. Ma douce fille, reviens vite, oui, bien vite. Si bien vite tu reviens, bien vite reviendront ma joie et mon bonheur !

Mille fois il répète ces mêmes mots, mille fois il embrasse sa fille et la prend dans ses bras et plus de mille fois il la retient alors qu'elle se prépare à monter dans le bateau. Il la retient aussi longtemps qu'il le peut, puis, quand il lui faut s'en aller, il la recommande au traître.

v. 697 et suivants. L'abréviation « .M. » doit être lue « mil ».

Ensi a fet dou leu pastour.
Pastour en a fet, sans mentir,
Se cil ne se veult repentir
De sa folie et de sa rage,
Mes il n'en a mie corage,
Ains li tarde moult et demore.
Au departir Pandïon plore
Et baise en foi le desloial
Qui pense traïson et mal.
Traïson pense, et qui qu'il griet,
La fera il si com li siet,
C'or a la force et la baillie.
Jusqu'a court terme ert malbaillie 173 a
La pucele que il en maine !
Toute est de vent la voile plaine
Et la nef ne court mie lent,
Quar vent orent a lor talent ;
S'orent tost esloignié le port
Ou Pandïon plore moult fort
Pour sa fille qu'aler en voit.
S'il em plore, moult a grant droit,
Quar ja mais ne la reverra
N'en sa terre ne renterra.

Mes de tout ce ne pense il,
Et s'est ja moult prez de peril
Et de corrous Philomena,
Quar seule menee l'en a
En une soe meson gaste
Cil qui sa desverie haste.

C'est ainsi qu'il a mis le loup à la place du berger. Oui vraiment, il a jeté sa fille dans ses griffes, à moins que l'autre ne veuille renoncer à sa folie furieuse, mais il n'en a aucune intention, bien au contraire, il s'impatiente et trouve le temps long.

Au moment de la séparation, Pandion se met à pleurer et embrasse en toute confiance le perfide qui ne pense qu'à trahir et à faire le mal. Il médite sa trahison : peu importe qui en pâtira. Il la mènera à bien, comme il lui plaît, puisqu'il en a la force et la possibilité. Dans très peu de temps la jeune fille qu'il emmène connaîtra un bien triste sort !

Le vent gonfle la voile et le bateau avance rapidement, car les vents leur sont favorables. Les voilà bientôt loin du port, où Pandion pleure lamentablement en voyant s'éloigner sa fille. Il a de bonnes raisons de pleurer : jamais il ne la reverra, jamais elle ne reviendra dans son pays. Tout cela, il ne peut l'imaginer, et pourtant Philomena est déjà au bord du danger, au bord de la douleur : Térée, pressé par sa folie, l'a conduite sans autre escorte dans une maison en ruine qu'il possédait.

La maison estoit en un bois,
— Ce conte Crestïens li gois —
Loing de vile de toutes pars,
Et loing de champs et loing d'essars,
Loing de chemins et de sentiers.
Parlant, gabant endementiers
Or d'un ou d'el, par traïson
L'en a mené en sa meson.
Et quant il sont leenz andui,
Seul entre la pucele et lui,
Que nulz ne les voit ne ne ot,
Cil qui le mal empensé ot
L'atrait vers lui par la main destre.
Cele ne set que ce puet estre
Ne ne se puet apercevoir
Que cis la vueille decevoir,
Qui doucement l'acole et baise.
C'est voirs, quant lerres voit son aise
De mal faire, puis ne li chault
Liquelz des chiez avant en ault.
En mal fere a trop douce chose
Au malfaitour qui faire l'ose,
Et s'est mout amere et sauvage
A franc home loial et sage.
Mes cis n'est bons ne frans ne douz,
Ains est mauvés, fel et estous,
Et quant sa mauvestié ne lesse,
Tout li couvient que son cuer pesse
Et face sa mauvestié toute,
Des qu'a mal fere ne redoute.

La maison — ainsi le conte Chrétien le Gois — se trouvait dans un bois éloigné de tout, de la ville, des champs, des essarts, des chemins comme des sentiers.

Tout en parlant et en plaisantant de choses et d'autres, il l'a, par traîtrise, menée dans sa maison. Puis, une fois qu'ils sont là tous les deux, seul à seule, sans personne pour les voir ou les entendre, lui, qui avait médité son crime, l'attire à lui en la prenant par la main droite. La jeune fille ne sait pas ce que cela veut dire et elle ne peut pas se rendre compte que cet homme, qui la prend tendrement dans ses bras et l'embrasse, cherche à la séduire. En vérité, quand un méchant trouve l'occasion de mal agir, peu lui importe quelles en seront les conséquences. Faire le mal procure bien trop de plaisir au malfaiteur qui s'y risque, mais pour un noble cœur, plein de loyauté et de sagesse, il n'y a là qu'amertume et férocité. Mais cet être-là n'est ni bon, ni noble, ni tendre ; il est mauvais, cruel et fou et, dès l'instant où il ne renonce pas à ses mauvais instincts, il lui faut les assouvir et aller jusqu'au bout, puisqu'il n'a nulle répugnance à mal agir.

v. 734. Selon Marie-Claire Gérard-Zai, dans « L'auteur de *Philomena* », « le surnom énigmatique de *li Gois* a suscité des interprétations diverses dont aucune ne s'impose vraiment ». On admet généralement qu'il désigne bien Chrétien, l'auteur du récit (et non l'auteur de l'*Ovide moralisé*), et on a pu y voir, entre autres, l'équivalent de « de Gouaix », village de Champagne d'où serait originaire Chrétien, la forme de l'ancien français *gois* désignant une grosse serpe de bûcheron ; ou encore une variante de *li gais* « le joyeux, le vif ». Voir, outre l'éd. De Boer, G. Sansone et H. Williams, « Crestïens li Gois », *Bulletin bibliographique de la Société internationale arthurienne*, 1958, p. 67-71.

Mes de tant fait viaux que cortois
Que s'amour li requiert ançois
Qu'il li forface nulle rien.
« Bele, fet il, or saciez bien
Que je vous aim et si vous pri
Que de moi faciez vostre ami,
Et ceste chose soit celee
Se vous volez qu'ele ait duree.
— Celee, biaux sire ? Pour quoi ?
Je vous aim bien si com je doi
Ne je ne m'en quier ja celer,
Mes se me volez apeler
D'amour qui soit contre droiture,
Taisiez vous ent, je n'en ai cure.
— Tairai ? Mes vous vous en taisiez !
Tant vous aim et tant me plaisiez
Que vueil que vous me consentez
Faire de vous mes volentez.
— Avoi, sire, or vilenez vous !
Ja Diex ne place qu'entre nous
Ceste desloiautez aviegne !
De ma serour vous resouviegne,
Qui est vostre loial espouse.
Ja ma suer n'iert de moi jalouse
Ne ja, se n'en sui parforciee,
Ne ferai riens qui li dessiee.
— Ne ferez ? — Non ! — Et je vous jur,
Quant je vous tieng ci asseür
Et mes talens faire me loist,
Ou bon vous soit ou tout vous poist,

Et pourtant, avant de la prendre de force, il fait montre d'un peu de courtoisie en la priant d'amour.

Belle, lui dit-il, je vous aime, sachez-le, et vous prie de m'accepter pour votre ami. Mais si vous voulez que cette relation dure, il faut la garder secrète.

— Secrète, cher seigneur ? Et pourquoi donc ? Je vous aime bien, comme je le dois, et je n'ai pas l'intention de m'en cacher. Mais si vous voulez exiger de moi un amour interdit, n'en parlez plus, je n'en veux pas.

— Que je n'en parle plus ? Non, vous plutôt, car je vous aime tant et vous me plaisez tant que je veux que vous acceptiez de faire tout ce dont j'ai envie.

— Eh quoi, seigneur, vous vous déshonorez ! À Dieu ne plaise que nous commettions cette trahison ! Pensez à ma sœur, votre fidèle épouse. Jamais ma sœur n'aura à être jalouse de moi et jamais je ne ferai rien qui puisse lui déplaire, si je n'y suis contrainte de vive force.

— Jamais ?

— Non !

— Alors, je vous le jure, puisque je vous tiens ici à ma merci et que je peux faire de vous ce dont j'ai envie, que cela vous plaise ou non,

v. 763-773. Nouvelle manifestation de l'ironie du narrateur : une conduite dite « courtoise » exige en effet au minimum le respect des volontés de l'autre. Quant au secret (un motif qu'illustrent entre autres le *Lai de Lanval* de Marie de France et la *Châtelaine de Vergy*), c'est l'amant qui doit l'observer pour ne pas ternir la réputation de la dame aimée. On sait là aussi comment Térée s'y prendra pour imposer le secret à la jeune fille.

Ne vous i vaudra riens desfense :
Tout ferai quan que mes cuers pense.
— Ferez ? — Oïl, sans nul respit,
Et qui que veult si m'en espit,
Car n'ai garde de nulle espie. »
Lors li fet force et cele crie, 173 c
Si se debat et se detuert,
Par poi que de paour ne muert ;
D'ire, d'angoisse et de dolour
Change plus de cent fois coulour,
Tramble, palist et si tressue,
Et dist qu'a male hore est issue
De la terre ou elle fu nee,
Quant a tel honte est demenee.
« Ha ! fet elle, fel deputaire,
Fel ennuieux, que veulz tu faire ?
Fel mauvés, fel desmesuré,
Fel traïtre, fel parjuré,
Fel cuivers, fel de pute loi,
Fel, dont ne plevis tu au roi
Que tu honor me porteroies
Et qu'a lui me rameneroies
Saine et haitie en mon païs ?
Tu li juras, et sel traïs !
Traïtres, mes peres te crut,
Qui ta traïson n'aperçut,
Pour ce que devant lui ploroies
Et pour ce que tu li juroies
Sor tous les dieux en cui tu crois.
Ou sont les dieux ? Ou est la fois ?
As les ja tu mis en oubli ?
Ou sont les lermes que je vi
Quant tu plouroies devant lui ?

il ne vous servira de rien de vous défendre : tout ce que j'ai médité dans mon cœur, je le ferai.

— *Vous le ferez vraiment ?*

— *Oui, et tout de suite. Et m'épie qui veut : je n'ai à craindre ici aucun œil indiscret !*

Aussitôt il prend la jeune fille de force alors qu'elle crie, qu'elle se débat et tente de lui échapper. Peu s'en faut qu'elle ne meure de peur. Plus de cent fois, elle change de couleur, sous l'effet de la fureur, de l'angoisse, de la douleur qu'elle ressent. Elle tremble, elle devient toute pâle, elle est baignée de sueur. C'est sous de bien funestes auspices, dit-elle, qu'elle a quitté sa terre natale pour être ainsi cruellement déshonorée.

Ah ! dit-elle, perfide ignoble, perfide plein de cruauté, que veux-tu faire ? Perfide plein de méchanceté et plein de démesure, perfide traître, sans foi ni loi, perfide infâme, qui ne respectes rien, oui, perfide que tu es, n'as-tu pas juré au roi que tu me traiterais avec honneur et que tu me ramènerais saine et sauve et joyeuse en mon pays, auprès de lui ? Tu le lui as juré et tu le trahis ! Traître, mon père a eu confiance en toi, il n'a pas soupçonné ta trahison, parce que en sa présence tu pleurais et parce que tu lui faisais des serments par tous les dieux en qui tu crois. Mais ces dieux, où sont-ils ? Où est la foi jurée ? Les as-tu déjà oubliés ? Où sont les larmes que je t'ai vu répandre devant lui ?

Ha ! lasse, pour quoi ne connui
La faintise et la traïson ?
Fel, pour quoi fais tel mesprison,
Qu'ensi forsenes et enrages ?
Repens toi, si feras que sages,
Tant comme il te loist repentir,
Sans parjurer et sans mentir ! »
Ensi la lasse, la dolente
Prie celui qu'il se repente,
Mes priere riens ne li vault,
Quar cil toute voies l'assault,
Si l'esforce tant et joustise
Que tout a force l'a conquise
Et trestout son bon en a fet.
Voir dist qui dist : « Tout jors atret
Li uns maulz l'autre et sel norrist »,
Et male norreture en ist,
Si male comme issir en doit. 173 d
Thereüs encor ne recroit,
Qu'enprez ce mal ne face pis :
Un quanivet trenchant a pris,
Et pour ce que cele ne puisse
Conter a home qu'ele truisse
Ceste honte ne cest reprouche,
Dist que la langue de la bouche
Li trenchera tout a un fes,
Si n'en sera parlé ja mes.
Cui avient une, n'avient soule :
La langue li traist de la goule,
S'en trenche prez de la meitié.
Or a il moult mal esploitié
Et de ce et de l'autre chose.
En la meson la laist enclose,
Ou cele plore et crie et brait.

Ah, malheureuse que je suis, pourquoi n'ai-je pas pressenti cette tromperie, cette trahison ? Perfide, pourquoi t'égares-tu ainsi en te laissant aller à une telle fureur, à une telle folie ? Il en est temps encore, repens-toi, tu montreras ainsi ta sagesse, sans commettre de parjure ni trahir ta foi !

C'est ainsi que la pauvre malheureuse le supplie de se repentir, mais ses prières restent vaines : l'autre ne cesse de la presser et il se livre sur elle à de telles violences qu'il finit par la prendre de force et par faire d'elle tout ce qu'il désire.

Il dit bien vrai celui qui dit : « Toujours un mal en attire un autre et s'en nourrit » et, comme il faut s'y attendre, il en sort de bien mauvais fruits. Térée en effet ne s'en tient pas là, mais commet un crime encore bien pire : il a pris un petit couteau bien affilé en déclarant que, afin que la jeune fille ne puisse aller conter à qui que ce soit cette honte et ce déshonneur, il va d'un coup lui trancher la langue dans la bouche. Ainsi son crime restera tu. Un malheur n'arrive jamais seul : il lui sort la langue de la bouche et lui en coupe presque la moitié. Quelle infamie que ce double crime ! Puis il laisse enfermée dans la maison la jeune fille qui ne cesse de pleurer, de crier, de se lamenter,

v. 840-841. Adaptation du proverbe n° 2454 de Morawski (*op. cit.*), *Ung meschief (malheur) ne viendra seul.*

v. 854-855. L'écrivain médiéval a fortement édulcoré l'horrible description du texte ovidien et a supprimé la comparaison entre la langue coupée et la queue d'un serpent mutilé.

A ses compaignons s'en revait,
Qui ceste chose bien savoient,
Mes le traïtour tant cremoient,
Qui d'eulz estoit et rois et sire,
Qu'il n'en osoient un mot dire.
Sel celerent plus pour cremour
Que il ne firent pour amour.
Mes Thereüs folie fist,
Qui aveuc Philomena mist
Pour lui garder une vilaine
Qui vivoit de sa propre paine,
Quar filer et tistre savoit,
Et une soie fille avoit,
Qu'ele aprenoit a son mestier.
Mal s'i sot Thereüs gaitier,
Quant a garder li commanda,
Et tout quan qu'el li demanda
Li fist Thereüs enseignier ;
Si li pria que d'esloignier
Sa damoisele n'eüst soing
Pour affaire ne pour besoing 174 a
Que ja eüst de riens qui soit.
Cele li jure et il l'en croit.
Atant s'en parti Thereüs,
De demorer n'ot cure plus,

Si vint en Trace sa cité.
Progné cuidoit par verité
Que aveuc lui venist sa suer.
Moult en ot grant joie en son cuer,
Mes sa joie dura petit,
Quar tout maintenant qu'ele vit
Son seignor et sa compagnie
Et de sa serour ne vit mie,

et il revient auprès de ses compagnons. Ils savaient bien ce qui s'était passé, mais ils craignaient tant ce traître qui était leur roi et leur seigneur qu'ils n'osaient absolument rien dire. Ils se turent plus par crainte que par amour.

Térée cependant commit une erreur : il plaça auprès de Philomena, pour la tenir sous bonne garde, une femme de la campagne qui vivait de son travail, car elle savait filer et tisser ; elle vivait avec sa fille à qui elle transmettait ce savoir. Térée fut bien imprudent de lui confier cette garde. Il indiqua à la femme tout ce qu'elle avait à faire, lui recommandant instamment de bien veiller à ne jamais s'éloigner de la jeune fille pour quelque raison ou quelque besoin que ce soit. Elle le lui promit et il lui fit confiance.

Térée alors s'en alla — il ne se souciait pas de demeurer plus longtemps — et vint en Thrace, dans sa cité. Procné était absolument persuadée que sa sœur arrivait avec lui. Elle en ressentait une très grande joie dans son cœur, mais cette joie dura bien peu : dès qu'elle vit son mari et ses hommes et qu'elle ne vit pas sa sœur,

v. 869. Qualifiée plus loin de *vielle* (v. 1108), puis de *mestre* (v. 1141), terme qui désigne en ancien français une femme gardant une jeune fille, la femme est d'abord désignée comme *vilaine*. Cette dénomination peut osciller, comme *vilain*, entre le sens de « paysanne » et de « personne ayant une conduite vile, opposée à l'idéal courtois ». De fait la vilaine, tout en faisant bonne garde, montrera aussi pitié et compassion pour la jeune fille et lui sera, même si c'est involontairement, un précieux adjuvant.

v. 885. Il se pourrait que l'auteur ait ici confondu la cité et l'ensemble du pays.

Qu'ele cuidoit moult conjoïr,
Ne li plot riens nulle a oïr
Ne de respondre ne li chaut
Ne « Bien veigniez », ne « Diex vous sault »,
Ains demande come esfraee,
Quant il l'orent tuit saluee :
« Ou est ma suer ? Por quoi ne vient ?
Que fet elle ? Qui la detient ?
Et pour quoi demore elle tant ?
Ou est elle remese et quant ?
Dites moi ou l'avez lessiee. »
Li fel tint la teste bessiee
Et fist samblant et contenance
D'ome qui ait duel et pesance,
Et si fist par decevement
.I. faulz souspir apertement
Pour sa mençonge faire croire.
« Dame, dist il, c'est chose voire
Que consirrer par force estuet
De ce que l'en avoir ne puet.
— Voirs est. Pour qoi l'avez vous dit ?
Ma suers ne vient mie, ce quit.
— Non voir, dame, n'est pas venue.
— Quel essoine l'a dont tenue ?
— Quel ? Dame, ja ne vous dirai. 174 b
— Pour quoi ? — Pour ce. — Et je irai
La d'outre a li, s'il ne vous poise.
— Dame, ne fetes mie noise,
Quar je vous en dirai le voir,
Puis que vous le volez savoir,
Mes ja, mon vueil, ne vous deïsse.
Voir, m'estuet que vous rejehisse,
Que que ce soit, ou biens ou maulz. »

cette sœur qu'elle s'apprêtait à accueillir avec des transports de joie, tout ce qu'elle put entendre lui fut indifférent et elle n'éprouva aucune envie de répondre ni « Soyez le bienvenu » ni « Que Dieu vous protège » ; mais, lorsque tous l'ont saluée, elle demande avec angoisse :

Où est ma sœur ? Pourquoi ne vient-elle pas ? Que fait-elle ? Qui la retient ? Pourquoi tarde-t-elle tant à venir ? Où est-elle restée et quand ? Dites-moi où vous l'avez laissée.

Le perfide garda la tête baissée, affectant l'air et la contenance d'un homme pénétré de douleur et de tristesse, et, pour dissimuler la vérité, il poussa ouvertement un soupir feint, pour mieux accréditer son mensonge.

Dame, dit-il, il est bien vrai : force est de renoncer à ce que l'on ne peut obtenir.

— Oui, sans doute. Mais pourquoi dites-vous cela ? Ma sœur ne vient pas, je suppose ?

— Non, en vérité, dame, elle n'est pas venue.

— Et qu'est-ce qui l'en a empêchée ?

— Ce qui l'en a empêchée ? Dame, je ne vous le dirai pas.

— Pourquoi ? C'est donc moi qui irai la retrouver de l'autre côté de la mer, ne vous en déplaise.

— Dame, apaisez-vous : je vais vous dire la vérité, puisque vous voulez la connaître, mais j'aurais aimé ne jamais avoir à le faire. Mais enfin, quoi qu'il en soit, bien ou mal, il faut que je vous en fasse l'aveu.

v. 917. Ici comme au v. 923, *ne* doit être lu *nel* (enclise de *ne le*).

Et lors refist un souspir faulz,
Et pour son dit miex affermer,
Commença des iex a lermer
Par barat et par renardie.
« Dame, fet il, ne sai que die,
Quar ja ne deïsse, mon vueil,
Chose dont vous eüssiez duel.
Ne cuidiez vous que moult soit grans
Li deulz pour quoi sui tant dolans,
Que pour riens qui puisse avenir
De plorer ne me puis tenir ?
Je plour pour ce que vous avrois
Moult grant duel quant vous le savrois,
Mes li celers riens ne m'i vault,
Fors que parole et cuers me fault,
Tant m'est greveuse chose a dire. »
A ce mot autre fois souspire,
Sans ce que grant duel au cuer ait.
Et quant il ot ce souspir fait,
Lors dist ce qu'il avoit em pens :
« Dame, dist il, trop vient a tens
Qui mauvese nouvele aporte.
Saciez que vostre suer est morte.
— Morte est ma suer ? Chetive, lasse !
— Voire, pour quoi plus le celasse ?
Mes atemprez vostre corage,

De nouveau, il poussa un soupir plein de fausseté, puis, pour donner plus de poids à ses paroles, il laissa couler des larmes feintes, avec une ruse digne de Renart.

Dame, reprit-il, je ne sais que vous dire, car j'aurais aimé ne pas avoir à vous dire ce qui ne peut que vous causer de la douleur. Il faut qu'elle soit bien profonde, la douleur qui m'accable — ne le pensez-vous pas ? — quand, pour rien au monde, je ne peux m'empêcher de pleurer ! Je pleure sur la douleur que vous éprouverez lorsque vous saurez la vérité. Me taire pourtant ne sert à rien, sauf que les mots et le cœur me manquent, tant c'est là une chose pénible à dire.

En disant ces mots, il soupire de nouveau, alors qu'il ne ressent pas la moindre douleur, et, après avoir soupiré, il lui dit ce qu'il avait médité.

Dame, poursuit-il, il vient toujours trop tôt celui qui apporte une mauvaise nouvelle. Votre sœur est morte, sachez-le.

— Morte, ma sœur ? Hélas, infortunée !

— Oui, morte. Je ne sais pourquoi je le tairais plus longtemps. Mais modérez vos sentiments.

v. 929. On notera l'emploi de *renardie*, terme bien entendu formé sur Renart, le maître de la ruse et du *barat*, de la « tromperie », qui suppose donc la connaissance, sous une forme ou sous une autre, du *Roman de Renart,* dont on date la première « branche » de 1170 environ. L'emploi de ce terme signale donc, comme le note déjà E. Hoepffner (*op. cit.*, p. 23-24), l'intervention d'un remanieur.

v. 946-947. Adaptation du proverbe n° 168 de Morawski : *Trop tost vient qui male nouvele aporte.*

v. 949. *Chetive, lasse* peuvent aussi bien qualifier Procné, que Philomena, que les deux sœurs.

Qu'en ne se doit de son damage
Trop garmenter ne trop doloir.
Mors fet de chascun son voloir,
Que nulz bons ne maulz n'en estort.
Cest don devons tout a la mort ;
Ce nous convendra touz paier,
Ja ne savrons tant delaier.
Et des que tele est l'aventure,
Que Mors a prise sa droiture
Que vostre suer li devoit rendre,
N'en vueilliez trop grant duel emprendre, 174 c
Mes souffrez sans trop grant corrous
Ce que souffrir couvendra tous. »
Ensi cuidoit meller le miel
Li fel tirans aveuc le fiel
Dont il li avoit ou cuer mise
L'amertume par sa faintise,
Et de rassouhagier se paine
L'ire et le duel que cele maine ;
Mes tant ne la set enorter
Qu'il la puisse reconforter,
Quar par un poi n'esrage vive.
Lors se claime lasse et chetive
Et s'a tel duel ne set que face.
Or trait ses crins et fiert sa face,
Or plore, or crie et or se pasme,
Les dieux maudist et la mort blasme.
« Mort, fet elle, trop mespreïs,
Quant tu ma serour oceïs,
Et mout t'en doit haïr Nature
Quant la plus bele creature
Qu'ele onques feïst as ocise.
Mors, moult feroies grant franchise

On ne doit pas trop se lamenter sur les pertes que l'on subit ni en éprouver trop de peine. La mort fait de chacun de nous ce qui lui plaît : bon ou mauvais, aucun n'en réchappe. C'est là le don que nous devons tous faire à la mort, ce qu'il nous faudra tous payer, sans pouvoir indéfiniment repousser le délai. Puisque c'est arrivé, puisque la mort a pris ce qui lui revenait, ce dont votre sœur devait s'acquitter, ne vous laissez pas aller, je vous en prie, à une trop grande douleur, mais supportez sans trop vous affliger ce qu'il nous faudra tous supporter.

Le cruel plein de perfidie s'imaginait ainsi mélanger le miel avec le fiel dont, dans sa traîtrise, il lui avait mis au cœur l'amertume et il tente de calmer la douleur et la peine qu'elle manifeste. Mais il a beau l'y exhorter, il ne peut parvenir à la réconforter : peu s'en faut qu'elle ne devienne folle. Elle se traite alors de malheureuse, d'infortunée, et sa douleur est telle qu'elle ne sait que faire. Tantôt elle s'arrache les cheveux, tantôt elle se frappe le visage, tantôt elle pleure, tantôt elle pousse des cris et puis se pâme, elle maudit les dieux et invective la mort.

Mort, dit-elle, tu as trop mal agi en tuant ma sœur et Nature a bien des raisons de te haïr, toi qui as tué la plus belle créature qu'elle ait jamais faite ! Mort, tu montrerais toute ta noblesse

Se tu avuec lui me metoies.
Mors, qu'atens tu que tu n'envoies
M'ame aveuc la soie deduire ?
Mors, moult me tarde que je muire,
Quar je ne quier ja mais plus vivre.
Mors, quar vien ! Se tu ez delivre,
Si me secour a ce besoing !
Mors, pour quoi ez de moi si loing
Que tu ne m'os ne ne m'entens ?
Mors, se je vivoie .C. ans,
Ne finera ja mais mes deulz.
Mors, s'a moi racorder te vieulz,
Dont fai ce que je te commant.
Tout jors mais en remembrement
D'ire, d'angoisse et de dolour,
Avrai drap de noire couleur,
Et par raison avoir le doi,
Qu'il est escript en notre loi
Que noire vesteüre port
D'ire et d'angoisse et de mort. »
Lors commande aporter les dras.
L'en li aporte ilnelepas,
Et el les vest et dist et jure 174 d
Qu'el n'avra ja mais vesteüre
Qui teulz ne soit ou pire encor.
Puis li amena l'en un tor
Pour fere sacrefice aus diex.
Le sans en a mis en un viex,
C'onques goute n'en cheï fors.

si tu me prenais avec elle ! Mort, qu'attends-tu ? Pourquoi n'envoies-tu pas mon âme se divertir avec la sienne ? Mort, je suis impatiente de mourir, car je n'ai aucune envie de vivre plus longtemps ! Mort, viens donc et achève ton œuvre, secours-moi dans cette détresse ! Mort, pourquoi te tiens-tu si loin de moi, sans m'entendre, sans me prêter attention ? Mort, dussé-je vivre cent ans, ma douleur ne connaîtra pas de fin. Mort, si tu veux faire la paix avec moi, fais ce que je t'ordonne ! Désormais, comme signe de mon affliction, de mon angoisse, de ma douleur, je porterai des vêtements de couleur noire et il est juste que je le fasse, car il est écrit dans nos lois que doit s'habiller de noir celui qui éprouve la souffrance, l'angoisse, la mort.

Elle donne alors l'ordre — et elle est aussitôt obéie — d'apporter ces vêtements, puis, s'en revêtant, elle dit et jure qu'elle n'en portera plus jamais d'autres ou de pires encore. On lui présente alors un taureau pour faire un sacrifice aux dieux. Elle en a recueilli le sang dans un vase sans qu'aucune goutte n'en soit tombée à terre.

v. 1004. L'édition De Boer donne pour ce vers *Qui ire et angoisse a de mort*, correction que l'on pourrait à la rigueur introduire.

v. 1010-1056. Cette description détaillée d'un sacrifice païen contraste déjà avec la sobriété du texte d'Ovide. Une description de ce type est d'autre part très rare dans un texte médiéval. On la rapprochera cependant, à la suite d'E. Hoepffner (p. 39-41), d'un passage du *Brut* (éd. Arnold, v. 633 et suivants), la description du sacrifice que le héros offre à Diane, mais aussi de la description du pseudo-sacrifice de Sinon aux v. 1037-1044 de l'*Énéas*. Voir aussi Aimé Petit, *L'Anachronisme dans les romans antiques du* XII*e siècle*, Université de Lille III, 1985, p. 235-236.

Quant sacrifïez fu li tors,
.I. feu commande fere ou temple,
Que tel coustume et tel exemple
Pour lor ancessours maintenoient,
Quar a Pluto sacrefïoient.
Pluto iert sires des dÿables,
De tous li plus espoentables,
Li plus hideus et li plus lais.
Li feuz fu alumez et fais
Si tost comme el l'ot commandé.
Devant l'autier a icel dé,
Et pour fere greignor fumee,
Si com chose ert acoustumee,
Fu li tors aportez au feu.
Lors fist aus diex promesse et veu
De faire sacrefice autel
Chascun an devant son autel,
Pour ce que l'ame sa serour
Gardast en enfer a honeur
Et a delit et a repos.
Quant tout fu ars, et char et os,
Que nulle riens n'i ot remese
Que tout ne fust ou cendre ou brese,
Puis espandi dessus le sanc.
Aprés mist tout en .I. pot blanc
Au plus netement qu'ele pot,
Puis a mis en terre le pot
Souz un sarcus de marbre bis.
Quant li sarcus fu dessus mis,
A l'un des chiez fist asseoir

Le taureau une fois sacrifié, elle ordonne d'allumer un bûcher dans le temple, car les gens de ce temps se transmettaient de telles coutumes et de tels rites et offraient des sacrifices à Pluton. Pluton était le maître des démons, le plus horrible, le plus hideux de tous et le plus laid. Dès qu'elle en eut donné l'ordre, le bûcher fut dressé et allumé devant l'autel de ce dieu et, pour que la fumée fût plus épaisse, on y plaça le corps du taureau ; telle était alors la coutume. La jeune femme promit ensuite au dieu et lui fit vœu de renouveler chaque année ce sacrifice devant son autel pour que, dans les enfers, il honore l'âme de sa sœur et lui donne la joie et la paix. Quand tout fut consumé, la chair, les os, et qu'il ne resta plus rien que cendre et braise, elle répandit le sang du taureau sur le bûcher. Ensuite, elle recueillit le tout dans un vase blanc, le plus proprement qu'elle put, puis elle enterra le vase sous une dalle de marbre foncé. La dalle une fois posée, elle fit placer à l'une des extrémités

v. 1017. Il faut sans doute comprendre que les hommes de ce temps agissaient ainsi pour maintenir les coutumes établies par leurs ancêtres.

v. 1019. L'assimilation des divinités païennes aux diables de la religion chrétienne est un trait qui apparaît également dans le *Brut* et dans les romans antiques (*Thèbes* et *Énéas* surtout) et qui pourrait être un écho de la pensée de saint Augustin pour qui les dieux païens sont en fait des démons (voir par exemple *Cité de Dieu,* L. IV, XXVII). Voir également les v. 1043-1048.

v. 1028-1033. Écho, ici et aux v. 1057-1061, de la croyance païenne selon laquelle seules les âmes de ceux qui ont reçu une sépulture peuvent accéder aux enfers. Voir *Énéide,* chant VI et *Énéas*, v. 2455-2468.

v. 1041. Dans le système médiéval de la couleur, *bis* désigne en fait le gris foncé. Voir *Pyrame et Thisbé*, v. 202.

Une ymage laide a veoir,
Qui faite fu a la samblance
De celui qui a la poissance
Des ames qui en enfer ardent
Et des dÿables qui les gardent.
Puis fist escrire en son langage,
Sor le sarcus devant l'image,
Si que moult bien le pot l'en lire :
« Dieux qui d'enfer ez rois et sires, 175 a
Pluto, de l'ame aies merci
De cele pour qui je fais ci
Ce sacrefice et ce servise,
En quel que leu que li cors gise. »
Ensi o grant devoçïon
Metoit toute s'entençïon
Progné au sacrefice faire
Pour l'ame sa serour soustraire
De la ou elle n'estoit mie,
Ençois vivoit et de sa vie
Li pesoit moult et chascun jor
Li renouveloit sa dolour
Li traïtres, li vilz maufés,
Qui de s'amour iert eschaufez.
Et merveilles li desplesoit
Qu'a force tous ses bons fesoit
De lui cil qu'il l'avoit traïe.
Moult eüst grant mestier d'aÿe
Et moult vausist, s'ele peüst,
Que sa suer son estat seüst ;
Mes ne set engin porpenser
Par quoi el li puisse mander,
Quar n'a message qui y aut
Et la parole li defaut,

une statue très horrible à voir : elle était faite à l'image de celui qui a tout pouvoir sur les âmes qui brûlent en enfer et sur les démons qui les gardent. Puis, sur la dalle, devant la statue, de sorte qu'on pouvait bien le lire, elle fit graver ceci dans sa langue :

Dieu qui es le roi et le seigneur de l'enfer, Pluton, aie pitié de l'âme de celle pour qui j'accomplis ici ce sacrifice et ce rituel, quel que soit le lieu où repose son corps.

C'est ainsi que Procné, dans sa grande piété, mettait tous ses soins à faire ce sacrifice pour tirer l'âme de sa sœur de là où elle n'était pas… Celle-ci en effet était encore vivante, mais cette vie lui était très pénible : chaque jour ses souffrances étaient ravivées par le traître, par l'ignoble démon qui brûlait d'amour pour elle et sa douleur était extrême de devoir se plier de force au désir de celui qui l'avait trahie. Elle aurait eu grand besoin d'aide et elle aurait bien voulu, si elle avait su comment faire, que sa sœur apprît dans quelle situation elle était. Mais elle n'arrive pas à inventer une ruse pour le lui faire savoir : elle n'a pas de messager qu'elle puisse envoyer et elle est privée de la parole ;

v. 1044. Dans la langue médiévale, *ymage* désigne aussi bien une peinture qu'une statue, ce dernier sens s'imposant ici.

Que s'el bien avoit le message,
Ne porroit elle son corage
Monstrer ne dire en nulle guise.
D'autre part rest en tel joustise
Qu'el n'a congié ne loisir
De fors de la maison issir.
— Comment ? Por quoi ? Qui la retarde ?
— Qui ? La vilaine qui la garde,
Cui Thereüs l'ot commandee.
.M. fois se fust de lui emblee
S'ele peüst, mes ne li lut.
Ensi moult longuement estut
Tant qu'en la fin se pourpensa,
Si com besoins li enseigna,
Qu'en la meson avoit filé,
Que tout en avoient filé
Entre la viellete et sa fille,
Ne ne li failloit nulle oeustille
A faire une cortine ouvree.
Si s'est de tel chose apensee
Pour qu'ele cuide estre seüre 175 b
Que toute sa mesaventure
Iert sa serour magnifestee.
Ou pensé n'est plus arrestee :
Ilnelement veult faire s'oeuvre.
A une huce vient, si l'oeuvre,

même si elle disposait d'un messager, elle n'aurait aucun moyen d'exposer et de dire sa pensée. D'autre part, elle est si étroitement gardée qu'elle n'a ni la permission ni la possibilité de sortir de la maison. — Comment ? Pourquoi ? Qui l'en empêche ? — Qui ? La paysanne qui la garde, à qui Térée l'a confiée. Mille fois elle lui aurait faussé compagnie si elle l'avait pu, mais elle n'en eut pas l'occasion.

Elle resta longtemps dans cet état jusqu'au moment où elle s'avisa — à l'école de la nécessité — qu'il y avait des écheveaux de fil dans la maison car la vieille et sa fille avaient beaucoup filé, et qu'il ne lui manquait rien de ce qu'il fallait pour confectionner une tapisserie. Elle a alors imaginé un moyen grâce auquel — elle en est sûre — sa cruelle aventure sera mise sous les yeux de sa sœur. Elle n'en resta pas plus longtemps au projet : ce qu'elle veut, c'est exécuter au plus vite son ouvrage. Elle va à un coffre et l'ouvre :

v. 1091-1133. Le « métier » de la vieille est de filer et de tisser (v. 871). Elle a donc chez elle du fil *filé* et mis en écheveau (v. 1104) et des *fusees*, terme vieilli en français moderne, qui désigne la quantité de fil enroulé sur le fuseau d'une fileuse. C'est avec ces fils de différentes couleurs (v. 1114-1115) que Philomena va tisser (et non broder) une *cortine*, c'est-à-dire une tapisserie (comme chez Ovide). Elle lie ainsi de manière indissoluble la chaîne et la trame de son histoire, l'écrit/l'inscrit dans une progression qui mime celle du texte en commençant par un « prologue » (mais nous n'avons pas le prologue de *Crestïens*) qui donne le nom de son auteur. À la différence du texte cependant, la représentation imagée, véritable bande dessinée, ne peut aller au-delà de la mutilation de la langue. La suite et la fin du récit appartiennent au narrateur.

v. 1094. La graphie du manuscrit *oeustille* masque la forme plus usuelle *ostille*, « équipement, choses nécessaires ».

Ou la vilaine avoit posees
Ses escheviaux et ses fusees.
El les prent et si les deswide
Et commence par grant estuide
S'oeuvre tele comme il li sist.
La vielle ne li contredist,
Mes moult volentiers li aida
Et tout quan que elle cuida
Que a tel oeuvre convenist
Pourchacier et querre li fist.
Trestout li quist son apareil,
Tant que fil inde et fil vermeil
Et jaune et vert a plenté ot,
Mes el ne connut ne ne sot
Riens de quan que cele tissoit;
Mes l'oeuvre li abelissoit,
Qui moult estoit a faire griez,
Quar tissu ot a l'un des chiez
Que Philomena l'avoit faite.
Emprez i fu la nef pourtraite
Ou Thereüs la mer passa,
Quant querre a Athenes l'ala,
Et puis comment il se contint
En Athienes quant il i vint,
Et comment il l'en amena,
Et puis comment il l'enforça,
Et comment il l'avoit lessiee
Quant la langue li ot trenchiee.
Tout ot escript en la cortine,
Et la meson et la gaudine
Ou elle estoit emprisonee.
Quant elle ot s'ouvraigne finee,
Tel comme elle la sot ouvrer,

c'était là que la paysanne avait posé ses écheveaux et ses fusées. Elle les prend, les dévide et commence son ouvrage de manière très méditée, comme il lui convient. La vieille ne s'y opposa pas, mais elle l'aida bien volontiers : tout ce qui lui parut nécessaire pour mener à bien cette œuvre, elle le lui fit chercher et apporter. Elle réunit tout le matériel nécessaire, si bien que la jeune fille eut du fil à foison, du violet, du vermeil, du jaune, du vert. La vieille cependant ne vit rien et ne sut rien de ce que la jeune femme tissait, mais cet ouvrage lui plaisait beaucoup, un ouvrage qui était d'une exécution très difficile. Était en effet tissé à l'une des extrémités que Philomena en était l'auteur. Après était représenté le bateau avec lequel Térée traversa la mer, lorsqu'il vint la chercher à Athènes, puis comment il se comporta, une fois à Athènes, et comment il l'en emmena; puis comment il la prit de force et dans quel état il l'avait laissée, après lui avoir coupé la langue. Elle avait tout tissé dans la tapisserie, y compris la maison et le bois où elle était emprisonnée.

Lorsqu'elle eut terminé son ouvrage aussi bien qu'elle sut le faire,

v. 1118. On peut comprendre que la vieille, qui n'a pas vu le dessin de la tapisserie, se réjouit que la jeune fille soit sortie de sa prostration.

S'el peüst home recouvrer
Qui a sa serour l'aportast,
Durement la reconfortast
De son deul et de son anui ;
Mes el ne set mie par qui
Se sa mestre n'enprent la voie
Ou se sa fille n'i envoie, 175 c
Quar laiens n'avoit que les trois.
Philomena i fu .VI. mois,
Qu'ele onques ne s'en pot mouvoir,
Tant que de tout son estouvoir
Fist nouviax signes et trouva
Et certainement esprouva
Que sa mestre tout entendoit
Quan qu'ele onques li demandoit,
Ne ja ne li fust contredite
Nulle chose grant ne petite
Fors l'issue de la meson.
De tant avoit elle raison,
Car li rois li ot desfendu.
Tant a sousfert et atendu
Qu'or cuide bien de sa prison
Trouver secours et garison.
.I. jour estoit a la fenestre
De la meson lui et sa mestre,
Ne a fenestre ne a huis
N'avoit elle esté onques puis
Que Thereüs l'ot laiens mise,
Qui a grant tort l'avoit malmise.
La ou elle s'iert apoïe
A la fenestre un petit lie,
Entre les bois et la riviere
Vit la cité ou sa suers iere ;

si elle avait pu trouver quelqu'un pour l'apporter à sa sœur, elle y aurait puisé un grand réconfort à sa douleur et à sa peine. Mais elle ne voit pas qui pourrait s'en charger si celle qui la garde n'y va pas elle-même ou n'y envoie sa fille, car dans la maison il n'y avait qu'elles trois. Philomena passa ainsi six mois sans pouvoir s'échapper, si bien que, poussée par la nécessité, elle fit et inventa des signes nouveaux et, les mettant à l'essai, elle se rendit compte que sa geôlière comprenait tout ce qu'elle pouvait lui demander et que rien d'important ou non ne lui serait jamais refusé, sauf de sortir de la maison. La vieille avait de bonnes raisons à cela, car le roi le lui avait interdit. La jeune fille a supporté tant de choses, elle a tant patienté qu'elle croit bien trouver un moyen d'échapper à sa prison.

Un jour, elle était à la fenêtre de la maison avec celle qui la gardait. Jamais depuis que Térée, cet homme qui l'avait si injustement tourmentée, l'avait mise dans cette maison, elle ne s'était approchée d'une fenêtre ou d'une porte. Comme elle s'était appuyée à la fenêtre avec un petit sentiment de joie, elle vit entre les bois et la rivière la cité où vivait sa sœur.

v. 1146-1150. L'invention de ce langage pour muets est due à l'auteur médiéval. Ovide indique simplement que *l'ouvrage achevé, elle le confie à une femme et lui demande par gestes de le porter à sa maîtresse.*

Si commence a plorer moult fort
Si com cele qui reconfort
Ne pooit de son duel avoir.
Se sa mestre peüst savoir
Chose qui la reconfortast,
Moult volentiers l'en conseillast,
Quar moult grant pitié l'en prenoit
Dou grant duel qu'ele demenoit,
Ne ja nulle riens ne vausist,
Ne mes que de laiens n'issist,
Que maintenant ne li fust quise
A fere toute sa devise.
Quant ot Philomena veü
Mainte fois et aperceü
Qu'el li fesoit tout son plesir
Et voit son leu et son lesir,
La cortine qu'ele ot tissue
Prist, puis est arriere venue
La ou sa mestre l'atendoit, 175 d
Qui tous ses signes entendoit,
Que ja n'i mespreïst de rien,
Ains l'entendoit prez d'ausi bien
Com s'ele li deïst de bouche.
Philomena vient, si la touche,
Si fet signe que elle envoit
A cele cité que la voit
Par sa fille cele cortine,
Si la present a la roïne.
Cele entent sa volenté toute,
Mes nulle chose ne redoute
A fere ce qu'ele commande,
Ne ne set pour quoi plus atande,

Elle se mit alors à pleurer lamentablement, elle qui ne pouvait espérer aucun soulagement à sa douleur. Or, si sa gardienne avait pu trouver quelque chose capable de la réconforter, c'est bien volontiers qu'elle le lui aurait procuré, tant elle était pleine de pitié à la voir ainsi se lamenter. Quoi que ce soit que la jeune femme eût voulu, sauf sortir de la maison, elle serait tout aussitôt allée le lui chercher selon son désir.

Quand Philomena se fut à plusieurs reprises rendu compte que la vieille faisait tout ce qu'elle voulait, et dès qu'elle en vit l'occasion et la possibilité, elle prit la tapisserie qu'elle avait tissée, puis revint là où l'attendait sa gardienne, qui comprenait tous ses signes. Jamais elle ne se trompait, mais elle la comprenait presque aussi bien que si la jeune fille lui avait parlé de vive voix. Philomena s'approche, la touche, et lui demande par signes qu'elle envoie sa fille à cette cité qu'elle voit là pour y porter cette tapisserie et la présenter à la reine.

La vieille comprend bien ce que veut Philomena, mais elle n'a aucune crainte à faire ce qu'elle lui demande et elle ne voit pas pourquoi elle tarderait à le faire.

v. 1196. Nous avons gardé «présenter». Il s'agit en effet non seulement d'offrir la tapisserie à Procné (sens courant du verbe «présenter» en ancien français), mais aussi de la lui mettre sous les yeux.

Quar el n'i entent se bien non,
Ains cuide que pour guerredon
Et pour esperance d'avoir
C'on doie de tele oeuvre avoir
Vueille qu'el li soit presentee.
S'est bien dou fere entalentee
Tout quan que Philomena velt,
Qui ore a moult mains qu'el ne selt
D'ire, d'angoisse et de pesance,
Qu'ele a seviaux grant esperance
Que quant sa suer savra l'afaire
Fors de laiens la vandra traire,
Nel ne veult plus en respit metre,
Quar folie est, ce dist la letre,
De son afaire respitier
Puis c'on en puet bien esploitier.
Mes de ce s'est el bien gardee
Qu'el n'a pas la chose tardee
Puis qu'ele en pot venir a chief.
Sa mestre ne fu mie grief,
Quar n'i cuide avoir nul damage.
« Fille, fet ele, or soiez sage.
Ceste besoingne forniras :
A la roïne porteras
La cortine et si li presente.
Dou revenir ne soies lente,
Va tost et vien sans demorer. »
Lors primes lesse le plorer
Philomena, si se conforte
Quant cele la cortine emporte,
Quar par tans cuide avoir secours.
Cele s'en va plus que le cours, 176 a
C'onques ne cesse ne ne fine
Jusqu'ele vint a la roïne,

Elle n'y trouve en effet qu'avantage, car, pense-t-elle, si la jeune fille veut présenter son œuvre à la reine, c'est parce qu'elle compte en obtenir la récompense et l'argent que mérite pareil ouvrage. La vieille s'ingénie donc à faire de son mieux pour satisfaire Philomena qui, désormais, ressent moins d'affliction, d'angoisse et de souffrance. Elle a du moins le grand espoir que, lorsque sa sœur saura ce qui s'est passé, elle viendra la sortir de sa prison. Et elle ne veut pas tarder davantage, car c'est folie, nous dit l'écrit, de remettre à plus tard ce que l'on a à faire lorsqu'on peut en venir à bout. Elle, elle s'en est bien gardée : dès qu'elle a pu mener à bien son affaire, elle n'a pas hésité longtemps. Quant à sa gardienne, elle n'en a pas été ennuyée, car elle ne pense pas que cela puisse lui causer du tort.

Ma fille, dit-elle, montre de quoi tu es capable. Voici ce que tu vas faire : tu porteras cette tapisserie à la reine et tu la lui présenteras. Dépêche-toi ensuite de revenir. Va vite et reviens sans t'attarder.

Alors, pour la première fois, Philomena cesse de pleurer et se réconforte en voyant la jeune fille emporter la tapisserie, persuadée qu'elle est qu'elle sera bientôt secourue. L'autre s'en va très vite et ne s'arrête pas avant d'arriver jusqu'à la reine

v. 1214-1216. Adaptation du proverbe n° 2026 du recueil de Morawski : *Qui ne fait quand il peut, ne fait quand il veut.*

Si li a la cortine offerte,
Et la roïne l'a ouverte,
Si la regarde et connut l'oeuvre,
Mes son penser pas ne descueuvre,
Que ne veult faire cri ne noise,
Ains commande qu'ele s'en voise.
Cele s'en vait et ceste emprez,
Ne de trop loing ne de trop prez,
Si c'onques n'en pert la veüe.
Cele ne s'est aperceüe
Jusqu'ariere fu retornee.
Et Progné comme forsenee
Vient a l'uis, sel treuve pellé.
N'a mot dit ne n'a apelé,
Ains fiert dou pié quan qu'ele puet,
Et la vilaine ne se muet,
Ançois se taist et fet le sourt.
Philomena s'escrie et court
Pour l'uis a sa serour ouvrir.
La vilaine la court tenir,
Qui de paour tramble trestoute,
Et Progné fiert et hurte et boute
Tant que l'uis desconfit et brise.
La vilaine se sent sorprise,
Si s'en fuit, qu'atendre ne l'ose,
En une chambre s'est enclose.

Et Progné vint comme dervee
Quant delivre trouva l'entree,
Si crie en hault a grant vertu :
« Philomena, suer, ou es tu ?
Je sui ta suer, ne doutez pas ! »

à qui elle offre la tapisserie. La reine l'a dépliée, elle l'examine, elle comprend ce qu'elle représente, mais elle n'en laisse rien paraître : elle s'interdit cris et manifestations bruyantes, mais elle ordonne à la jeune fille de repartir. Ainsi fait-elle, et la reine la suit, ni de trop près ni de trop loin, mais sans jamais la perdre de vue. La jeune fille est revenue jusqu'à la maison sans s'être aperçue de quoi que ce soit. Procné, ivre de fureur, arrive à la porte et la trouve close. Elle n'a pas dit un mot, elle n'a pas appelé, mais elle martèle la porte à coups de pied. La paysanne, elle, ne bouge pas, elle se tait, elle fait la sourde. Philomena alors pousse de grands cris et accourt ouvrir la porte à sa sœur. La paysanne, toute tremblante de peur, s'efforce de la retenir, mais Procné frappe et martèle de coups cette porte jusqu'au moment où elle cède et se brise. Prise au dépourvu, la vieille s'enfuit sans oser l'attendre et s'enferme dans une chambre.

Quand elle voit que le passage est libre, Procné se précipite à l'intérieur comme une folle en criant de toutes ses forces :

Philomena, ma sœur, où es-tu ? C'est moi, ta sœur, ne crains rien !

Philomena plus que le pas
En vient encontre lui plorant
Et Progné la baise en corant,
Qui par un poi n'ist de son sens. 176 b
« Suer, dist elle, venez vous ent,
Quar trop avez ci sejorné.
Tant mar veïstes ajorné
Le jour que li fel m'espousa,
Qui si afolee vous a
Qu'or ne poez a moi parler !
De ci vous en couvient aler,
Quar trop y avez arresté. »
Atant s'en vont vers la cité,
Lor duel fesant endementiers.
Ne tienent voie ne sentiers,
Et Progné coiement l'en maine
Jusqu'en une chambre soutaine
Pour faire lor duel coiement :
N'i ot qu'eles .II. seulement.
Et Progné pleure et se demente.
« Suer, fet elle, moult sui dolente
Quant si afolee vous truis
Ne vengier ne vous sai ne puis
Dou felon qui ce vous a fait.
Diex doinst que tel loier en ait
Comme a sa felonie avient ! »
Atant son fil devant lui vient,
Qui biaux estoit a desmesure ;
Si l'amena mesaventure,
Qu'il li estoit a avenir.
La mere voit son fil venir
Et dist em bas une merveille,
Si com dÿables li conseille :

Philomena alors accourt vers elle tout en pleurs et Procné l'embrasse dans un même élan. Peu s'en faut qu'elle n'en perde la raison.

Ma sœur, lui dit-elle, venez. Voilà bien trop longtemps que vous êtes ici ! C'est pour votre malheur que vous avez vu se lever le jour où ce perfide m'a épousée, lui qui vous a ainsi mutilée que vous ne pouvez me parler. Il vous faut partir d'ici, vous y êtes restée trop longtemps.

Elles s'acheminent alors vers la cité tout en continuant à se lamenter et en évitant le grand chemin et les sentiers. Procné conduit discrètement sa sœur dans une chambre à l'écart où elles peuvent tout aussi discrètement se plaindre : il n'y avait là qu'elles deux. Et Procné pleure et se lamente :

Ma sœur, dit-elle, comme je suis malheureuse de vous voir ainsi mutilée et sans savoir comment je pourrai vous venger du perfide qui vous a infligé ce supplice. Dieu veuille qu'il reçoive un salaire digne de son crime !

C'est alors que vient auprès d'elle son fils, un enfant d'une extrême beauté. Vraiment, c'est la mauvaise fortune qui le menaçait qui l'amena alors. La mère, voyant son enfant approcher, prononce à voix basse des paroles inouïes, telles que les lui dicte le diable.

« Ha ! fet elle, chose samblable
Au traïtour, au vil dÿable,
Morir t'estuet de mort amere
Pour la felonie ton pere.
Sa felonie comperras,
Pour son forfait a tort morras,
Qui ne l'as mie deservi,
Fors seulement c'onques ne vi
Ne Diex ne fist, mon escïant,
Chose a autre miex resamblant,
Et pour ce te vueil decoler. »
Li enfes la court acoler,
Qui de tout ce n'ot rien oÿ.
Tant la baisa et conjoÿ
Que Progné se dut estre ostee
Dou penser ou elle iert entree, 176 c
Si com requiert Drois et Nature
De toute humaine creature,
Et si com Pitiez le desfent,
Que mere ne doit son enfent
Ne ocire ne desmembrer.
Mes quant li prist a remembrer
Dou traïtour, dou parjuré,
N'a pas l'enfant asseüré,
Ains dist que, comment qu'il en chiee,
Il avra la teste trenchiee,
S'en donra son pere a mengier :
Ensi puet sa serour vengier
Dou felon qui l'a afolee.
Si com la tenoit acolee
Li petis enfes par chierté,
Par dÿablie et par fierté
Que dÿables li amoneste,

Ah ! dit-elle, toi qui ressembles à ce traître, à cet ignoble démon, c'est toi qui dois mourir d'une mort amère pour la perfidie de ton père. Tu vas payer sa perfidie. Tu vas mourir à cause de son crime, et injustement, car tu ne l'as pas mérité. Ton seul tort est que je n'ai jamais vu, me semble-t-il, et Dieu n'a jamais créé deux êtres aussi ressemblants. Et c'est pourquoi je veux te couper la tête.

L'enfant, qui n'a rien entendu de ce qu'elle vient de dire, se jette à son cou. Il l'embrasse tant et lui témoigne tant d'affection que Procné aurait dû alors renoncer à son dessein, un dessein auquel s'opposent aussi bien la justice que les sentiments naturels propres à tout être humain et qu'interdit la pitié : une mère ne doit pas tuer ni dépecer son enfant. Mais quand elle se remémore la conduite du traître, du parjure, loin de rassurer l'enfant, elle déclare que, quoi qu'il advienne, il aura la tête tranchée et qu'elle le donnera à manger à son père. Ainsi peut-elle venger sa sœur du perfide qui l'a mutilée.

Tandis que l'enfant la tenait tendrement embrassée, poussée par le diable à commettre cet acte d'une cruauté vraiment diabolique,

A a l'enfant coupé la teste,
Si l'a Philomena baillie,
Si ont la char apareillie
Entr'eles .II. moult bien et tost.
Partie en mistrent cuire en rost
Et en essiau l'autre partie.
Quant la char fu cuite et rostie,
Si fu de mengier temps et hore.
Progné targe moult et demore
Que toute ait sa volenté faite.
Au roi, qui de riens ne se gaite,
Vient, si li prie et le semont
Que de la riens en tout le mont
Qu'ele cuide que il plus aint
Viengne mengier et si n'amaint
Ne compaignon ni escuier,
Mes que lui ne doive anuier,
Quar ja n'i avra que eulz .II. :
El iert seule et il iert seulz
Et elle dou tout servira.
Celui respont qu'il i ira
Mes que ses filz Ithis i iert ;
Ja plus compaignie n'i quiert
Fors que lui et li et son fil.
« Par foi, voirement i iert il,
Fet Progné, je le vous otroi.
Seulement i serons tuit troi,
Que plus ne mains n'en i avra, 176 d
Ne, mon vueil, ja nus ne savra
Quele part nous serons torné.
Venez ent, tout est atorné
Et bien apareillié, ce cuit,
Que vous mengerois a deduit. »

elle lui a coupé la tête et l'a donnée à Philomena. Ensuite, très rapidement, elles ont à elles deux soigneusement apprêté la chair. Elles en ont rôti une partie et fait bouillir l'autre. Quand la chair fut bien cuite et bien rôtie, ce fut l'heure de manger. Procné a grande hâte d'accomplir jusqu'au bout son dessein. Elle vient trouver le roi, qui ne se doute de rien, et elle l'invite avec insistance à venir manger la chose au monde que, lui semble-t-il, il aime pardessus tout. Qu'il n'amène cependant avec lui ni compagnon ni écuyer, si cela ne l'ennuie pas, car il n'y aura qu'eux deux à ce repas : elle y sera seule, lui aussi, et c'est elle qui fera tout le service. Térée répond qu'il viendra, mais à condition que son fils Ithis soit présent ; il ne désire pas avoir d'autre convive avec lui qu'elle et son fils.

Oui assurément, il y sera, répond Procné, j'y consens. Nous ne serons que nous trois, personne d'autre ne sera présent et je désire que personne ne sache où nous serons allés. Venez. Est prêt, et bien prêt, ce que vous mangerez, je crois, avec plaisir.

Ensi l'en dist cele le voir,
Mes cil ne puet apercevoir
De quel mengier elle li prie.
Ne cuidiez pas qu'ele li die
Que son fil a mengier li doigne !
De l'aler plus ne se proloigne,
Quar ne cuide que riens li griet.
Progné l'en maine et si l'asiet
Moult plaisaument et a grant aise
Pour ce que li mengiers li plaise.
Cil prent moult en gré son servise.
Cele li a la table mise
Et la nape fu bele et blanche.
D'Ithis li aporte une hanche,
Et cil taille et menjue et boit
Et demande ce que il voit.

« Dame, dist il, ou est Ithis ?
Ja m'avïez vous couvent mis
Que il seroit ci aveuc nous.
— Sire, tous en serois saoulz,
Fait Progné, n'aiez tel besoing.
Ithis n'est mie de ci loing.
S'il n'i est ore, il i sera,
Que gaires ne demorera. »
Lors l'en vait aporter un haste
Et cil toute voies la haste,
Que qu'il menjue et que qu'il taille,
Que son fil amener li aille.
« Dame, fet il, mal me tenez
Couvent quant Ithis n'amenez
Et moult me poise qu'il ne vient.
Aler querre le me couvient, 177 a

Elle lui dit ainsi la vérité, mais lui ne peut comprendre à quel repas elle le convie. Elle ne va pas lui dire, vous pensez bien, qu'elle va lui donner son fils à manger ! Térée, loin de redouter quoi que ce soit, ne tarde pas davantage. Procné l'emmène et le fait asseoir fort agréablement et avec toutes ses aises, afin qu'il trouve le repas à son goût. Le roi est très satisfait de toutes ses attentions. Cependant la jeune femme a installé la table et y a étendu une belle nappe blanche. Elle apporte alors une hanche d'Ithis que le roi découpe et mange tout en buvant et en demandant ce qui est sous ses yeux.

Dame, dit-il, où est Ithis ? Vous m'aviez promis qu'il serait ici avec nous.

— Seigneur, vous seriez vite lassé de sa présence. Ne vous souciez pas de lui. Ithis n'est pas bien loin d'ici. S'il n'est pas là maintenant, il va venir, il ne tardera guère.

On apporte cependant de la viande à la broche et Térée, tout en découpant la viande et en la mangeant, demande instamment à Procné de lui amener son fils.

Dame, dit-il, vous ne me tenez pas votre promesse : vous ne m'amenez pas Ithis, et son absence m'est très pénible. Il me faut donc aller le chercher moi-même,

Quar n'ai autre que g'i envoi,
Qu'il me poise que je nel voi.
Quar l'alez querre et apeler ! »
Cele ne li pot plus celer
De quel mengier elle le sert,
Ançois li dist tout en apert :
« Dedens toi as ce que tu quiers,
Mes n'i est mie tous entiers :
Partie en as dedens ton cors,
Et partie en as par defors. »
Philomena, qui s'iert reposte
En une chambre illuec decoste,
S'en issi fors o tout la teste.
Jusques devant lui ne s'arreste,
Si li a, toute ensanglentee,
La teste en mi le vis getee.

Thereüs voit qu'il est traÿs,
S'estut une piece esbahis,
Qu'il ne se mut ne ne dist mot
D'angoisse et de honte qu'il ot.
Honte ot, si com il avoir dut,
Quant la teste son fil connut,
Et ce li fist son sanc troubler
Et s'ire et sa dolour doubler
Que il sot de voir que Progné
L'en avoit a mengier doné.
Moult ot grant honte et grant doulour
Et de honte mua coulour,
Quant Philomena ot veüe,
Mes tost ot la honte perdue,
Quar vengier veult la mort son fil.

puisque je n'ai personne d'autre à envoyer et qu'il m'est désagréable de ne pas le voir. Mais allez donc le chercher et l'appeler !

Procné ne peut lui cacher plus longtemps quel mets elle lui sert, mais elle lui dit alors très clairement :

Ce que tu demandes, tu l'as en toi, mais non tout entier : tu en as une partie dans ton corps, et une autre est encore dehors.

Philomena cependant, qui s'était dissimulée dans une chambre juste à côté, en sortit alors en portant la tête de l'enfant. Elle marche droit sur Térée, sans s'arrêter, et la lui jette en pleine figure, ruisselante de sang. Térée comprend qu'il a été trompé et reste un moment immobile, frappé de stupeur. L'angoisse et la honte qu'il éprouve l'empêchent de bouger et de parler, une honte bien justifiée puisqu'il a reconnu la tête de son fils. Mais ce qui lui a troublé le sang et a redoublé sa fureur et sa douleur, c'est de découvrir quel mets Procné lui a servi. Sa honte, sa douleur sont extrêmes et, en voyant Philomena, il change de couleur. Mais bientôt la honte s'évanouit, car il veut venger la mort de son fils.

v. 1403-1406. La réponse de Procné est en effet très claire (*tout en apert*) et insiste beaucoup plus que ne le fait Ovide sur l'affreux festin de Térée.

Or sont de mort en grant peril
Les .II. serours, mes ne lor chaut.
Thereüs de la table saut
Et fiert dou pié, s'espant tout jus
Quan qu'a la table avoit desus.
Tout boute jus et tout espent 177 b
Et voit une espee qui pent
A la paroi, si la court prendre.
Celes n'i osent plus atendre,
Ains s'en fuirent et cil les chace,
Et de l'ocirre les menace.
Si com ses mautalens le porte,
Jusqu'a l'issue d'une porte
Les a chaciees et menees.
La, si com plot aus destinees,
Avint une si grant merveille,
Onques n'oïstes sa pareille,
Quar Thereüs devint oisiaus
Ors et despis, petis et viaus.
De son poing li cheï l'espee
Et il devint hupe coupee,
Si com la fable le raconte,
Pour le pechié et pour la honte
Qu'il avoit fet de la pucele.
Progné devint une arondele
Et Philomena rousseignos.
Encore, qui creroit son los,
Seroient a honte trestuit

Voilà donc les deux sœurs en grand danger de mort, mais que leur importe !

Térée, d'un bond, se lève de la table, il la repousse du pied et jette à terre tout ce qui est dessus. Il renverse tout, il disperse tout ce qui s'y trouve, puis, voyant une épée suspendue au mur, il court s'en emparer. Les deux sœurs n'osent l'affronter, elles s'enfuient, mais lui les poursuit en les menaçant de mort. Emporté par sa fureur, il les a poursuivies et pourchassées jusqu'à la porte.

Là, ainsi en décidèrent les destinées, il se produisit une merveille telle que vous n'avez jamais entendu sa pareille : Térée devint un oiseau sale et repoussant, petit et ignoble. Son épée lui échappa des mains et — ainsi le raconte la fable — il fut transformé en huppe coupée, en châtiment du déshonneur qu'il avait infligé à la jeune fille. Procné devint une hirondelle et Philomena, un rossignol.

De nos jours encore, si on croyait ce qu'elle suggère, on devrait tuer,

v. 1443-1444. La rime *merveille/pareille*, très fréquente dans le *Roman de Troie* où elle annonce bien souvent l'évocation d'objets d'art ou d'exploits, dessine ici l'espace de la métamorphose, de la *muance*, dit Chrétien de Troyes au v. 7 de *Cligès*, un terme pourtant curieusement absent des vers finaux de *Philomena* dans lesquels revient en revanche avec fréquence le verbe bien banal *devenir*.

v. 1448. On rappellera que la huppe, dans les Bestiaires comme dans les traditions populaires, est présentée comme un oiseau très sale et se nourrissant d'excréments. Nous avons gardé telle quelle dans la traduction la qualification de « coupée », mais nous ignorons à quoi correspond cette indication.

v. 1449. Le mot *fable*, du latin *fabula*, désigne bien entendu ici le texte d'Ovide, texte de fiction (fabuleux), mais d'où l'on peut extraire une vérité.

Li desloial mort et destruit,
Et li felon et li parjure,
Et cil qui de joie n'ont cure,
Et tuit cil qui font mesprison
Et felonnie et traïçon
Vers pucele sage et cortoise,
Quar tant lor grieve et tant lor poise
Que quant il vient au prin d'esté,
Que tout l'iver avons passé,
Pour les mauvés qu'ele tant het,
Chante au plus doucement qu'el set
Par le boschaige : oci ! oci !
De Philomena lairai ci.

De Philomena faut le conte
Si com Crestïens le raconte.

livrer à une mort déshonorante les perfides, les cruels, les parjures, ceux qui ignorent la joie, tous ceux qui se conduisent mal et se montrent déloyaux et traîtres à l'égard d'une jeune fille sage et courtoise. Elle les peine et les tourmente tant que, lorsque revient le printemps, lorsque nous avons laissé l'hiver derrière nous, dans sa haine des méchants, elle chante dans les bois le plus doucement qu'elle peut : « occis ! occis ! »

Et moi, c'est ici que je mettrai fin à « Philomena ».

Ici finit le conte de Philomena, tel que Chrétien le raconte.

v. 1458. *Joie* a sans doute ici le sens fort qu'a le terme *joi* dans la poésie des troubadours : le sentiment de plénitude et d'exaltation que suscite l'amour au cœur de l'amant. L'emploi de ce terme est peut-être à rapprocher du motif lyrique de la « reverdie », du renouveau de la nature, curieusement présent dans les derniers vers, comme s'il y était à son tour « appelé » par la présence du rossignol, oiseau emblématique, chez les troubadours, de l'amour et de la création poétique et non de la vengeance.

v. 1467. *Oci ! oci !*, c'est-à-dire « Tue ! Tue ! », mais nous avons gardé la forme archaïsante pour sa valeur onomatopéique.

DOSSIER

NOTICES

PYRAME ET THISBÉ

Inventé au XIIe siècle, le roman de *Tristan et Yseut* a donné à l'Europe médiévale son mythe moderne de l'amour fou. Repris à l'Antiquité, le bref conte de *Pyrame et Thisbé* pourrait n'en sembler qu'une première et discrète ébauche. Ce serait oublier le succès qu'a connu ce récit, jusqu'au XVIIe siècle au moins, dans ses très nombreuses versions, latine, française, anglaise, espagnole, italienne[1]... Jusqu'au moment où le couple Roméo et Juliette créé par Shakespeare à l'image de Pyrame et Thisbé, un couple encore si présent au cœur du *Songe d'une nuit d'été*[2], leur a peu à peu ravi leur place dans le monde raréfié des parfaits amants.

Dans le livre IV des *Métamorphoses* (v. 55-166), l'histoire de Pyrame et Thisbé, une histoire qu'Ovide est le premier à conter, se situe un peu à part. Nulle divinité, sauf Amour, n'y intervient, ce qui est pourtant la règle dans un récit mythique. La métamorphose finale n'atteint pas, comme dans la plupart des cas, les héros eux-mêmes, mais c'est le sang de Pyrame qui, jaillissant avec violence, teint en noir les fruits du mûrier. Le

1. Pour un premier inventaire, voir l'article *Pyrame et Thisbé* dans le *Dictionnaire des mythes littéraires*, Éditions du Rocher, 1988, p. 1163-1168. Parmi les témoins français, on citera au moins la tragédie de Théophile de Viau, *Les Amours tragiques de Pyrame et Thisbé* (éd. G. Forestier, Cicéro Éditeurs-Théâtre national de Strasbourg, 1992).

2. Dans *Le Songe d'une nuit d'été*, l'histoire de Pyrame et Thisbé devient en effet une pièce dans la pièce.

récit enfin n'émane pas du narrateur lui-même, mais des filles de Mynias (elles deviendront sous la plume de La Fontaine *Les Filles de Minée*[1]), tisseuses vouées au culte de Minerve, hostiles à celui de Bacchus. Il faut enfin toutes les ressources de l'érudition pour retrouver derrière le tragique dénouement d'un amour tout humain les traces de mythes babyloniens liés au culte de la déesse mère Dercétê (la Dercétis d'Ovide) et de sa fille Sémiramis, la veuve de Ninus et la fondatrice mythique de Babylone.

Déjà discret dans le texte ovidien, cet arrière-plan est encore plus occulté dans les réécritures. Le clerc médiéval, ce qui ne sera pas toujours le cas dans les autres versions, a sans doute conservé le motif de la métamorphose des fruits du mûrier. Mais au sang du jeune homme, ici aussi répandu sur les branches, s'allie la fervente prière aux dieux de l'amant désespéré, leur demandant de lui accorder ce signe sensible d'un amour éternisé. C'est l'absolu pouvoir de la passion, vécue dans une innocente ardeur tout aussi absolue, qui est l'unique sujet de l'auteur anonyme du récit médiéval comme de ses successeurs. C'est par le lien qu'ils tissent entre l'amour et la mort, seule manière de triompher des forces obtuses du destin, que Pyrame et Thisbé ont renoué, d'Ovide à nos jours, avec la dimension mythique.

Le récit d'Ovide a été très tôt et très bien connu dans le monde médiéval comme en témoignent les allusions et les textes conservés[2]. Il a sans doute existé, comme pour le *Lai de Narcisse*, une version lyrique de l'histoire des amants. Dans le *Tristan* de Thomas, le jeune héros interprète à Tintagel, devant le roi Marc et sa cour, le « lai de la courtoise Thisbé, de l'ancienne Babylone[3] ». Dans le *Chevalier de la Charrette*, Chrétien de Troyes compare l'amour de Lancelot à celui de Pyrame, et peut-être fait-il ici allusion au récit français[4]. Vers la fin du

1. *Fables*, XII, 28.

2. Sur la circulation du conte dans le monde médiéval et en particulier dans le monde des clercs, voir R. Glendinning, « Piramus and Thisbe in the Medieval Classroom », *Speculum*, t. 61/1, 1986, p. 51-78.

3. Voir Joseph Bédier, *Le Roman de Tristan par Thomas*, SATF, 1902, t. 1, p. 52.

4. Voir les v. 3802-3804 du *Chevalier de la Charrette* : « Donc le dut bien Lancelot faire, / Qui plus ama que Piramus, / S'onques nus hom pot amer plus. »

XIIe siècle, des troubadours comme Arnaut de Mareuil ou Raimbaut de Vaqueiras reprennent à leur compte la même comparaison[1]. Que cette histoire ait été également reprise dans plusieurs poèmes médio-latins — l'un a été composé vers la fin du XIIe siècle par Matthieu de Vendôme, également auteur d'un traité de poétique (l'*Ars versificatoria*) — montre aussi que, dans les milieux lettrés du XIIe siècle et au-delà, elle a servi de séduisant support à des exercices d'écriture, à l'élaboration de techniques qu'a su adapter avec brio l'anonyme auteur de la version française[2].

On peut estimer que *Pyrame et Thisbé* a été composé vers 1160, soit très peu après le *Roman de Thèbes* et avant l'*Énéas*, mais le lieu d'écriture, la Picardie selon Francesco Branciforti, la Normandie selon Cornélis De Boer, donc le premier public, est plus difficile à préciser. En toute hypothèse, ce récit compte parmi les premiers romans ou récits brefs à sujets tirés de l'Antiquité, pour la plupart composés dans l'ouest de la France à partir de 1150, et qui semblent avoir durablement satisfaits l'attente du public des cours normandes et anglo-normandes tout en jetant les bases de l'art médiéval du récit.

Est-ce un privilège lié à la forme brève du conte, à l'héritage ovidien ? Nulle surcharge événementielle dans *Pyrame et Thisbé* ; pas de guerre ; pas de royaume et de femme à conquérir ; pas de cité à défendre ou à fonder comme c'est le cas dans *Thèbes*, où l'amour dans sa dimension tragique fait cependant une première mais discrète apparition, ou plus longuement encore dans l'*Énéas*, où le bonheur du couple fondateur, Énéas et Lavinia, efface aussi bien la perte douloureuse de Troie que le suicide de Didon. L'histoire se coule ici avec souplesse dans la structure déjà ancienne du roman idyllique : deux « enfants » d'une même cité, semblables de condition, d'âge, de beauté, prédestinés donc à s'aimer, et qui découvrent ensemble ce que c'est que l'amour, au moment précis où les « grandes personnes » vont arbitrairement décider de les séparer. D'autres

1. Sur les allusions des troubadours à *Pyrame et Thisbé*, voir E. Faral, *Recherches sur les sources latines des contes et romans courtois du Moyen Âge*, Champion, 1973, p. 9-12.
2. Sur deux versions médio-latines du texte, voir E. Faral, *Recherches sur les sources latines…*, *op. cit.*, p. 37-61. Pour la version de Matthieu de Vendôme, voir l'éd. Franco Munari, *Opera omnia*, t. 2, Rome, 1982.

récits, qui se dénouent heureusement, motivent à peu de frais la rupture du temps idyllique de la passion innocente : l'enlèvement par des pirates, dans le roman grec de Longus, *Daphnis et Chloé* (IIIe siècle de notre ère), la disparité du rang social (que peut renforcer la différence de religion), dans le récit médiéval de *Floire et de Blanchefleur* (vers 1150-1160), dans le *Lai de Fresne* de Marie de France, dans *Galeran de Bretagne,* dans *Aucassin et Nicolette.* Pour Pyrame et Thisbé comme pour Roméo et Juliette, pas d'autre justification, pas d'autre intervention extérieure que ce premier coup aveugle du destin, la haine entre les deux familles, la barrière réelle et symbolique, la « paroi » qu'elle dresse entre les deux jeunes gens.

On sait comment le dénouement du récit signe le triomphe de la force du destin, comment s'accumulent les malentendus qui conduisent Pyrame, puis Thisbé au désespoir et au suicide. Faut-il voir dans ces méprises, dans ces retards, dans ces faux pas, dans l'étrange choix du lieu de rendez-vous unissant à l'aimable cadre de la rencontre amoureuse (la fontaine sous le mûrier) la funeste présence du tombeau de Ninus, les traces d'une pulsion de mort, l'intuition des jeunes gens qu'un amour aussi paroxystique ne peut s'éterniser que dans le tombeau qui les réunira ? On l'a suggéré pour les amants ovidiens, comme pour leurs doubles, Roméo et Juliette[1]. Le récit français toutefois ne semble guère relever d'une pareille interprétation. Conserver le motif de la métamorphose des fruits du mûrier, retrouver la dimension mythique de la passion, c'est déjà questionner le triomphe de la mort. Un autre indice est le rôle accordé dans la version médiévale au personnage de Thisbé. Beaucoup plus nettement dessinée que le pâle Pyrame, être de lamentation et de résignation, Thisbé est la première des amoureuses de la littérature médiévale à prendre en main — à le tenter du moins — son destin, à vouloir son bonheur : véritable maîtresse du jeu, c'est à elle qu'il appartient, comme le souligne Pyrame, de trouver l'*aventure* qui dénoue une première fois l'action, la faille, la *creveüre* dans la paroi, et d'inventer ensuite

1. Voir, pour Ovide, J. Fabre-Serris, *Mythe et poésie dans les « Métamorphoses » d'Ovide*, Klincksieck, 1995, p. 206-208 ; pour le récit médiéval, les p. 13-34 de M.-N. Lefay-Toury, *La Tentation du suicide dans le roman français du XIIe* siècle, Champion, 1979 ; et pour Roméo et Juliette, J. Kristeva, *Histoires d'amour*, Denoël, 1983, p. 213-217.

l'astuce de la boucle de la ceinture ; c'est elle qui, au terme d'un vibrant débat, décide de sacrifier sa virginité à son désir, puis qui règle le lieu et l'heure du rendez-vous ; c'est elle qui y arrive la première, et déclenche alors — est-ce la punition de tant d'audace, de tant d'impatience ? — la série des méprises. C'est elle, enfin, qui suscite le miracle : l'ultime dialogue avec un amant qui, à la différence de Tristan, meurt dans les bras de l'aimée, et meurt heureux de la croire ressuscitée.

Les différentes études consacrées à *Pyrame et Thisbé* ont justement cerné le travail opéré par le clerc médiéval sur le récit d'Ovide, un récit qu'il a sans doute lu dans un manuscrit glosé, commenté, du poète latin et dans lequel il a su habilement insérer, mais cette pratique est alors courante, d'autres passages des *Métamorphoses* [1]. Pour l'essentiel, son travail est un travail d'amplification, au sens plutôt banal que les auteurs du Moyen Âge ont donné à cette pratique héritée de la rhétorique antique. Le texte français (889 vers dans notre édition) est en effet beaucoup plus long que le récit d'Ovide (111 hexamètres dactyliques) et il est assez facile de suivre sur le vif la démarche de l'auteur. Ovide indique par exemple que le voisinage des deux jeunes gens les « amena à se connaître et favorisa les premiers degrés de leur amour », puis décrit assez rapidement les progrès d'une flamme qui devient d'autant plus violente qu'elle est cachée (v. 59-64). Le clerc, lui, énumère à loisir les sources « objectives » de l'amour précoce des deux enfants (v. 17-22), puis décrit longuement sur le mode allégorique — c'est là une première formulation en français de ce mode de description — les effets produits par le « dard » d'Amour et plus précisément par les différents constituants de ce dard. Autre exemple, parmi bien d'autres : Thisbé, de nuit, s'échappe de la demeure familiale. Aux indications là encore rapides du poète latin, le clerc substitue l'intervention du guetteur, personnage bien présent dans la réalité médiévale, mais aussi personnage « poétique » qui, dans les « chansons d'aube », avertit les amants du lever du jour. La référence littéraire, cependant, est utilisée *a contrario* : le guetteur, ébloui, croit

1. Voir notamment l'introduction très détaillée de l'édition F. Branciforti, spécialement le chap. III, « L'arte retorica e le sue applicazioni » et le chap. IV, « La fonte dell'amplificazione : le glosse », ainsi que les articles cités en bibliographie de W. Kibler et de M. Tyssens.

voir passer une « déesse » et laisse, hélas, la jeune fille partir vers son destin…

L'amplification majeure, la belle *troveüre* du clerc médiéval est cependant dans l'importance et la forme neuves données à la parole et à l'échange amoureux. Le terrain sans doute était préparé. Ovide fait entendre les plaintes des amants rapprochés/séparés par la fente dans la paroi (v. 71-77). Il donne en style direct le monologue de Pyrame avant son suicide (v. 108-115 et 118), l'interrogation angoissée de Thisbé découvrant le corps de l'aimé et son ultime monologue (v. 142-144 et 148-161). Le clerc médiéval, selon sa méthode, a considérablement amplifié ces passages parlés. Il a également inventé pour eux une « diction » neuve, aux frontières du parlé et du chanté, qui donne parfois à son œuvre la tonalité, les accents, le rythme d'un oratorio profane. Au récit proprement dit, traditionnellement écrit en couplets d'octosyllabes, s'entrelacent en effet de longs, très longs passages « lyriques », au sens moderne du mot, coulés dans la forme complexe, unifiée par une même rime, d'un couplet, d'un tercet, ou encore d'un quatrain d'octosyllabes, et s'achevant sur un vers de deux syllabes qui annonce en même temps, par le changement de rime, la « strophe » suivante. Ces passages peuvent être également précédés d'une suite d'octosyllabes construits sur la même rime[1], passerelles jetées entre le récit « objectif » et la plainte élégiaque, le lamento tragique. Manière sans doute de mimer à la fois l'irrépressible jaillissement de la parole amoureuse et l'échange contraint qu'offre au désir des héros l'étroite fente, le « pertuis » dans la paroi.

Cette alternance du narratif et du lyrique n'a guère eu, telle quelle, d'avenir immédiat dans la littérature médiévale. Au XIVe siècle, le copiste de notre manuscrit de référence a eu d'ailleurs quelque difficulté à identifier une forme qui l'a visiblement dérouté. Elle annonce cependant — l'a-t-elle suscitée ? — la mode des insertions lyriques qui se développent dans le roman au XIIIe siècle à partir du *Guillaume de Dole* de Jean Renart. Comme les insertions lyriques, ces brèves « strophes » brisent le carcan strict de l'octosyllabe. Elles authentifient le langage de la passion émanant de la voix vive du « je » aimant,

1. Voir par exemple les v. 331-347 ou 368-389.

souffrant, mourant. Elles en autorisent, mieux que la voix du narrateur, toutes les audaces ; elles libèrent l'expression du désir amoureux, la violence, que l'on qualifiera volontiers de baroque, des imprécations et des prières qui scandent un finale nimbant dans le flot du sang noir qui jaillit sous la lune l'union, enfin consommée, des cœurs et des corps.

Les manuscrits de Pyrame et Thisbé

Conservé comme texte autonome dans trois manuscrits, BNF fr. 837, BNF fr. 19152 et Berlin, Königliche Bibliothek, 257, le texte de *Pyrame et Thisbé* se lit également aux v. 229-1149 du livre IV de l'*Ovide moralisé*. L'auteur signale lui-même l'insertion, précisant qu'il va conter la *fable si comme uns autres l'a dité*, sans y apporter de modifications mais en y ajoutant la vérité. Selon sa pratique en effet, l'auteur du XIVe siècle « moralise » le récit. Il tire un enseignement allégorique de l'histoire des deux amants, qui deviennent ici les parfaits exemples d'une commune aspiration des âmes vers le Paradis…

On considère généralement que la version de *Pyrame et Thisbé* donnée par l'*Ovide moralisé* est meilleure que celle qui a été conservée à l'état autonome. Nous l'avons à notre tour choisie comme base de notre édition, mais sans chercher, comme l'ont fait les précédents éditeurs, Cornélis De Boer et Francesco Branciforti, à reconstituer le texte original. Nous suivons donc au plus près l'un des meilleurs manuscrits de l'*Ovide moralisé*, le manuscrit Rouen, Bibliothèque municipale 1044, qui date du XIVe siècle, et qui est aussi notre manuscrit de référence pour l'édition de *Philomena*. Nos corrections les plus importantes (les leçons rejetées se lisent ci-après) portent sur la restitution des « petits vers » omis par le copiste. Dans la plupart des cas, nous avons adopté les corrections proposées par C. De Boer et/ou par F. Branciforti (en abrégé De B. et B.).

Nous avons conservé dans le texte original (de manière moins systématique dans la traduction) le découpage proposé par le manuscrit.

Leçons rejetées de Pyrame et Thisbé

v. 17. *Li pers a eulz.* corr. B. et De B. **v. 36.** *en passer.* corr. B. et De B. **v. 76.** *nulz sens.* corr. B. et De B. **v. 136.** *tout a grant* *grieté.* corr. B. et De B. Les v. 141, 146, 151, 159, 172, qui manquent dans le ms. de base, sont restitués d'après B. et De B. **v. 173.** *ne je ne puis.* corr. B. et De B. **v. 187.** *j'en plours.* corr. B. et De B. Après le v. 202, le ms. donne : *Une priere a commencie / qu'ele li doinst avoir baillie*, ce qui fait trois vers sur la même rime en *-ie.* Les v. 203-204 sont restitués d'après B. et De B. **v. 218.** *esgardee.* **v. 228.** *non faire.* **v. 330.** *petruis.* **v. 374.** *cui plus aime.* **v. 406.** *foi.* **v. 426.** *ne la garra.* corr. B. **v. 436.** *De de cest mal.* **v. 454.** *fusse garie.* corr. B. et De B. **v. 458.** manque. corr. B. et De B. **v. 461.** manque. corr. B. **v. 482.** *Merveilles est.* corr. B. et De B. **v. 505.** *voies.* Voir note à ce vers. **v. 542.** manque. corr. B. et De B. Après le v. 550 le ms. intercale trois vers : *Souz le morier / Droit a la fontaine au gravier / La nous porrons esbanoier*, qui recoupent les v. 564-566. Le v. 551 est restitué d'après B. et De B. **v. 615.** *la lune a empalir.* **v. 634.** vers de sept syllabes ; *elle.* corr. De B. **v. 668.** *esgrapillie*, mais vers de sept syllabes. **v. 691.** *celui qui.* corr. B. et De B. **v. 740.** manque. corr. B. et De B. **v. 795.** *s'escrie.* corr. B. et De B. **v. 800.** *es* omis. corr. B. et De B. **v. 814.** *a* manque. corr. B. et De B. **v. 843.** *Bien sai qu'Amours vous ont ocis.* corr. B. et De B. **v. 855.** *a* manque. corr. B. **v. 885.** *sans.* corr. B. et De B.

LE LAI DE NARCISSE

Et moi, je suis Narcisse, je le sais, je le vois, qui tant aima son ombre qu'il en mourut au bord de la fontaine... Moi aussi, j'aime mon ombre, j'aime ma mort et mon tourment...

L'Achille du *Roman de Troie* de Benoît de Sainte-Maure déplorant l'amour soudain qui le lie à Polyxène, la fille de Priam, se comparerait-il déjà au *Narcisse* médiéval ? Ce n'est pas absolument sûr. Si *Le Lai de Narcisse*, première adaptation en français du récit d'Ovide, est sans aucun doute postérieur à l'*Énéas*, composé vers 1160, et antérieur au *Cligès* de Chrétien de Troyes (vers 1176), il est plus difficile de le situer par rapport au *Roman de Troie*, composé au plus tard vers 1165[1]. Mais la comparaison qui s'impose à Achille comme les allusions que

1. Sur la datation du lai, voir M. Thiry-Stassin et M. Tyssens, p. 50-53 de leur édition de *Narcisse*, Les Belles Lettres, 1976.

l'on relève très tôt chez les troubadours, puis dans les romans, montrent combien fut précoce et prégnante la diffusion dans l'imaginaire médiéval de cette image de l'amant mourant de soif auprès de la fontaine, mourant de ne pouvoir étreindre son reflet, unique objet de son désir. Peut-être même a-t-il existé au XIIe siècle, à côté du lai narratif que nous avons conservé, une version musicale, un lai lyrique, s'il faut en croire un passage du *Roman d'Alexandre* d'Alexandre de Paris (composé après 1180) dans lequel deux jeunes Amazones chantent « une douce chanson » qui évoque l'histoire du jeune homme que les dieux finirent par transformer en fleur[1].

Au livre III des *Métamorphoses* (v. 339-510) l'histoire de Narcisse, en qui on a principalement vu le mythe du refus de l'autre et de l'idéalisation du moi[2], est liée à celle d'Écho, l'une des nymphes dédaignées par le jeune homme. Incapable de parler la première, la nymphe, séduite comme tant d'autres jeunes gens et jeunes filles par l'incomparable beauté du fils de Liriopé (une rivière de Béotie) et du fleuve Céphise, ne peut lui avouer son amour et, desséchée de désir, elle se réduit peu à peu à un son. Quant à Narcisse, victime de la malédiction jetée sur lui par l'une de ses nombreuses victimes (« Puisse-t-il aimer, lui aussi, et ne jamais posséder l'objet de son amour ! », v. 405) et qu'exauce Némésis, la déesse de la justice, il meurt de s'être désespérément abandonné à l'amoureuse contemplation de son reflet, de cette insaisissable *imago,* un terme que la langue médiévale a le plus souvent rendu par « ombre ». La liaison, dont Ovide semble être l'inventeur, entre la métamorphose d'Écho et celle de Narcisse n'est donc pas fortuite, elle qui unit deux simulacres, deux désincarnations : l'écho et le reflet. N'est pas fortuit non plus le lieu de la lente agonie, la source, si longuement décrite par le poète latin (v. 407-412), où la mort investit le cadre caractéristique du *locus amoenus* antique puis médiéval : l'herbe épaisse, l'eau pure, les arbres écran à l'ardeur du soleil, un décor qui, ailleurs, est bien souvent le lieu de la rencontre amoureuse. Cette fontaine vierge de tous contacts, à l'image de l'orgueilleuse chasteté du jeune homme, renvoie

1. Voir la laisse 438 du *Roman d'Alexandre* (éd. bilingue par L. Harf-Lancner, « Lettres gothiques », 1994).
2. On se reportera tout particulièrement aux p. 182-189 de J. Fabre-Serris, *Mythe et poésie dans les « Métamorphoses » d'Ovide*, *op. cit.*

sans doute aux origines aquatiques de Narcisse. Elle annonce la naissance du narcisse, la fleur des endroits humides, liée à des cultes infernaux, en laquelle il se métamorphosera. Elle est aussi le lieu horrible de l'impossible fusion, de l'erreur du moi épris de son unique beauté et tentant vainement de s'unir à lui-même. Chez Ovide, même entré au séjour infernal, Narcisse se contemple encore et s'admire dans l'eau du Styx (v. 504-505)…

Il n'est guère possible d'envisager ici le devenir d'une « fable » qui a été, d'Ovide à nos jours, l'objet des lectures, des interprétations théologiques, philosophiques, littéraires, psychanalytiques et des récupérations les plus diverses. Cette diversité apparaît déjà dans les textes poétiques et narratifs du Moyen Âge. Dans la strophe III de la plus célèbre *canso* de Bernart de Ventadour (vers 1145-1170), la « Chanson de l'alouette », l'amant poète s'est noyé, s'est perdu, comme Narcisse à la fontaine, dans le miroir mortel que sont les yeux, la beauté de la femme aimée : « Miroir, depuis qu'en toi je me suis miré, les profonds soupirs m'ont tué et je me suis perdu comme se perdit le beau Narcisse dans la fontaine[1]. » Victime de l'amour, pris, comme le dit au début du XIIIe siècle Guillaume de Lorris dans son *Roman de la Rose*, au « miroir périlleux » de la fontaine où il *mira sa face et ses yauz vers, / dont il jut puis morz toz envers* (v. 1568-1571), Narcisse, orgueilleux de sa beauté, devient plus encore dans les textes ultérieurs une image de l'être, de l'âme qui se laisse prendre au piège des illusions des sens, des « semblances » trompeuses — car l'unique réalité est en Dieu —, des vanités de ce monde. La tendance à la moralisation du mythe s'affirme au XIVe siècle dans la glose que donnent de la fable ovidienne l'auteur de l'*Ovide moralisé*[2] ou plus tardivement celui des *Échecs amoureux*.

L'auteur du *Lai de Narcisse* adopte lui aussi cette lecture moralisante, comme l'atteste le prologue, plutôt embarrassé, qui insiste sur la dimension exemplaire du récit. L'essentiel du message attaché à Narcisse concerne en effet, comme ce sera également le cas chez Guillaume de Lorris[3], l'indifférence à l'amour

1. Nous reproduisons la traduction que J. Frappier donne des v. 17-24 de la *canso* dans « Variations sur le thème du miroir », *Histoires, mythes et symboles*, Droz, 1976, p. 152.
2. Livre III, v. 1547-1846.
3. Le *Roman de la Rose*, v. 1504-1507.

et, plus précisément, l'indifférence aux souffrances de l'être qui aime et se voit rejeté. L'amour ici fait loi. Nul, ni homme ni femme ne doit se refuser à l'amour ni repousser ou mépriser les avances de l'être amoureux. Le Narcisse médiéval, comme le Narcisse antique, meurt victime de la malédiction qu'a jetée sur lui une jeune fille amoureuse. Du moins meurt-il en désavouant la cruauté de son attitude, regrettant aussi bien l'amour de soi, sa tragique méprise, que les tourments qu'il a infligés et implorant en ultime réconfort les embrassements d'une femme enfin désirée. Et les derniers vers renouvellent la mise en garde initiale : que tous ceux qui aiment rejettent aussi bien l'attitude orgueilleuse de Narcisse que la folie amoureuse de Dané s'ils ne veulent pas connaître pareil destin.

Si l'erreur prolongée de Narcisse, son refus de l'autre sont bien le nœud du drame, le maître mot du récit médiéval est cependant celui de « mesure », qui apparaît dès le vers 4 en alliance avec « sens » et qui revient avec fréquence dans le corps du récit. On pourrait en effet lire l'ensemble du texte comme une dénonciation de la démesure, de l'excès sous toutes ses formes : excès d'orgueil et de cruauté du « fier » Narcisse, persuadé de pouvoir se suffire à lui-même, mais aussi excès du désir et du désordre amoureux de Dané, trop prompte à passer outre la loi morale et les convenances sociales. La position de l'écrivain n'a au reste rien de surprenant en un siècle qui n'a cessé de s'interroger sur la nature et les effets de la passion, le plus souvent qualifiée, comme dans le lai, de *rage*, de *folie*, de *desverie*, qui a décrit avec complaisance, des personnages des romans antiques aux romans de Tristan, les ravages de i'amour et leurs funestes conséquences, et qui a élevé la « mesure » au nombre des vertus essentielles à ce nouveau code de vie en société qu'est l'idéal courtois.

On verra donc d'abord dans la « métamorphose » de Narcisse, le jeune adolescent qui fuit et hait la compagnie des « dames » (v. 120), qui paie de sa mort son refus d'aimer une femme, et qui reconnaît finalement et regrette son erreur, une tentative de « normalisation » du désir. Le Narcisse du lai est aussi une première ébauche du Guigemar du lai de Marie de France, autre bel indifférent qui s'ouvre beaucoup plus rapidement à l'amour de la femme et finit ainsi par trouver le bonheur. Mais cette tentative, sans lendemain, de récupération du mythe semble également à l'œuvre dans la «métamorphose» de la nymphe Écho en Dané, fille du roi de Thèbes.

La disparition du personnage d'Écho ne semble pas liée à un rejet sélectif de la mythologie païenne. En ce domaine, l'auteur médiéval paraît plutôt à l'aise. En témoignent certains détails de vocabulaire : si Narcisse croit d'abord voir dans l'ombre à la fontaine une *fee de mer*, il l'appelle aussi «nymphe» ou encore «déesse», qualificatif qui a été également donné à la jeune fille. En témoignent surtout les vers dans lesquels Dané implore les dieux du ciel, de la terre, de la mer et des eaux ou supplie Vénus et son fils de la venger de Narcisse, tout comme la plainte presque parallèle et reprise à Ovide qu'adresse le jeune homme à la nature qui l'environne, à la forêt, refuge séculaire des amants, puis aux dieux dont il souligne l'indifférence. Selon Martine Thiry-Stassin enfin, le clerc a utilisé, pour composer le personnage de Dané, certaines des attitudes et des paroles d'Apollon dans le récit de la métamorphose en laurier de Daphné[1]. L'histoire d'Écho, récit étiologique enchâssé par Ovide dans l'histoire de Narcisse, le phénomène acoustique dont elle explique l'origine, les jeux de langage qu'elle autorise dans le texte latin, ont dû cependant paraître bien difficiles à transposer en français et plus encore étrangers au dessein d'ensemble. La nymphe Écho, incapable de communiquer, d'accéder au dialogue amoureux, ne permettait pas surtout le revirement final : la découverte par Narcisse de l'amour de l'autre, l'aveu de son désir, la plainte qui suscite, presque magiquement, la présence de Dané au bord de la fontaine.

S'imposait donc, semble-t-il, de choisir un modèle moins insolite que la nymphe mais très présent dans le roman médiéval contemporain, la jeune fille blessée par la flèche du dieu Amour et décidée à vivre jusqu'au bout sa passion ; un modèle qui peut tout aussi bien être Lavinia, la toute jeune fille follement éprise d'Énée dans l'*Énéas*, que Médée, l'impatiente amoureuse de Jason dans le *Roman de Troie*. À ces héroïnes, à Lavinia surtout, la jeune Dané doit sans doute son inscription dans un univers médiéval où pèsent de tout leur poids les liens du lignage : la fille d'un roi ne peut aimer un simple vassal, le

1. Voir M. Thiry-Stassin, «Une autre source ovidienne du *Narcisse*?», *Le Moyen Âge*, 1978, p. 211-226.

fils d'un « homme » de son père, et elle doit se plier au choix que son père, son roi lui imposera. Elle doit aussi à ces héroïnes « modernes » son éveil à l'amour, sa reconnaissance très rapide du « mal » qui la saisit, les tourments qu'elle endure et que le clerc décrit avec un amusement un peu trop sensible, la décision audacieuse qui la pousse à s'avouer et à avouer à l'autre la force de son désir, comme Médée, comme Lavinia.

Mais le mythe résiste. Si Lavinia n'a aucune difficulté à se faire aimer d'Énée, le héros que de toute manière les dieux lui ont destiné, si Médée obtient très vite l'amour — intéressé — de Jason, Dané est rejetée, comme Écho, et les égarements physiques et moraux de la jeune fille qui n'a pas su garder mesure (mais qui peut lutter contre Amour ?) sont là encore complaisamment décrits. Rien n'y manque. Désordre des vêtements, quasi-nudité, blessures sanglantes, interrogation hallucinée sur l'identité, dédoublement du moi : la fille du puissant roi de Thèbes, livrée à cette *rage*, à cette folie furieuse qu'est l'amour, est devenue *sauvage*, pareille aux bêtes qui hantent les forêts où elle s'égare (v. 599-613). Du moins a-t-il été donné à celle qui a su transgresser les normes et affronter tous les dangers d'assister à la muette « conversion » de Narcisse, d'échanger des regards à défaut de la parole interdite et de mourir en un geste d'une violence inouïe, à l'image de la passion qui l'obsède, en se brisant le cœur contre le corps de l'aimé.

L'auteur médiéval n'a pas repris les vers finaux d'Ovide, la métamorphose en fleur du corps du jeune homme. Cette modification n'a rien à voir, là encore, avec un effet de censure. Elle participe plutôt de l'ambiguïté d'un récit qui n'excite la compassion de son lecteur que pour mieux dénoncer les égarements du désir. Le noir mûrier sous lequel s'unissent dans la mort Pyrame et Thisbé éternise la mémoire de leur amour. Des sauvages amours de Narcisse et de Dané, de leur mortel inassouvissement, il ne reste rien, qu'un « exemple », à fuir… Mais c'est la fontaine même, où s'est enfin dissipée l'ombre funeste, qui devient le lieu de mémoire, la « source », à tous les sens du mot, où se ressourceront longtemps les écrivains du Moyen Âge, ceux qui, à la suite de Guillaume de Lorris dans son *Roman de la Rose,* préféreront la rose vermeille au pâle narcisse.

Les manuscrits du Lai de Narcisse

Le Lai de Narcisse a été conservé dans quatre manuscrits, Paris, BNF fr. 837, Paris, BNF fr. 19152, Paris, BNF fr. 2168 et Berlin, Staatsbibliothek, Hamilton 257. Nous avons choisi d'éditer, comme l'ont fait nos prédécesseurs, le manuscrit reconnu comme le plus complet et le meilleur, le manuscrit Paris BNF fr. 2168 (manuscrit C), daté de la seconde moitié du XIIIe siècle. Nous en donnons une édition aussi fidèle que possible, ce qui explique déjà la différence de numérotation entre notre édition et celle de Martine Thiry-Stassin et Madeleine Tyssens, qui ont rejeté des vers que nous avons cru bon de conserver. Là où il a été nécessaire de corriger, nous avons le plus souvent adopté des corrections déjà proposées dans cette édition, à laquelle nous devons beaucoup pour notre compréhension de la « lettre » du manuscrit et du sens du texte.

Comme l'indiquait déjà Mario Roques dans son introduction à *Aucassin et Nicolette* (CFMA, 2e édition, 1965), les formes grammaticales et les habitudes orthographiques représentées dans le manuscrit C permettent de penser qu'il a été copié dans la région picarde, mais l'auteur de *Narcisse,* qui participe, comme l'auteur de *Pyrame et Thisbé*, au mouvement de retour à l'Antiquité qui s'est développé dans l'ouest de la France vers le milieu du XIIe siècle, a dû composer son œuvre dans cette langue « franco-normande » qui a eu un temps le statut de langue littéraire. Nous avons signalé en notes les traits linguistiques et les particularités graphiques qui nous ont paru faire difficulté pour la lecture du texte.

Nous avons conservé dans le texte édité, mais de manière moins systématique dans la traduction, le découpage proposé par le manuscrit C.

Leçons rejetées du Lai de Narcisse

v. 10. *le veut.* corr. T.-S. et T. **v. 13.** *que l'en est.* corr. d'après le v. 492. **v. 16.** *biens* omis. corr. T.-S. et T. **v. 17.** *il vient.* corr. T.-S. et T. **v. 19-20.** le v. 19 manque dans C, qui répète deux fois le v. 20 sous la forme *Et en est il.* corr. T.-S. et T. **v. 28.** *maitenir.* **v. 51.** *li* omis. corr. T.-S. et T. **v. 73.** *qu'il i fist.* corr. T.-S. et T. **v. 74.** *di sien.* **v. 76.** *kit tot.* **v. 92.** *tant qu'il.* corr.

T.-S. et T. **v. 99.** *qu'il ot painte.* corr. T.-S. et T. et d'après le v. 180. **v. 122.** *traveillis.* **v. 134.** *auques vautis.* corr. T.-S. et T. **v. 148.** *voi.* **v. 173.** *la cose.* corr. T.-S. et T. **v. 175.** *ele le puise.* corr. T.-S. et T. **v. 177.** *o sent froidure.* corr. T.-S. et T. **v. 195.** *hau* répété. **v. 208.** *le cou.* corr. T.-S. et T. **v. 210.** *mesme.* **v. 214.** *est* omis. **v. 224.** *Dont li recomence.* corr. T.-S. et T. **v. 234.** *Qui m'escaufe.* corr. T.-S. et T. **v. 241.** *mebre.* **v. 257.** *sera il tiens.* corr. T.-S. et T. qui corrigent aussi *sera* en *seroit.* **v. 275.** *Paist toi.* corr. T.-S. et T. **v. 278.** *je face savoir.* corr. T.-S. et T. **v. 288.** *destreir.* **v. 291.** *Que je je soie.* **v. 316.** *a tele eure.* **v. 325.** *Mais qu'ele vit eslongié.* **v. 343.** *mes peres consentoit.* corr. T.-S. et T. **v. 363.** *lo cose.* **v. 375- 378.** nous intervertissons l'ordre du ms. qui donne à la suite les v. 377, 378, 375, 376. corr. T.-S. et T. **v. 398.** *Si a son consel.* corr. T.-S. et T. **v. 402.** *duque au.* **v. 433.** *Lors est.* **v. 444.** *les oso mes.* **v. 481.** *otroiel.* corr. T.-S. et T. **v. 506.** *Garderemain.* corr. T.-S. et T. **v. 535.** *De qu'ele li dit.* corr. T.-S. et T. **v. 544.** *failli.* **v. 555.** *est* omis. corr. T.-S. et T. **v. 559.** *aieul.* **v. 569.** *Ai biaus piés.* **v. 586.** *Et il.* corr. T.-S. et T. **v. 587.** *nel pu guerpir.* **v. 589.** *si me merveil.* **v. 605.** *si es.* corr. T.-S. et T. **v. 615.** *or su en guerre.* **v. 617.** *cil del ciel.* corr. T.-S. et T. **v. 654.** *li est qui.* corr. T.-S. et T. **v. 769.** *que venus die.* corr. T.-S. et T. **v. 787.** *fier.* **v. 818.** *tel aine.* **v. 820.** *qui e l'iaue.* **v. 827.** *pende.* **v. 829.** *Qu'il puise savoir ne trover.* corr. T.-S. et T. **v. 835.** *en son ses.* corr. T.-S. et T. **v. 860.** *ubre.* **v. 873.** *m'egraine.* **v. 891.** *langur.* **v. 902.** *nure.* **v. 916.** *langur.* **v. 921.** *esfro.* **v. 924.** *U ceste amor.* corr. T.-S. et T. **v. 927.** *dener.* **v. 960.** *seut.* **v. 961.** *Autru.* **v. 1005.** *soi se trait.*

PHILOMENA

Comme il l'indique pour *Pyrame et Thisbé*, l'auteur de l'*Ovide moralisé* précise, au moment de relater l'histoire de Philomèle, Procné et Térée, qu'il en emprunte la « lettre » à un autre auteur, un certain « Crestïens », qui l'a si bien « translatée » d'Ovide. Lui se contentera d'en extraire la portée allégorique. La précision est répétée au terme du récit tandis qu'en son point médian (v. 734) est fait un autre et énigmatique renvoi à « Crestïens li gois ». Or, dans le prologue de *Cligès,* une œuvre que l'on date de 1176, Chrétien de Troyes, énumérant sa production poétique antérieure, rappelle qu'il a «mis en roman» (en français) les *Commandements* (sans doute les *Remèdes d'amour*) et l'*Art d'aimer* d'Ovide et qu'il a composé deux récits tirés des *Métamorphoses* : «le mors de l'espaule» (l'histoire de Pélops et de son épaule d'ivoire) «et de la hupe et de l'aronde / et dou rousignol la muance». Ces œuvres sont perdues, tout comme le récit traitant du roi Marc et d'Yseut la Blonde, que mentionne également le prologue. Mais il était très tentant de rapprocher, comme l'a fait dès 1884 Gaston Paris[1], l'écrivain du XIIe siècle et le «Crestïen» nommé dans l'*Ovide moralisé* et de voir dans *Philomena* le conte des *Métamorphoses* cité dans *Cligès*.

Cette attribution pourtant et l'interprétation du qualifiant *li gois* ont fait l'objet de très nombreux débats et à l'heure actuelle aucune réponse définitive n'a pu être proposée. L'insertion dans l'*Ovide moralisé* de *Pyrame et Thisbé*, un texte dont il existe, on l'a vu, des versions indépendantes, accrédite sans doute la thèse du remploi d'une œuvre de Chrétien. Les différences d'écriture sont par ailleurs manifestes entre l'ensemble de l'*Ovide moralisé* et *Philomena*, un récit qui présente de nombreuses affinités — elles ont été à loisir relevées et détaillées par la critique — avec la langue, la manière et les thèmes caractéristiques de Chrétien de Troyes. Reste qu'il serait bien surprenant qu'un texte du XIIe siècle ait été conservé et transcrit au début du XIVe siècle sans avoir subi quelques retouches, mais il est bien délicat d'en mesurer exactement l'étendue et la portée[2].

La position généralement adoptée par la critique est donc de considérer *Philomena* comme une œuvre de jeunesse de Chrétien de Troyes, composée vers 1165-1170, et qui pourrait même être sa première œuvre. Ainsi s'expliquerait d'ailleurs qu'elle sente quelque peu l'exercice d'école d'un débutant appliqué. Les marques de fabrication laissées par les modèles immédiats, le *Roman de Brut* de Wace et les romans antiques essentielle-

1. G. Paris, «Un poème retrouvé de Chrétien de Troyes», *Romania*, 1884, p. 399-400.

2. Sur les remaniements qu'a visiblement subis le texte, voir E. Hoepffner, «La *Philomena* de Chrétien de Troyes», *Romania*, 1931, p. 13-74.

ment, sont en effet très visibles[1]. *Philomena* apparaît à bien des égards comme un tissage encore un peu rugueux entre un sujet tiré d'Ovide, des procédés d'écriture, des motifs narratifs et descriptifs repris aux romans contemporains et un discours sur l'amour qui oscille entre la vision tragique de la passion caractéristique de ces mêmes romans et les exigences neuves de l'idéal courtois.

Comme le signalait déjà le premier éditeur du texte, C. De Boer, l'auteur médiéval — nous l'appellerons désormais par commodité sinon par absolue conviction « Chrétien » — « suit très exactement l'ordre du récit dans Ovide[2] », mais il a pris soin de diviser sa matière en deux parties, la césure se faisant avec l'arrivée en Thrace de Philomena et la scène du viol, là où s'insère précisément la mention de « Crestïens li gois ». En fait, tout se passe comme si Chrétien s'était employé à déplacer subtilement le tracé du modèle, en jouant des techniques complémentaires de l'abrègement et de l'amplification. Quelques exemples : Ovide ne décrit Philomena qu'au travers d'une brève comparaison avec les Naïades et les Dryades. Chrétien, lui, développe jusqu'à la surcharge un portrait physique très conventionnel, mais dont la seconde partie, surprenante, est une sorte de catalogue des qualités et talents exigés d'un jeune noble (Tristan est au reste cité) qui voudrait briller dans la nouvelle société courtoise plutôt que l'évocation attendue de « vertus » proprement féminines. À d'autres moments, des motifs eux aussi repris, comme l'art du portrait, à la topique des romans antiques sont accrochés vaille que vaille à la trame ovidienne.

Plus intéressante est l'impression qu'ils donnent de prendre leurs modèles à contre-pied, avec une ironie qui pourrait annoncer la future « manière » de Chrétien. La traversée en mer, un motif hérité du *Brut* et plutôt lié — songeons au *Tristan* de Thomas — à la description de la tempête ou du calme plat, ne fait pas obstacle, comme il se devrait, à la force du destin. Le banquet offert par Pandion, assez longuement décrit — Chrétien

1. Pour un examen détaillé des rapprochements entre le *Brut*, les romans antiques et *Philomena*, on se reportera à l'article d'E. Hoepffner cité à la note précédente.
2. *Philomena*, édition de C. De Boer, Librairie P. Geuthner, 1909, p. LXXXIII.

sera ensuite beaucoup plus expéditif — et qui d'habitude impatiente les amants par sa durée, est trop court au gré de Térée. L'aube et le cri du guetteur, ailleurs maudits, ne viennent pas assez vite. Procné apostrophe la mort avec toute la véhémence nécessaire à une complainte funèbre, comme Hélène pleurant sur le cadavre de Pâris dans le *Roman de Troie,* mais sa sœur n'est pas morte. Quant au cénotaphe qu'elle lui dédie, où siège l'horrible statue de Pluton, il pourrait bien être le double terrifiant des splendides tombeaux érigés à la mémoire des héros qui jalonnent l'espace des romans antiques.

Une dimension beaucoup plus originale, mais esthétiquement discutable, est la place qu'occupe dans le récit un discours argumentatif fondé sur l'usage des proverbes. Comme l'a montré E. Schulze-Busacker[1], *Philomena* appartient à une époque qui s'est plu à utiliser les ressources du proverbe dans le texte littéraire. C'est donc moins la présence de ce type d'énoncé qui peut surprendre que sa haute fréquence et l'importance des développements qu'il sous-tend. L'auteur multiplie en effet avec une visible prédilection les « disputes » qui opposent les personnages, sur le modèle des exercices universitaires contemporains, et les interventions d'un narrateur qui lui aussi semble tantôt disputer avec lui-même tantôt avec un auditeur imaginaire. Faut-il voir dans ces morceaux de bravoure le désir du jeune Chrétien de prouver sa compétence langagière, son habileté à manier/désarticuler l'octosyllabe et sa maîtrise des techniques de l'école, une maîtrise qu'il souligne juste avant de commencer le portrait de Philomena ? Ou faut-il là aussi soupçonner l'ironie ?

Que penser par exemple du premier échange entre Philomena et Térée, qui ressemble fort à une dénonciation des limites et des dangers de la rhétorique (les pleurs feints de Térée auront pour le malheur de sa future victime un tout autre pouvoir), de la pratique artificieuse de la glose et de l'élucidation, lorsqu'elle s'attaque, comme le souligne Philomena, à une parole qui n'a même pas été prononcée ? Que penser aussi de la présence massive, dans le langage du monstrueux Térée précisément, de cette sagesse bien plate, bien convenue des proverbes, ou encore de

1. Voir E. Schulze-Busacker, « *Philomena*, une révision de l'attribution de l'œuvre », *Romania*, 1986, p. 459-485.

la succession embarrassée de lieux communs sur la mort et le tribut qu'elle exige des hommes qu'il articule complaisamment pour masquer son crime ? L'auteur de *Philomena* est-il un élève appliqué ou un écrivain en passe de tordre le cou à la rhétorique après avoir montré qu'il était capable d'en maîtriser le rituel ? Au lecteur de trancher. Mais l'ironie qui nous semble se dégager de ces passages pourrait tout aussi bien miner d'autres développements, notamment la longue intervention du narrateur méditant sur le pouvoir et les effets de l'amour, et là encore à coups de lieux communs qui rappellent les monologues d'Achille dans le *Roman de Troie* ou recoupent les interrogations de Thomas dans son *Tristan*. La divinité aveugle, inconstante et fausse, responsable des crimes de Térée, n'a pas grand-chose à voir avec l'image qu'en donnera l'œuvre ultérieure de Chrétien, d'une puissance bénéfique, seule capable d'animer la prouesse du héros et de le révéler à lui-même et au monde.

Dans le *Roman de Troie,* Benoît de Sainte-Maure arrête net l'histoire de Médée — une héroïne avec laquelle Procné a de sombres liens — au moment où la magicienne abandonnée par Jason va commettre crime sur crime et tuer ses enfants. En choisissant d'adapter en « roman » l'atroce récit d'Ovide, Chrétien franchit délibérément les bornes de l'horrible, comme si l'univers païen qu'il met en scène, un univers dont il prend soin de rappeler et de commenter les « lois » avant de les condamner par les faits, servait d'alibi à l'évocation fascinée des transgressions majeures. À l'exception peut-être de Philomena, qui consent cependant à l'odieuse vengeance méditée par Procné et qui l'aide à préparer son festin barbare, tous les personnages sont des monstres. Le plus saisissant est bien entendu Térée, parjure, adultère, violeur, bourreau sadique, dont l'atroce châtiment est de dévorer l'enfant qu'il a engendré, puis d'être transformé en huppe, un oiseau dont on a longtemps cru qu'il se nourrissait d'excréments. Pandion, qui s'est si facilement séparé de sa fille aînée, ne dissimule guère le désir incestueux qu'il voue à la cadette, un désir qui n'est pas vraiment explicité dans le texte d'Ovide. L'ardente tendresse qu'éprouve Procné pour sa sœur, son désir de la revoir, après il est vrai cinq ans de séparation, sont sans doute des éléments indispensables à la mise en route du récit. Mais la violence de sa détresse, lorsque Térée lui apprend la mort de Philomena, l'étrange cérémonie des adieux qu'elle accomplit alors, les habits de deuil qu'elle revêt, puis le crime monstrueux qu'elle commet et l'horrible mise en scène qu'elle imagine, paraissent bien être les manifestations et les effets d'une passion incestueuse que rien ne suggère vraiment dans le texte source. À moins que Chrétien n'ait transposé dans l'excès des gestes et des sentiments la scène impossible à reprendre du récit ovidien : le déchaînement rituel des femmes à l'occasion des bacchanales, le moment où, masquant sa fureur sous les insignes de Bacchus, Procné peut délivrer sa sœur, l'emmener au palais, assouvir sa vengeance.

La perplexité de la critique et du lecteur devant ce récit naît sans doute de cette dissonance qui parcourt l'œuvre entre un commentaire ratiocinant et parfois platement moralisant (que l'on relise les vers 1318-1319) et l'horreur des passions et des crimes évoqués. Pour traiter son sujet, Chrétien n'a pas su retrouver le flamboiement baroque de l'écriture ovidienne. Qu'il ait choisi de conter et de montrer « cette » métamorphose, d'aller jusqu'au bout, jusqu'au moment où les monstres évoqués perdent devant nous leur statut d'êtres humains pour devenir à jamais les incarnations des crimes et des désordres passés est peut-être le signe d'une autre ambition. Cette œuvre de jeunesse aurait-elle été le lieu où évoquer et liquider une bonne fois les anciennes violences, où en finir avec un monde païen qui identifie la « loi » aux seules exigences du plaisir, du désir sexuel à assouvir de vive force ?

Lorsqu'ils content la tragique méprise de Narcisse, la détresse de Dané ou la découverte du pouvoir mortifère de l'amour au cœur de Pyrame et de Thisbé, les deux autres « translateurs » médiévaux d'Ovide en restent somme toute au niveau de l'histoire exemplaire. L'horrible « muance de la hupe et de l'aronde et dou rousignol » s'apparente au mythe. En évoquant un temps encorc proche du chaos primitif, où se mettent en place, dans une violence frénétique, les rituels fondateurs d'une civilisation, où s'instaurent les tabous majeurs, tabous de l'anthropophagie et de l'inceste, codification des relations sexuelles, refus de la violence sous toutes ses formes, Chrétien dit la métamorphose du monde. Mais comme Philomena, double de l'écrivain dont le nom s'inscrit dans la trame de l'œuvre, il re-présente aussi les traces de ce passé toujours vif, sa précaire « muance ». Au terme du récit, l'oiseau pourtant emblématique de l'amour, le rossignol, module toujours le cri de la vengeance et appelle à la vigilance au cœur même du renouveau du monde.

Le manuscrit de Philomena

Le texte de *Philomena*, édité séparément par Cornélis De Boer, se lit également aux v. 2217-3684 du livre VI de l'*Ovide moralisé* (éd. C. De Boer, tome II, Amsterdam, 1920). Nous renvoyons pour le détail de la tradition manuscrite aux pages 5-25 de l'éd. C. De Boer de 1909.

Notre édition est fondée sur le manuscrit Rouen, Bibliothèque municipale 1044 (O 4), manuscrit du XIVe siècle, qui est considéré comme le meilleur témoin du texte et qui est le manuscrit de base de l'édition de C. De Boer. Nous l'avons également utilisé pour l'édition de *Pyrame et Thisbé*. Notre édition se veut la plus fidèle possible au texte du manuscrit. Nous avons corrigé les fautes manifestes. Les corrections plus importantes sont très généralement empruntées à l'éd. C. De Boer.

Nous avons gardé dans le texte original (de manière moins systématique dans la traduction) le découpage proposé par le manuscrit : une majuscule ornée après chaque enluminure.

Leçons rejetées de Philomena

v. 158. *sores.* corr. De B. **v. 185.** *mercueil.* corr. De B. **v. 283.** *de l'amour.* **v. 298.** *bien li a dit.* **v. 333.** *que je vous em pri et m'empraig.* **v. 334.** *l'en maig.* **v. 350.** *emmeille.* corr. De B. **v. 410.** *oiaus.* corr. d'après v. 408. **v. 431.** *cel joustise.* **v. 478.** *amerveil.* corr. De B. **v. 490.** *ne conseille.* corr. De B. **v. 580.** *est fine.* **v. 635.** *son cuer anoit.* **v. 760.** *plese.* corr. De B. **v. 823.** *As le ja tu.* corr. De B. **v. 950.** *pour quoi ne sai ce lasse.* corr. De B. **v. 1038.** *en .I. bot blanc.* **v. 1052.** *est rois.* **v. 1069.** *ce qu'il.* **v. 1275.** *quar.* corr. De B. **v. 1350.** *Il.* **v. 1353.** *Ithis iert.* corr. De B. **v. 1371.** *cuident.* corr. De B. **v. 1390.** *se haste.* corr. De B.

INDICATIONS BIBLIOGRAPHIQUES

I. ÉDITIONS

— *des trois contes*

Three Ovidian Tales of Love, ed. by Raymond J. CORMIER, New York-Londres, Garland Library of Medieval Literature, 26, 1986 (avec une traduction en anglais).

— *de* Pyrame et Thisbé

Piramus et Tisbé, poème du XIIe siècle, éd. par Cornélis DE BOER, Champion, Les Classiques français du Moyen Âge, 26, 1921.

Piramus et Tisbé, Introduzione, testo critico, traduzione e note a cura di Francesco BRANCIFORTI, Florence, Olschki, 1959 (très importante introduction).

Édition du fragment en vers par Wolfgang van EMDEN, *Mélanges T. B. W. Reid,* Londres, Anglo Norman Text Society, 1984, p. 239-253.

— *du* Lai de Narcisse

Der altfranzösische Narzisuslai, eine antikisierende Dichtung des 12. Jahrhunderts, éd. par Alfons HILKA, *Zeitschrift für romanische Philologie*, XLIX, 1929, p. 633-675.

Narcisus, poème du XIIe siècle, éd. par Margaret M. PELAN et Nicol C. W. SPENCE, Les Belles Lettres, 1964.

Narcisse, conte ovidien français du XIIe siècle, éd. par Martine

THIRY-STASSIN et Madeleine TYSSENS, Les Belles Lettres, 1976.

Il « Lai » di Narciso, a cura di Mario MANCINI, Parme, Pratiche Editrice, 1989 (texte de l'édition M. Thiry-Stassin et M. Tyssens).

— *de* Philomena

Chrétien de Troyes, *Philomena*. Édition critique avec introduction, par C. DE BOER, Librairie Paul Geuthner, 1909 ; Slatkine Reprints, Genève, 1974.

Philomena, édition, traduction et présentation par Anne BERTHELOT, dans Chrétien de Troyes, *Œuvres complètes*, édition publiée sous la direction de Daniel POIRION, Gallimard, « Bibliothèque de la Pléiade », 1994, p. 917-952 et 1391-1410.

Philomena, édition de C. DE BOER, traduction d'Olivier COLLET dans Chrétien de Troyes, *Romans*, Le Livre de Poche, « La Pochothèque », 1994, p. 1225-1267.

On consultera également : Chrétien de Troyes, *Philomena*. Concordances et index établis d'après l'édition C. DE BOER par C. DUBOIS, M. DUBOIS-STASSE, G. LAVIS, Faculté de Philosophie et Lettres de l'Université de Liège, s. d.

II. CHOIX D'ÉTUDES

— *sur* Pyrame et Thisbé

CADOT, Anne-Marie, « Du récit mythique au roman : étude sur *Piramus et Tisbé* », *Romania*, XCVII, 1976, p. 433-461.

EMDEN, Wolfgang van, « La légende de Pyrame et Thisbé : textes français des XVe, XVIe et XVIIe siècles », *Mélanges Félix Lecoy*, Champion, 1973, p. 569-583.

FARAL, Edmond, *Recherches sur les sources latines des contes et romans courtois du Moyen Âge*, Champion, 1913, p. 5-61.

GLENDINNING, Robert, « Piramus and Thisbe in the Medieval Classroom », *Speculum*, t. 61/1, 1986, p. 51-78.

KIBLER, William W., « *Piramus et Tisbé :* A Medieval Adaptator at Work », *Zeitschrift für Romanische Philologie*, XCI, 1975, p. 273-291.

LAURIE, Helen C. R., «*Piramus et Tisbé*», *Modern Language Review*, LV, 1960, p. 24-32.

LEFAY-TOURY, Marie-Noëlle, *La Tentation du suicide dans le roman français du XIIe siècle*, Champion, 1979, p. 13-34.

LUCKEN, Christopher, «Le suicide des amants et l'*ensaignement* des lettres. *Piramus et Tisbé* ou les métamorphoses de l'amour», *Romania*, CXVII, 1999, p. 363-395.

TYSSENS, Madeleine, «Les sources du "Piramus"», *Mélanges Jean Dufournet*, Champion, 1993, t. III, p. 1411-1419.

Voir également l'article *Pyrame et Thisbé* dans le *Dictionnaire des mythes littéraires*, Éditions du Rocher, 1988, p. 1163-1167.

— *sur* Le Lai de Narcisse

CRESPO, Roberto, «Richard de Fournival e Narciso», *Medioevo romanzo*, XI, 1986, p. 193-206.

FRAPPIER, Jean, «Variations sur le thème du miroir, de Bernard de Ventadour à Maurice Scève», *Cahiers de l'Association internationale des Études françaises*, nº 11, 1959, repris dans *Histoires, mythes et symboles*, Genève, Droz, 1976, p. 149-167.

GIER, Albert, «L'amour, les monologues : *Le Lai de Narcisse*», *Conjunctures, Medieval Studies in Honor of Douglas Kelly*, ed. by K. Busby and N. J. Lacy, Amsterdam, Rodopi, 1994, p. 129-137.

JAPPÉ, Françoise, «Adaptation et création dans le conte de *Narcisse*», *Traduction, transposition, adaptation* II, *Bien dire et bien aprandre,* XIV, 1996, p. 155-167.

LAURIE, Helen C. R., «Narcisus», *Medium Aevum*, XXXV, 1966, p. 111-116.

LEFAY-TOURY, Marie-Noëlle, *La Tentation du suicide...*, *op. cit.*, p. 57-91.

LUCKEN, Christopher, «L'Écho du poème ("ki sert de recorder che k'autres dist")», *Par la vue et par l'ouïe*, M. GALLY et M. JOURDE éd., ENS Éditions Fontenay/Saint-Cloud, 1999, p. 25-58.

THIRY-STASSIN, Martine, «Quelques allusions médiévales au thème de Narcisse», *Marche romane*, XX, 1970, p. 47-58 et «Une autre source ovidienne du *Narcisse* ?», *Le Moyen Âge*, LXXXIV, 1978, p. 211-226.

— *sur* Philomena

AZZAM, Wagih, « Le Printemps de la littérature. La "Translation" dans *Philomena* de Chrestiiens li Gois », *Littérature*, LXXIV, 1989, p. 47-62.

DE BOER, Cornélis, « Chrétien de Troyes, auteur de *Philomena* », *Romania*, XLI, 1912, p. 94-100.

GÉRARD-ZAI, Marie-Claire, « L'auteur de *Philomena* », *Revista de Istorie si Teorie Literara*, 25, 1976, p. 361-368.

GUÉRET-LAFERTÉ, Michèle, « De Philomèle à Philomena », *La Déclaration amoureuse au Moyen Âge*, *Bien dire et bien aprandre*, XV, 1997, p. 45-56.

HOEPFFNER, Ernest, « La *Philomena* de Chrétien de Troyes », *Romania*, XLVII, 1931, p. 13-74.

PARIS, Gaston, « Un poème retrouvé de Chrétien de Troyes », *Romania*, XIII, 1884, p. 399-400.

—, « Chrétien Legouais et autres traducteurs ou imitateurs d'Ovide », *Histoire littéraire de la France*, XXIX, 1885, p. 455-517.

PFEFFER, Wendy, *The Change of Philomel : the Nightingale in Medieval Literature*, New York-Berne, Peter Lang, 1985.

SANSONE, Giuseppe E., « Chrétien de Troyes e Chrétien li Gois : un consuntivo », *Studi mediolatini e volgari*, XXXIII, 1987, p. 117-134.

SCHULZE-BUSACKER, Élisabeth, « *Philomena*. Une révision de l'attribution de l'œuvre », *Romania*, CVII, 1986, p. 459-485.

STORMS, Colette, « Le mal dans *Philomena* », *Imaginaires du mal*, Myriam WATTHEE-DELMOTTE et Paul-Augustin DEPROOST éd., Presses Universitaires de Louvain, 2000, p. 103-113.

III. TEXTES ANTIQUES ET MÉDIÉVAUX CITÉS

Benoît de Sainte-Maure, *Le Roman de Troie*, Léopold CONSTANS éd., 6 vol., Firmin-Didot, Société des anciens textes français, 1904-1912.

Chrétien de Troyes, *Romans*, Le Livre de Poche, « La Pochothèque », 1994.

Évrart de Conty, *Le Livre des Eschez amoureux moralisés*,

Françoise Guichard-Tesson et Bruno Roy éd., Montréal, CERES, 1993.

Guillaume de Lorris et Jean de Meun, *Le Roman de la Rose*, éd. et trad. Armand Strubel, Le Livre de Poche, «Lettres gothiques», 1992.

Marie de France, *Lais*, trad. Laurence Harf-Lancner (d'après l'éd. Warnke), Le Livre de Poche, «Lettres gothiques», 1990.

Ovide, *Les Métamorphoses*, texte établi et traduit par Georges Lafaye, 3 vol., Les Belles Lettres, 1925-1930; trad. revue, présentée et annotée par Jean-Pierre Néraudau, Gallimard, «Folio classique», 1992.

Ovide moralisé (en vers), Cornélis De Boer éd., Amsterdam, J. Müller, 5 vol., 1915-1938.

Le Roman d'Alexandre, version d'Alexandre de Paris, trad. Laurence Harf-Lancner (d'après l'éd. E. C. Armstrong *et al.*), Le Livre de Poche, «Lettres gothiques», 1994.

Le Roman d'Énéas, Jacques J. Salverda de Grave éd., 2 vol., Champion, 1925-1929.

Le Roman de Thèbes, édition bilingue de Francine Mora, Le Livre de Poche, «Lettres gothiques», 1995.

Wace, *Le Roman de Brut,* Ivor Arnold éd., 2 vol., Société des anciens textes français, 1938-1940.

IV. CHOIX D'OUVRAGES CRITIQUES

Sur Ovide et la réception médiévale de la mythologie classique

Anderson, William S. (éd.), *Ovid, The Classical Heritage* (voir la section *The Middle Ages*), New York-Londres, Garland, 1995.

Demats, Paule, *Fabula. Trois études de mythographie antique et médiévale*, Genève, Droz, 1973.

Fabre-Serris, Jacqueline, *Mythe et poésie dans les «Métamorphoses» d'Ovide. Fonctions et significations de la mythologie dans la Rome augustéenne*, Klincksieck, 1995.

Munari, Franco, *Ovid im Mittelalter*, Zurich, Artemis Verlag, 1960.

PICONE, Michelangelo, ZIMMERMANN, Bernhard (éd.), *Ovidius redivivus. Von Ovid zu Dante*, M&P, Stuttgart, 1994.

RAND, Edward K., *Ovid and his Influence*, Boston, 1925 ; rééd. New York, Cooper Square, 1963.

TRAUBE, Ludwig, *Vorlesungen und Abhandlungen, II, Einleitung in die lateinische Philologie des Mittelalters*, Munich, 1911.

Théorie et critique littéraires

AGAMBEN, Giorgio, *Stanze : parole et fantasme dans la culture occidentale*, Einaudi, Turin, 1977 ; Christian Bourgois, 1981 (pour la traduction française) ; Payot, « Rivages Poche », 1998.

Dictionnaire des mythes littéraires, sous la direction de Pierre BRUNEL, Éditions du Rocher, 1988.

FARAL, Edmond, *Les Arts poétiques du* XIIe *et du* XIIIe *siècle*, Champion, 1962.

GOLDIN, Frederick M., *The Mirror of Narcissus in the Courtly Love Lyric*, Ithaca, Cornell University Press, 1967.

KNOESPEL, Kenneth J., *Narcissus and the Invention of Personal History*, New York-Londres, Garland, 1985.

KRISTEVA, Julia, *Histoires d'amour*, Denoël, « L'Infini », 1983.

MARÉCHAUX, Pierre, *Énigmes romaines*, Gallimard, « Le Promeneur », 2000.

Narcisses, sous la direction de J.-B. PONTALIS, Gallimard, 1976 ; « Folio essais », 2000.

NOUVET, Claire, « An Impossible Response : The Disaster of Narcissus », *Yale French Studies*, 79, 1991, p. 103-134.

VINGE, Louise, *The Narcissus Theme in Western European Literature up to the early 19th Century*, Lund, 1967.

DOCUMENT

Extraits des Métamorphoses *d'Ovide* [1]

Pyrame et Thisbé
(livre IV, vers 55-166)

Les filles de Mynias (roi de Béotie) refusent d'interrompre leurs travaux pour célébrer le culte de Bacchus. Tout en filant la laine, l'une d'elles se met à conter l'histoire tragique de Pyrame et Thisbé qui se déroule à Babylone.

« Pyrame et Thisbé l'un le plus beau des jeunes gens, l'autre la plus admirée entre les filles de l'Orient, habitaient deux maisons contiguës dans la ville qui doit à Sémiramis une haute enceinte de murailles en terre cuite. Ce voisinage les amena à se connaître et favorisa les premiers progrès de leur amour ; il ne fit que grandir avec le temps ; ils auraient même allumé le flambeau d'une union légitime, si leurs pères ne les en avaient empêchés ; ce qu'ils ne purent empêcher ce fut qu'une même passion embrasât leurs deux cœurs également épris. Ils n'ont aucun confident ; ils se parlent par gestes et par signes ; plus leur flamme est cachée et plus elle brûle avec violence au fond de leur âme. Une légère fente s'était produite autrefois, dès le jour de la construction, dans la muraille commune à leurs deux maisons ; personne, pendant une longue suite de siècles, ne s'était aperçu du dommage ; (mais que ne découvre pas l'amour ?) vous fûtes les premiers à la voir, jeunes amants ; elle servit de passage à votre voix ; par là vos tendres propos, tout doucement murmurés, arrivaient sans danger à leur but. Souvent, tandis que Thisbé se tenait d'un côté, Pyrame de l'autre, et qu'ils avaient tour à tour épié le souffle de leurs bouches : "Mur jaloux, disaient-ils, pourquoi t'opposes-

1. Nous reproduisons la traduction de Georges Lafaye (1925-1930) revue par Jean-Pierre Néraudau (Gallimard, « Folio classique », 1992).

tu à notre amour ? Que t'en coûterait-il de permettre à nos corps de s'unir tout entiers, ou, si c'est trop demander, de t'ouvrir assez pour que nous échangions du moins nos baisers ? Cependant nous ne sommes pas ingrats ; c'est grâce à toi, nous l'avouons, que nos paroles ont pu se frayer un passage jusqu'aux oreilles de l'être aimé." Après avoir séparément exhalé ces plaintes inutiles, à l'approche de la nuit, ils se dirent adieu et chacun d'eux donna de son côté à la muraille des baisers qui ne parvenaient point à l'opposé. Quand l'aurore du lendemain eut chassé les astres de la nuit et que le soleil eut séché de ses rayons les herbes couvertes de givre, ils revinrent à leur rendez-vous. Alors, après de longues plaintes murmurées à voix basse, ils décident qu'à la faveur du silence de la nuit ils essaieront de tromper leurs gardiens et de franchir leurs portes ; une fois hors de leurs demeures, ils s'échapperont même de la ville ; pour ne point s'égarer au loin dans leur course à travers la campagne, ils se réuniront auprès du tombeau de Ninus et se cacheront sous l'arbre qui l'ombrage. Cet arbre était un mûrier, chargé de fruits blancs comme la neige, qui se dressait au bord d'une fraîche fontaine. D'un commun accord, ils s'arrêtent à ce plan ; le jour, qui leur a semblé fuir trop lentement, se plonge dans les flots et de ces flots monte la nuit.

Adroitement, au milieu des ténèbres, Thisbé fait tourner la porte sur ses gonds ; elle sort, trompant la surveillance de sa famille ; le visage caché par un voile, elle parvient au tombeau et s'assied sous l'arbre désigné ; l'amour lui donnait de l'audace. Voilà qu'une lionne, sa gueule écumante encore teinte du sang des bœufs qu'elle a récemment égorgés, vient étancher sa soif dans l'onde de la fontaine voisine. De loin, aux rayons de la lune, Thisbé, la vierge de Babylone, l'a aperçue ; d'un pas tremblant elle fuit dans un antre obscur et en fuyant elle laisse tomber le voile qui couvrait ses épaules. Quand la lionne farouche s'est désaltérée à longs traits dans la source et tandis qu'elle retourne vers les forêts, elle trouve par hasard ce voile léger abandonné par la jeune fille et le déchire de sa gueule ensanglantée. Sorti plus tard, Pyrame voit sur la poussière épaisse les traces certaines de la bête et la pâleur couvre son visage ; mais, lorsqu'il trouve aussi le voile teint de sang : "La même nuit, dit-il, verra périr deux amants ; de nous deux c'était elle qui était la plus digne d'une longue vie ; c'est moi qui suis le coupable : c'est moi qui t'ai perdue, infortunée, moi qui t'ai fait venir, la nuit, dans ces lieux où tout inspire l'effroi ; et je n'y suis pas venu le premier. Mettez mon corps en lambeaux, punissez-moi de mon forfait en déchirant mes entrailles par vos féroces morsures, ô lions qui habitez ces rochers ! Mais le lâche seul se borne à appeler la mort de ses vœux." Il prend le voile de Thisbé et l'emporte avec lui sous l'ombrage de l'arbre convenu ; il couvre de ses larmes ce vêtement bien connu, il le couvre de ses baisers : "Reçois aussi, s'écrie-t-il, mon sang, que ma main va répandre." Et, tirant le fer qu'il portait à sa ceinture, il le plonge dans son sein ; aussitôt après, déjà mourant, il l'arrache de la plaie brûlante ; de son corps tombé à la renverse le sang jaillit à une grande hauteur ; ainsi le tube de plomb, quand il a subi un dommage, se fend et lance en sifflant par une étroite ouverture de longs jets d'eau, dont la violence déchire l'air. Les fruits de l'arbre, sous cette rosée de mort, prennent un sombre aspect et sa racine, baignée de sang, donne la couleur de la pourpre aux mûres qui pendent à ses rameaux.

Voilà que, tremblante encore, mais ne voulant pas faire attendre son amant, Thisbé revient ; ses yeux et son cœur cherchent le jeune homme ; elle brûle de lui raconter les dangers auxquels elle a échappé ; elle reconnaît le lieu, elle reconnaît la forme de l'arbre, mais la couleur de ses fruits la fait hésiter ; elle se demande si c'est bien le même. Tandis qu'elle hésite, elle voit avec terreur le corps qui palpite sur la terre ensanglantée ; elle recule, plus pâle que le buis, et frémit comme la mer, quand sa surface frissonne, ridée par une brise légère. Mais, au bout d'un instant, elle a reconnu celui qu'elle aime ; alors elle frappe de coups retentissants ses bras innocents, elle s'arrache les cheveux, enlace ce corps chéri, pleure sur sa blessure, mêle un flot de larmes à son sang et, imprimant des baisers sur son visage glacé : "Pyrame, s'écrie-t-elle, quel cruel hasard t'a ravi à moi ? Pyrame, réponds ; c'est ta bien-aimée, Thisbé, qui t'appelle ; entends-moi et redresse ta tête défaillante." À ce nom de Thisbé Pyrame lève ses yeux déjà appesantis par la mort, il la voit et les referme. Alors elle reconnaît le voile et aperçoit le fourreau d'ivoire, vide de son épée : "C'est ta propre main, dit-elle, et ton amour qui t'ont porté le coup fatal, malheureux ! Moi aussi, j'ai une main assez vigoureuse, au moins pour un tel dessein, et j'ai au cœur un amour qui me donnera assez de force pour me frapper. Je te suivrai au-delà de cette vie ; on dira que j'ai été la cause déplorable et la compagne de ton trépas ; la mort seule, hélas ! pouvait t'arracher à moi ; tu ne pourras plus m'être arraché, même par la mort. Cependant nous vous adressons tous deux cette prière, ô mon malheureux père, et toi, malheureux père de mon ami : Que ceux qu'un amour fidèle et leur dernière heure ont unis l'un à l'autre reposent dans le même tombeau ; ne leur refusez pas cette grâce. Et toi, arbre, dont les rameaux n'abritent maintenant qu'un seul corps et bientôt en abriteront deux, garde les marques de notre trépas, porte à jamais des fruits sombres en signe de deuil, pour attester que deux amants t'arrosèrent de leur sang." Elle dit et, ayant fixé la pointe de l'épée au-dessous de sa poitrine, elle se laisse tomber sur le fer encore tiède du sang de Pyrame. Cependant sa prière toucha les dieux, elle toucha les deux pères ; car le fruit, parvenu à sa maturité, prend une couleur noirâtre et ce qui reste de leurs bûchers repose dans la même urne. »

Narcisse
(livre III, vers 339-510)

Chez Ovide, l'histoire de Narcisse est précédée de celle du devin Tirésias, que Junon a condamné à une nuit éternelle. Il a en effet pris parti pour Jupiter en déclarant, contre l'avis de Junon, que la femme éprouvait plus de volupté que l'homme dans l'acte sexuel. Mais en échange de la lumière qui lui a été ravie, Jupiter lui a accordé le don de connaître l'avenir.

Tirésias, dans les villes de l'Aonie, où s'était répandue partout sa renommée, donnait ses réponses infaillibles au peuple qui venait le consulter. La première qui fit l'épreuve de la vérité de ses oracles fut Liriope aux cheveux d'azur; jadis le Céphise l'enlaça dans son cours sinueux et, la tenant enfermée au milieu de ses ondes, il lui fit violence. Douée d'une rare beauté, elle conçut et mit au monde un enfant qui dès lors était digne d'être aimé des nymphes; elle l'appela Narcisse. Elle vint demander s'il verrait sa vie se prolonger dans une vieillesse avancée; le devin, interprète de la destinée, répondit: « S'il ne se connaît pas. » Longtemps ce mot de l'augure parut vain; il fut justifié par l'événement, par la réalité, par le genre de mort de Narcisse et par son étrange délire. Déjà à ses quinze années le fils du Céphise en avait ajouté une; il pouvait passer aussi bien pour un enfant et pour un jeune homme; chez beaucoup de jeunes gens, chez beaucoup de jeunes filles il faisait naître le désir; mais sa beauté encore tendre cachait un orgueil si dur que ni jeunes gens ni jeunes filles ne purent le toucher.

Un jour qu'il chassait vers ses filets des cerfs tremblants, il frappa les regards de la nymphe à la voix sonore qui ne sait ni se taire quand on lui parle, ni parler la première, de la nymphe qui répète les sons, Écho. En ce temps-là, Écho avait un corps; ce n'était pas simplement une voix et pourtant sa bouche bavarde ne lui servait qu'à renvoyer, comme aujourd'hui, les derniers mots de tout ce qu'on lui disait. Ainsi l'avait voulu Junon; quand la déesse pouvait surprendre les nymphes qui souvent, dans les montagnes, s'abandonnaient aux caresses de son Jupiter, Écho s'appliquait à la retenir par de longs entretiens, pour donner aux nymphes le temps de fuir. La fille de Saturne s'en aperçut: « Cette langue qui m'a trompée, dit-elle, ne te servira plus guère et tu ne feras plus de ta voix qu'un très bref usage. » L'effet confirme la menace; Écho cependant peut encore répéter les derniers sons émis par la voix et rapporter les mots qu'elle a entendus.

Donc à peine a-t-elle vu Narcisse errant à travers les campagnes solitaires que, brûlée de désir, elle suit furtivement ses traces; plus elle le suit, plus elle se rapproche du feu qui l'embrase; le soufre vivace dont on enduit l'extrémité des torches ne s'allume pas plus rapidement au contact de la flamme. Oh ! que de fois elle voulut l'aborder avec des paroles caressantes et lui adresser de douces prières ! Sa nature s'y oppose et ne lui permet pas de commencer ; mais du moins puisqu'elle en a la permission, elle est prête à guetter des sons auxquels elle pourra répondre par des paroles.

Il advint que le jeune homme, séparé de la troupe de ses fidèles compagnons, cria : « Y a-t-il quelqu'un près de moi ? » « Moi », répondit Écho. Plein de stupeur, il promène de tous côtés ses regards. « Viens ! » crie-t-il à pleine voix ; à son appel elle répond par un appel. Il se retourne et, ne voyant venir personne : « Pourquoi, dit-il, me fuis-tu ? » Il recueille autant de paroles qu'il en a prononcées. Il insiste et, abusé par la voix qui semble alterner avec la sienne : « Ici ! reprend-il, réunissons-nous ! » Il n'y avait pas de mot auquel Écho pût répondre avec plus de plaisir : « Unissons-nous ! » répète-t-elle et, charmée elle-même de ce qu'elle a dit, elle sort de la forêt et veut jeter ses bras autour du cou tant espéré. Narcisse fuit et, tout en fuyant : « Retire ces mains qui m'enlacent, dit-il ; plutôt mourir que de m'abandonner à toi ! » Elle ne répéta que ces paroles : « m'abandonner à toi ! » Méprisée, elle se cache dans les forêts ; elle abrite sous la feuillée son visage accablé de honte et depuis lors elle vit dans des antres solitaires ; mais son amour est resté gravé dans son cœur et le chagrin d'avoir été repoussée ne fait que l'accroître. Les soucis qui la tiennent éveillée épuisent son corps misérable, la maigreur dessèche sa peau, toute la sève de ses membres s'évapore. Il ne lui reste que la voix et les os ; sa voix est intacte, ses os ont pris, dit-on, la forme d'un rocher. Depuis, cachée dans les forêts, elle ne se montre plus sur les montagnes ; mais tout le monde l'entend ; un son, voilà tout ce qui survit en elle.

Comme cette nymphe, d'autres, nées dans les eaux ou sur les montagnes, et auparavant une foule de jeunes hommes s'étaient vus dédaignés par Narcisse. Aussi quelqu'un qu'il avait méprisé, levant les mains vers le ciel, s'écria : « Puisse-t-il aimer, lui aussi, et ne jamais posséder l'objet de son amour ! » La déesse de Rhamnonte exauça cette juste prière. Il y avait une source limpide dont les eaux brillaient comme de l'argent ; jamais les pâtres ni les chèvres qu'ils faisaient paître sur la montagne, ni aucun autre bétail ne l'avaient effleurée, jamais un oiseau, une bête sauvage ou un rameau tombé d'un arbre n'en avait troublé la pureté. Tout alentour s'étendait un gazon dont ses eaux entretenaient la vie par leur voisinage, et une forêt qui empêchait le soleil d'attiédir l'atmosphère du lieu. Là le jeune homme, qu'une chasse ardente et la chaleur du jour avaient fatigué, vint se coucher sur la terre, séduit par la beauté du site et par la fraîcheur de la source. Il veut apaiser sa soif ; mais il sent naître en lui une soif nouvelle ; tandis qu'il boit, épris de son image, qu'il aperçoit dans l'onde, il se passionne pour une illusion sans corps ; il prend pour un corps ce qui n'est que de l'eau ; il s'extasie devant lui-même ; il demeure immobile, le visage impassible, semblable à une statue taillée dans le marbre de Paros. Étendu sur le sol, il contemple ses yeux, deux astres, sa chevelure digne de Bacchus et non moins digne d'Apollon, ses joues lisses, son cou d'ivoire, sa bouche gracieuse, son teint qui à un éclat vermeil unit une blancheur de neige ; enfin il admire tout ce qui le rend admirable. Sans s'en douter, il se désire lui-même ; il est l'amant et l'objet aimé, le but auquel s'adressent ses vœux ; les feux qu'il cherche à allumer sont en même temps ceux qui le brûlent. Que de fois il donne de vains baisers à cette source fallacieuse ! Que de fois, pour saisir son cou, qu'il voyait au milieu des eaux, il y plongea ses bras, sans pouvoir s'atteindre ! Que voit-il ? Il l'ignore ; mais ce qu'il voit le consume ; la même erreur qui trompe ses yeux les excite. Crédule enfant, pourquoi t'obstines-tu vainement à saisir une image fugitive ? Ce que tu recherches n'existe pas ; l'objet que tu aimes, tourne-toi et il s'évanouira. Le fantôme que tu aperçois n'est que le reflet de ton image ; sans consistance par soi-même, il est venu et demeure avec toi ; avec toi il va s'éloigner, si tu peux t'éloigner.

Ni le souci de Cérès, ni le besoin de sommeil ne peuvent l'arracher de ce lieu. Épandu dans l'herbe du soir, il contemple d'un regard insatiable l'image mensongère. Il meurt, victime de ses propres yeux. Légèrement soulevé et tendant ses bras vers les arbres qui l'entourent : « Jamais amant, dit-il, ô forêts, a-t-il subi un sort plus cruel ? Vous le savez ; car vous avez souvent offert à l'amour un refuge opportun. Vous, dont la vie compte tant de siècles, vous souvient-il d'avoir jamais vu dans cette longue suite de temps un amant dépérir comme moi ? Un être me charme et je le vois ; mais cet être que je vois et qui me charme, je ne puis l'atteindre ; si grande est l'erreur qui contrarie mon amour. Pour comble de douleur, il n'y a entre nous ni vaste mer, ni longues routes, ni montagnes, ni remparts aux portes closes ; c'est un peu d'eau qui nous sépare. Lui aussi, il désire mon étreinte, car chaque fois que je tends mes lèvres vers ces eaux limpides pour un baiser, chaque fois il s'efforce de lever vers moi sa bouche. Il semble que je puis le toucher ; un très faible obstacle s'oppose seul à notre amour. Qui que tu sois, viens ici ; pourquoi, enfant sans égal, te jouer ainsi de moi ? Où fuis-tu, quand je te cherche ? Ce ne sont du moins ni ma figure, ni mon âge qui peuvent te faire fuir ; des nymphes même m'ont aimé. Ton visage amical me promet je ne sais quel espoir ; quand je te tends les bras, tu me tends les tiens de toi-même ; quand je te souris, tu me souris. Souvent même j'ai vu couler tes pleurs, quand je pleurais ; tu réponds à mes signes en inclinant la tête et, autant que j'en puis juger par le mouvement de ta jolie bouche, tu me renvoies des paroles qui n'arrivent pas jusqu'à mes oreilles. Mais cet enfant, c'est moi ; je l'ai compris et mon image ne me trompe plus ; je brûle d'amour pour moi-même, j'allume la flamme que je porte dans mon sein. Que faire ? Attendre d'être imploré ou implorer moi-même ? Et puis, quelle faveur implorer maintenant ? Ce que je désire est en moi ; ma richesse a causé mes privations. Oh ! que ne puis-je me séparer de mon corps ! Vœu singulier chez un amant, je voudrais que ce que j'aime fût loin de moi. Déjà la douleur épuise mes forces ; il ne me reste plus longtemps à vivre, je m'éteins à la fleur de mon âge. La mort ne m'est point cruelle, car elle me délivrera de mes douleurs ; je voudrais que cet objet de ma tendresse eût une plus longue existence ; mais, unis par le cœur, nous mourrons en exhalant le même soupir. »

À ces mots, il revint, dans son délire, contempler son image ; ses larmes troublèrent les eaux et l'agitation du bassin obscurcit l'apparition. Quand il la vit s'effacer : « Où fuis-tu ?, cria-t-il. Demeure ; n'abandonne pas, cruel, celui qui t'adore. Ce que je ne puis toucher, laisse-moi au moins le contempler ! Laisse-moi fournir un aliment à ma triste folie ! » Au milieu de ces plaintes, il arracha son vêtement depuis le haut et, de ses mains blanches comme le marbre, il frappa sa poitrine nue, qui, sous les coups, se colora d'une teinte de rose ; ainsi des fruits, blancs d'un côté, sont, de l'autre, nuancés de rouge ; ainsi la grappe de raisin aux tons changeants se tache de pourpre, quand elle n'est pas encore mûre. À peine eut-il vu ces meurtrissures dans l'onde redevenue limpide qu'il n'en put supporter davantage ; comme la cire dorée fond devant une flamme légère ou le givre du matin sous un tiède rayon de soleil, ainsi il dépérit, consumé par l'amour, et il succombe au feu secret qui le dévore lentement. Il a perdu ce teint dont la blancheur se colorait d'un éclat vermeil ; il a perdu son air de santé, ses forces et tous les charmes qu'il admirait naguère ; dans son corps il ne reste plus rien de la beauté que jadis Écho avait aimée. Quand elle le revit, bien qu'animée contre lui de colère et de ressentiment, elle le prit en pitié ; chaque fois que le malheureux jeune homme s'était écrié : « Hélas ! » la voix de la nymphe lui répondait en répétant : « Hélas ! » Quand de ses mains il s'était frappé les bras, elle lui renvoyait le son de ses coups. Les dernières paroles qu'il prononça, en jetant, selon sa coutume, un regard dans l'onde, furent : « Hélas ! enfant que j'ai vainement chéri ! » Les lieux d'alentour retentirent des mêmes mots en nombre égal ; il avait dit : « Adieu ! » — « Adieu ! » répliqua Écho. Il laissa tomber sa tête lasse sur le vert gazon ; la mort ferma ses yeux, qui admiraient toujours la beauté de leur maître. Même après qu'il fut entré au séjour infernal, il se regardait encore dans l'eau du Styx. Ses sœurs, les Naïades, le pleurèrent et, ayant coupé leurs cheveux, les consacrèrent à leur frère ; les Dryades le pleurèrent aussi ; Écho répéta leurs gémissements. Déjà on préparait le bûcher, les torches qu'on secoue dans les airs et la civière funèbre ; le corps avait disparu ; à la place du corps, on trouve une fleur couleur de safran, dont le centre est entouré de blancs pétales

Procné et Philomèle
(livre VI, vers 426-674)

Dans le livre VI, l'histoire de Procné, de Philomèle et de Térée suit comme en écho le rappel d'un autre festin barbare, celui où Pélops, tué et préparé en ragoût par son père Tantale, est servi aux dieux. Pélops est ensuite ressuscité par les dieux, qui sont obligés de lui fabriquer une épaule en ivoire pour remplacer celle qui a été dévorée par Déméter. Si Philomena *est bien de lui, Chrétien de Troyes, en adaptant également l'histoire de Pélops (le récit perdu qu'il cite comme* le mors de l'espaule*), aurait donc reproduit le déroulement du texte d'Ovide. Quant à l'auteur de l'*Ovide moralisé, *il a repris au texte d'Ovide, en guise de prologue au texte de Chrétien, le motif de l'aide apportée par le Thrace Térée au roi d'Athènes, Pandion.*

Dans les environs, les princes se réunissent; les villes supplient leurs rois de porter des consolations à leurs voisins: Argos, Sparte, Mycènes, cité des Pélopides, Calydon, qui n'était pas encore en butte à la colère farouche de Diane, la fertile Orchomène, Corinthe, célèbre par ses bronzes, la fière Messène, Patras, l'humble Cléones, Pylos, où régna Nélée, Trézène, que Pitthée ne gouvernait pas encore, et les autres villes encloses derrière l'Isthme, battu par deux mers, et celles que le regard depuis l'Isthme, battu par deux mers, aperçoit au-dehors. Qui pourrait le croire? toi seule, Athènes, tu t'abstins. La guerre t'empêchait alors de remplir ce devoir; transportés à travers les flots, des bataillons barbares avaient jeté l'épouvante dans les murs de Mopsopus. Le Thrace Térée, armé pour la défense de la ville, les avait mis en fuite et cette victoire avait illustré son nom; Pandion, séduit par la puissance que cet étranger devait à ses richesses et à ses soldats et par l'éclat de sa famille, qui se trouvait descendre du grand Gradivus, lui donna Procné pour épouse. Mais ni Junon, qui préside au mariage, ni l'Hyménée, ni les Grâces n'approchèrent de leur couche; les Euménides y vinrent, tenant des torches qu'elles avaient ravies à un convoi funèbre et ce furent les Euménides qui étendirent les coussins du lit; un hibou sinistre, s'étant abattu sur le toit, vint se poser au-dessus de la chambre nuptiale. C'est sous un tel présage que s'unirent Procné et Térée, sous un tel présage qu'ils donnèrent le jour à un enfant. Naturellement, ils reçurent les félicitations de la Thrace; eux-mêmes ils adressèrent aux dieux des actions de grâces et voulurent que le jour où la fille de l'illustre Pandion avait été accordée au souverain et celui où était né Itys fussent appelés des jours de fête; tant nous sommes aveuglés sur nos intérêts! Déjà le Titan avait ramené cinq fois l'automne, au cours de sa révolution annuelle, quand Procné, se faisant caressante, dit à son époux : « Si je te suis chère, souffre que j'aille rendre visite à ma sœur ou que ma sœur vienne en ces lieux ; tu promettras à ton beau-père qu'elle reviendra peu de temps après ; tu me feras une grande faveur, si tu me procures le moyen de voir ma sœur. » Térée ordonne de lancer un vaisseau à la mer ; conduit par la voile et la rame, il entre dans le port de Cécrops et aborde aux rivages du Pirée.

Dès qu'on l'a introduit auprès de son beau-père, ils unissent leurs mains et engagent l'entretien sous d'heureux auspices. Térée commence à rapporter le message de son épouse, motif de son voyage, et il promet de ramener promptement la jeune fille qui lui sera confiée ; voici qu'arrive Philomèle, riche d'une brillante parure, plus riche encore de beauté ; elle ressemblerait aux Naïades et aux Dryades qui, nous dit-on, parcourent les forêts, si on leur donnait les mêmes atours et la même parure. À la vue de la jeune fille, Térée s'est enflammé comme la paille jaunie sous laquelle on met le feu, comme les feuilles et les herbes que l'on brûle sur un tas de foin. La beauté de Philomèle, à la vérité, avait bien de quoi séduire ; mais il est encore aiguillonné par son tempérament lascif ; car les peuples de son pays sont enclins aux ardeurs de Vénus ; le vice de sa race est aussi celui qui le consume. Dans son impétuosité, il ne songe qu'à corrompre la surveillance des compagnes de la jeune fille, la fidélité de sa nourrice, à la tenter elle-même par des présents somptueux et à dépenser pour elle toutes les richesses de son royaume, ou bien à l'enlever et à la garder ensuite au prix d'une guerre terrible ; il n'est rien que n'ose son amour effréné ; son cœur ne peut plus contenir la flamme dont il est plein. Déjà il supporte avec peine les délais ; dans ses discours impatients il revient sans cesse au message de Procné et il poursuit son propre désir sous prétexte de la contenter. L'amour le rendait éloquent ; chaque fois que ses demandes dépassaient la juste mesure, il prétendait que telle était la volonté de Procné ; il y ajoute les larmes, comme si Procné les lui avait aussi commandées. Ô dieux ! de quelle nuit ténébreuse sont emplis les cœurs des mortels ! Les efforts mêmes de Térée pour consommer un attentat le font passer pour un bon mari et son crime lui vaut des éloges. Que dis-je ? Philomèle s'associe à ses désirs ; entourant de ses bras caressants les épaules de son père, elle demande à aller voir sa sœur au nom de son salut, et c'est contre son salut qu'elle travaille elle-même. Térée la contemple ; il la caresse à l'avance du regard ; quand il voit les baisers qu'elle donne et ses bras jetés autour du cou de son père, tout sert d'aiguillon, de torche, d'aliment à la passion qui l'égare ; chaque fois qu'elle embrasse son père, il voudrait être son père, car il n'en serait pas moins mauvais parent. Le père se laisse vaincre par les prières de ses deux filles ; Philomèle, joyeuse, rend grâces à son père ; l'infortunée regarde comme un succès pour les deux sœurs ce qui doit les perdre toutes les deux.

Il ne restait plus à Phébus qu'un étroit espace à parcourir et ses chevaux foulaient de leurs pieds la région où s'incline l'Olympe ; on sert sur les tables un festin royal et, dans des vases d'or, les dons de Bacchus ; puis un doux sommeil s'empare du corps qu'on lui abandonne. Mais le roi des Odryses, quoique séparé de Philomèle, bout d'impatience en pensant à elle ; il se rappelle ses traits, sa démarche, ses mains ; il se représente au gré de ses désirs les charmes qu'il n'a pas encore vus ; il alimente lui-même le feu qui le dévore et sa passion éloigne de lui le sommeil. Le jour venu, Pandion serre la main de son gendre prêt au départ et, les larmes aux yeux, il lui recommande sa compagne : « Voici ma fille, mon cher gendre ; puisque ma tendresse m'y a contraint, puisque les deux sœurs l'ont voulu, puisque tu l'as voulu aussi, Térée, je te la confie ; au nom de la bonne foi et de la parenté qui unit nos cœurs, je te supplie et, au nom des dieux, je te conjure de veiller sur elle avec l'amour d'un père ; elle est la douce consolation de ma vieillesse inquiète ; dès que tu le pourras (car tout délai me semblera long), renvoie-la-moi. Et toi aussi, dès que tu le pourras (c'est bien assez que ta sœur vive au loin), si tu m'aimes, Philomèle, reviens vers moi. » Au milieu de ces recommandations, il couvrait sa fille de baisers et des larmes, que lui arrachait sa tendresse, coulaient de ses yeux, tandis qu'il parlait. Comme un gage de foi, il leur demande à tous deux leurs mains droites et les serre, réunies dans la sienne ; il les prie de porter à sa fille et à son petit-fils absents un salut qui le rappelle à leur souvenir ; ce fut à peine s'il put prononcer le dernier adieu d'une voix pleine de sanglots et lui-même il s'effraya des pressentiments qui s'élevaient dans son âme.

Philomèle était à peine montée sur le vaisseau aux vives couleurs, on avait à peine mis les rames à la mer et repoussé la terre que Térée s'écria : « Victoire ! j'emporte avec moi l'objet de mes désirs. » Il triomphe, il ne diffère qu'à regret son bonheur, le barbare ! Ses regards ne se détournent pas un moment de la jeune fille ; ainsi, lorsque, ayant emporté un lièvre entre ses serres recourbées, l'oiseau de Jupiter l'a déposé dans son nid sur une cime, toute fuite est interdite au captif et le ravisseur tient les yeux fixés sur sa proie. Déjà on avait atteint le terme du voyage, déjà les matelots étaient descendus de leurs vaisseaux fatigués sur le rivage de leur patrie, quand le roi entraîne la fille de Pandion dans une bergerie à la haute enceinte, cachée au milieu d'une antique forêt ; là, pâle, tremblante, redoutant tous les malheurs à la fois, elle demande en pleurant où est sa sœur ; mais il la tient prisonnière, lui avoue son dessein criminel et par la force il triomphe de cette vierge, de cette femme seule, qui vainement invoque à grands cris tantôt son père, tantôt sa sœur, et surtout les dieux tout-puissants. Elle frissonne comme une agnelle épouvantée, qu'un loup au poil gris a blessée et qui, arrachée de sa gueule, ne se croit pas encore en sûreté, ou comme la colombe qui, à la vue de ses plumes trempées de son sang, est saisie d'horreur et redoute encore les serres qui l'étreignaient. Bientôt, quand elle a repris ses sens, Philomèle arrache ses cheveux épars ; comme une femme en deuil, elle meurtrit ses bras à grands coups, puis, les mains tendues vers Térée : « Ô barbare, s'écrie-t-elle, quel n'est pas ton forfait ! Ô cruel, rien n'a donc pu te toucher, ni les ordres de mon père, ni les larmes que lui arrachait sa tendresse, ni le souvenir de ma sœur, ni ma virginité, ni les lois du mariage ? Tu as tout profané ; nous sommes devenus, moi la rivale de ma sœur ; toi, l'époux de deux femmes ; il faudra que je sois châtiée comme une ennemie. Que ne m'ôtes-tu la vie, perfide, pour qu'il ne te reste plus aucun crime à accomplir ? Plût aux dieux que tu me l'eusses ôtée avant l'exécrable attentat qui a fait de moi ta concubine ! Mon ombre eût été pure de toute tache. Mais, si de tels outrages n'échappent pas aux regards des dieux, si leur puissance n'est pas un vain mot, si tout n'a pas péri avec mon honneur, un jour ou l'autre, je me vengerai de toi. Moi-même, rejetant toute pudeur, je dévoilerai ta conduite ; si j'en ai le moyen, j'irai devant le peuple ; si tu me retiens prisonnière dans ces forêts, je remplirai ces forêts de mes plaintes et j'attendrirai les rochers confidents de mon malheur. Ma voix sera entendue du ciel et des dieux, s'il en est qui l'habitent. »

Ces menaces font naître la colère dans le cœur du tyran farouche et, avec elle, une crainte qui n'est pas moins forte ; excité par l'une et par l'autre, il tire du fourreau l'épée qui pend à sa ceinture, saisit la jeune fille par les cheveux, lui tord les bras derrière le dos et la charge de chaînes. Philomèle tendait la gorge ; à la vue de l'épée, elle avait espéré la mort ; mais, tandis que sa langue indignée invoque sans cesse son père et s'efforce de parler, Térée la lui saisit avec des pinces et la coupe avec son épée barbare ; la racine de la langue s'agite au fond de la bouche ; la langue elle-même tombe et, toute frémissante, murmure encore sur la terre noire de sang ; comme frétille la queue d'un serpent mutilé, elle palpite et, en mourant, elle cherche à rejoindre le reste de la personne à qui elle appartient. Même après ce nouvel attentat, dit-on (mais j'ose à peine le croire), Térée assouvit ses désirs à plusieurs reprises sur le corps qu'il avait torturé. Souillé de tels forfaits, il ose retourner auprès de Procné ; en apercevant son époux, celle-ci lui demande sa sœur ; lui, il pousse des gémissements simulés, il annonce dans un récit mensonger la mort de Philomèle et fait si bien par ses larmes qu'on le croit sur parole. Procné arrache de ses épaules ses voiles qui resplendissent d'une large bande d'or ; elle se couvre d'un vêtement de deuil, élève un cénotaphe et offre des présents funèbres aux mânes supposés de sa sœur ; elle pleure le trépas de celle sur qui il faudrait pleurer pour un autre motif.

Le dieu du jour avait accompli à travers les douze signes sa course d'une année ; que pourrait faire Philomèle ? Des gardes s'opposent à sa fuite ; autour d'elle se dressent les épaisses murailles de la bergerie, construites avec des pierres massives ; sa bouche muette ne peut révéler le forfait. Mais l'ingéniosité de la douleur est infinie et le malheur fait naître l'adresse. Par une ruse habile, ayant suspendu la chaîne d'une toile à un métier barbare, elle tisse à travers ses fils blancs des lettres de pourpre qui dénoncent le crime ; l'ouvrage achevé, elle le confie à une femme et lui demande par gestes de le porter à sa maîtresse ; celle à qui elle s'était adressée le porte à Procné, sans connaître le secret qu'elle livre du même coup. L'épouse du cruel tyran déroule l'étoffe ; elle lit l'affreuse inscription qui lui apprend son infortune et (qu'elle le puisse, c'est étonnant) elle garde le silence ; la douleur lui a fermé la bouche ; sa langue a beau chercher des paroles qui expriment suffisamment son indignation, elles ne viennent pas ; sans s'attarder à verser des larmes, prête à violer toutes les lois du bien et du mal, elle s'élance, n'ayant plus devant les yeux que l'image du châtiment.

C'était le temps où les jeunes femmes de la Sithonie ont coutume de célébrer dans des fêtes triennales les mystères de Bacchus ; la nuit est la confidente de ces mystères. Pendant la nuit, le Rhodope retentit des tintements aigus du bronze ; cette nuit-là la reine sort de sa demeure ; elle revêt le costume en usage dans le culte du dieu et se fait donner les armes qui conviennent aux orgies. Des pampres couvrent sa tête ; une peau de cerf pend à son côté gauche ; sur son épaule repose une lance légère. Procné s'élance à travers les forêts, suivie par la foule de ses compagnes, terrible ; agitée par les furies de sa douleur, elle feint, ô Bacchus, de n'être agitée que par les tiennes. Elle arrive enfin à la bergerie retirée ; tout en poussant des hurlements, en criant Évohé ! elle enfonce les portes et enlève sa sœur ; puis elle la revêt des insignes de Bacchus, lui cache le visage sous des feuilles de lierre et, l'entraînant stupéfaite, elle la conduit entre les murs de son palais. À peine Philomèle se voit-elle arrivée au seuil de cette abominable demeure que l'infortunée frémit d'horreur et que la pâleur envahit tous ses traits. Ayant trouvé un lieu favorable, Procné enlève à sa malheureuse sœur le costume distinctif des mystères ; elle découvre son visage, qui rougit de honte ; elle cherche à la serrer dans ses bras ; mais celle-ci n'ose lever les yeux ni regarder en face une sœur dont il lui semble être la rivale ; elle baisse le front vers la terre ; elle voudrait jurer, en prenant les dieux à témoin, que la violence seule l'a obligée à subir l'outrage ; à la voix qui lui manque elle supplée par des gestes. Procné elle-même ne peut plus contenir la colère qui l'enflamme ; blâmant les larmes de sa sœur : « Ce n'est pas aux larmes, dit-elle, qu'il faut avoir recours, mais au fer ou à tout autre moyen plus terrible encore, si tu en connais un. Quant à moi, ma sœur, je suis prête à tous les crimes ; ou bien, la torche à la main, je mettrai le feu à la demeure royale et je précipiterai au milieu des flammes Térée, l'artisan de tes maux, ou bien je lui arracherai avec le fer la langue, les yeux et les membres qui t'ont ravi l'honneur, ou bien par mille blessures je chasserai son âme criminelle. Je suis prête à la plus épouvantable vengeance ; quelle sera-t-elle ? je me le demande encore. » Procné n'avait point fini de parler, lorsque Itys se présente devant sa mère ; ce qu'elle peut oser, la vue de cet enfant l'en avertit ; jetant sur lui des regards farouches : « Ah ! s'écrie-t-elle, comme tu ressembles à ton père ! » Sans en dire davantage, elle s'apprête à un crime affreux, et silencieusement la colère bouillonne au fond de son cœur. Cependant le fils s'approche ; il vient saluer sa mère, lui entoure le cou de ses petits bras et lui donne des baisers qu'il accompagne des mots caressants de l'enfance. La mère est ébranlée, sa colère brisée s'est arrêtée et, malgré tout, ses yeux se sont mouillés de larmes involontaires ; mais lorsqu'elle sent que sa tendresse, trop forte, fait chanceler son cœur maternel, elle détourne ses regards de son enfant et les reporte sur le visage de sa sœur ; alors, les contemplant tour à tour l'un et l'autre : « Pourquoi, dit-elle, l'un m'adresse-t-il des mots caressants, pourquoi l'autre, amputée de sa langue, reste-t-elle muette ? Celui-ci me nomme sa mère ; pourquoi celle-là ne me nomme-t-elle pas sa sœur ? Vois, fille de Pandion, à quel homme on t'a unie. Tu dégénères ; c'est un crime que de respecter un époux tel que Térée. »

Aussitôt elle entraîne Itys, comme, sur les bords du Gange, une tigresse entraîne à travers d'épaisses forêts le petit qu'une biche nourrissait de son lait ; ils parviennent ainsi dans une partie reculée de la haute demeure ; l'enfant tendait les bras, prévoyant déjà son sort : « Ma mère ! ma mère ! » criait-il, et il se jetait au cou de Procné ; alors avec une épée elle le frappe à l'endroit où la poitrine touche au flanc, sans détourner les yeux ; une seule blessure aurait suffi pour lui donner la mort ; mais Philomèle, le fer à la main, lui tranche aussi la gorge ; le souffle de la vie animait encore ses membres que déjà toutes les deux les mettaient en pièces ; elles en font bouillir une partie dans des vases de bronze ; les autres, percés avec des broches, pétillent sur le feu ; la chambre ruisselle de sang. Avant que Térée ait rien appris, Procné fait servir ces mets sur la table de son époux ; prenant pour prétexte une cérémonie religieuse, que, suivant la coutume du pays, il peut seul célébrer, elle a écarté de lui ses compagnons et ses serviteurs. Assis sur le trône élevé de ses ancêtres, Térée consomme ce repas et engloutit sa propre chair dans ses entrailles. Telles sont les ténèbres qui enveloppent son esprit qu'il commande : « Amenez-moi Itys. » Procné ne peut dissimuler une joie cruelle ; maintenant elle brûle de révéler elle-même le sacrifice qu'elle a accompli : « Tu as avec toi, dit-elle, celui que tu demandes. » Il promène ses regards autour de lui et cherche où est l'enfant. Il le cherche, il l'appelle encore ; mais, telle qu'elle était, les cheveux souillés par le meurtre abominable, Philomèle a bondi en avant et lancé la tête sanglante d'Itys à la figure de son père ; à aucun moment elle ne souhaita davantage de pouvoir s'exprimer et témoigner sa joie par des paroles trop méritées. Le Thrace repousse la table avec un grand cri et il évoque de la vallée du Styx les sœurs couronnées de serpents ; tantôt il voudrait rejeter, s'il le pouvait, de sa poitrine ouverte l'horrible nourriture et ramener au jour les chairs qu'elle renferme, tantôt il pleure et s'appelle le tombeau de son fils ; tantôt, l'épée nue à la main, il poursuit les filles de Pandion. On eût dit que les corps de ces deux Cécropides, portés par des ailes, se balançaient dans les airs ; ils s'y balançaient en effet, portés par des ailes. L'une s'envole vers les forêts ; l'autre pénètre sous les toits ; sa poitrine garde encore les traces du meurtre et son plumage est taché de sang. Térée, qu'emportent sa douleur et la passion de la vengeance, est aussi changé en oiseau ; au-dessus de son front se dresse une aigrette ; par-devant fait saillie, à la place de sa longue épée, un bec démesuré : c'est l'oiseau qu'on appelle la huppe ; sa tête a l'air d'être armée.

Composition Interligne.
Impression Bussière Camedan Imprimeries
à Saint-Amand (Cher), le 13 novembre 2000.
Dépôt légal : novembre 2000.
Numéro d'imprimeur : 005135/1.

ISBN 2-07-040317-3./Imprimé en France.

82218